Ronso Kaigai
MYSTERY
289

平和を愛したスパイ

DONALD E. WESTLAKE
THE SPY
IN THE OINTMENT

ドナルド・E・ウェストレイク
木村浩美［訳］

論創社

The Spy in the Ointment
1966
by Donald E. Westlake

目次

平和を愛したスパイ　5
訳者あとがき　266
解説　小野家由佳　269

主要登場人物

J・ユージーン（ジーン）・ラクスフォード……平和団体〈市民独立連合〉代表
アンジェラ・テン＝アイク……平和主義者。ジーンの恋人
マレー・ケッセルバーグ……弁護士。ジーンの友人
P……ＦＢＩ捜査官（？）
モーティマー・ユースタリー……謎の男
サン・クート・フー……〈ユーラシア人救済団〉代表
タイロン・テン＝アイク（レオン・アイク）……テロリスト。アンジェラの兄

平和を愛したスパイ

フィルとネドラに

小人《しょうじん》を怒らせるなかれ――諺《ことわざ》にいわく。

第一章

私があの憎むべき謄写版の手回し印刷機を直そうとしていたら、玄関のベルが鳴った。あのときは――いつも落ちるだの外れるだのなんだのする――クランクではなかったが、インクが出る仕組みのどこかに問題があったのだ。（おっと！　もしかして、来客が変人《クランク》ではないんだと思った？　いやいや、クランクとは印刷機のハンドルのこと。玄関先に現れる人は変人に決まっている。いや、考えてみれば、どこにいる人でも大なり小なり変人と決まっている。そうだよね？）とにかく、どうしても印刷機からインクが出てこなかった。ハンドルを回しに回しても、排紙トレイには白紙が延々と吐き出されるばかりだ。（もちろん、私が長年見届けてきた結果を思えば、最初から白紙を出していても不思議はなかった）

しかし、それはどうでもいい。今は関係ないことだ。（常々感じているが、私が才能を発揮できないのは、このどうにも抑えがたい、いきなり脱線する悪い癖のせいだった。本題から逸《そ》れ――劇作家のクリストファー・フライが綴ったとおり――つかの間の永遠を見失う「一瞬《ミニット》？　つかの間《モーメント》？（ほら！　私の言いたいことがおわかりかな？）」）ここで肝心なのは玄関に出て、誰がベルを鳴らしたのか確かめることだ。

無駄な骨折りを続けていた私は、いわばむしゃくしゃしつつ感謝して手を止め、アパートメントをずんずん歩いて玄関に向かった。ドアをさっとあけたら驚くことになるとは思いもよらず。うちを訪ねてきそうな者は限られている。会員、礼状送達人か集金人、ＦＢＩ（か別の政府機関）の人間、あるいは警官。

今回の来客は候補者のどれにも見えなかった。まず、その男は会員ではない。現在、会員はわずか十七名なので、私は同志諸君ひとりひとりの顔をよく知っている。また、男は礼状送達人でも集金人でもなかった。そうした人種に特有のイタチ顔ではなかったからだ。ＦＢＩの捜査官ほどやせていないし、警官ほどぶよぶよしていないし、両者ほどのっぽでもない。そのため、未知の生物に見えた。

私は未知の生物にふさわしい視線を向けた。男は中年で中背、太ってはいるががっしりしていて、ここ五十年間でこの建物に入った人物の中では断トツのベストドレッサーだ。もっとも、ちょっと身なりが上等すぎた。コートは裾を絞った注文仕立てで、ベルベットの襟まで付いていた。黒の靴は濡れたアスファルトみたいにピカピカで、爪先はとがっている。私が印刷しようとしていたパンフレットの文章に負けないほどのとんがり具合だ。白のシルクのスカーフで襟とネクタイが隠れ、襟はウイングカラーじゃないってことがあるのかと一瞬考えてしまった。男は左手に――薬指で私にウインクしたのは大粒のルビーの指輪だ――黒のスエードの手袋を持っていた。

こうしたエドワード朝ふうのおしゃれの真上には、立派な衣料品に恥じない顔がある。丸くて肉厚で、日に焼けて見るからに健康そうだ。小作りな黒い山羊髭が濃い色の唇を引き立て、今はどことなく皮肉な笑みで口元がほころび、真っ白な歯が見える。落ちくぼんだ、イタリアふうの黒い目は、アーチ形の黒い眉と、すこぶる貴族然とした鷲鼻とに挟まれて、知性とユーモアでキラリと光った。そのときすでに、それは邪悪な知性とユーモアだという気がした。（とにかく、そんな気がした覚えが

あるし、そんな気がしなくても、そんな気がするべきだったのだ）
客が私に、朗々として抑制の効いた、ラジオのアナウンサーのしゃべり方で言った。「こちらはラクスフォードさんのお宅でしょうか？　J・ユージーン・ラクスフォードさんの？」
「僕ですけど」
「いやはや！　ご本人だとは！」驚きと喜びとで、客の表情が生き生きしてきた。
「ご本人ですが」あの印刷機のせいで、私はなんだかむしゃくしゃしていた。
「こちらをどうぞ」男は私の態度にみじんも腹を立てず、おもねるように言い、小さな白い名刺を差し出した。受け取ると、名刺はたちまちインクまみれになった。（あの憎むべき印刷機は私にはたっぷりインクを撒いたくせに、紙には頑として触れようとしなかった）
それはさておき。名刺にはこう書かれていた。

骨董商
モーティマー・ユースタリー
外国での売買もいたします
予約制《バイ・アポイントメント》

私は訊いた。「この〝御用達《バイ・アポイントメント》〟って、誰の？　どなたの？」

「と言いますと？」

私は男に名刺を見せた。つきたてのインク越しにまだかろうじて字が読める。「ほらここに」私は言った。「〝御用達〟って書いてある。どなたの御用達ですか？」

　眉間に深い皺を寄せた男はすぐに深みのある声で笑い出した。さも愉快そうだ。「ははあ、なるほど！　つまり、〝御用達、すなわちカクカクシカジカ陛下やオジウエソクサイ殿下に何やかやを調達する店〟ですな。しかし、この名刺に書いてあることはまったく意味が違います。私は瓶入りマーマレードじゃありませんよ！」

　ベルベットの襟やとがった爪先の靴などを見るにつけ、まさに男はでたらめ《マーマレード》だったが、私はそう言いたいのをぐっとこらえた。

「これはですね」ユースタリーという男は先を続けた。「ごく単純な話でして、私は予約を受けてから顧客に会う、ということです」

「なるほど」私は名刺を見直した。「でも、ここには住所も電話番号もありません。どうやって予約するんです？」

「親愛なる青年よ」ユースタリーは事実に反することを述べた。「廊下じゃあ説明できないね」

「ああ。うっかりしてた。さあ、どうぞ。散らかっててすみません」私はインクまみれで仰々しく一歩下がり、会釈して彼を迎え入れた。

　ユースタリーはうちの居間を見て、当然ながらうつろな笑みを浮かべたが、コメントは差し控えた。私が玄関ドアを閉めるなり、彼はさっきの話題に戻った。（私もかくありたい）「顧客のほうは予約をしないのだよ。すべて――」そこでふと思いついて用心したのか、あたりをキョロキョロ見回した。「ここで話しても大丈夫かね？」

「ええ、もちろん」私は言った。「なぜいけないんです？」

「このアパートメントに……盗聴《バグ》の心配は？」

「害虫《バグ》でしたら、月にいっぺん駆除業者が来ますけど、こういう界隈はもともと――」

「いやいや！　バグとは隠しマイク、盗聴器のことだ」

「ああ、そっちか！　はいはい、わんさとあります。たいてい電気のスイッチの中ですけど、そこらじゅうに。でも、もう動いてませんよ」

「本当かね？　君がひとつ残らず停止させたのか？」

「えっと、ほとんど鼠が配線をかじったんです。トイレのタンクに入ってたやつは――盗聴器のタイプが間違ってたのか――錆びたし、冷蔵庫にあったやつは僕が無糖練乳をこぼしちゃいました。それから前はそこに、ソファの両側に電気スタンドをひとつずつ置いてたら、ＦＢＩがよく似てるけどマイクを仕込んだやつにすり替えたんです。ところが、あるとき空き巣に入られて偽のスタンドを盗られ、それから一年半はちっとも盗聴されてません。電話はされてますけど。なぜ気になるんです？」

「これから話すことは」ユースタリーは切り出した。「内緒で、極秘で、秘密事項だ。他言無用に願う」彼は私に顔を近づけた。「その名刺には住所が載っていない。のみならず電話番号もないのは、そもそも顧客などいないからだ。この仕事じたいが偽装、隠れ蓑なのだよ」

「なんの仕事じたいですか？」

「その名刺さ」

「なあーるほどお。で、なんの隠れ蓑？」

「ラクスフォードくん」彼は言った。「それに答えれば、私がここにいる説明がつく。もし君が――」

「僕としたことが」私は言った。「椅子も勧めませんで。どうぞ、お掛けください。いいえ、ソファはだめです。糸が抜けるので。うちでは、これがまだましな椅子ですね。缶ビールはいかがです？」

「いや、けっこう」話の腰を折られて、ユースタリー氏はちょっといらいらしている。「ただ」彼は言った。「話の続きができれば……」

「そりゃそうですね。すみません。ちゃんと聞きますから」私は古い台所用の椅子を持ってきて、ユースタリー氏に勧めた籐椅子に向き合って座った。「さあどうぞ」

「ありがたい」ユースタリー氏は怒りがおさまったものと見える。やがて、声を落として言った。

「私がこうして話しているのは、J・ユージーン・ラクスフォードとしての君ではない。三十二歳、独身、ニューヨーク市立大学を退学処分になって以来の平均年収は二千三百十二ドル、孤独な人間で」彼は大仰に部屋を見回した。「落ちぶれた暮らしをしている男。断じて違う！　そのJ・ユージーン・ラクスフォードは重要ではなく、まったく無意味な存在だ」

　やれやれ。自分でもまったく同じことを思ったり、口にしたり、はては書いたりしたのもこの十三年間で一度や二度ではなかったが、赤の他人に面と向かって断言されると、また話が違ってくる。だいいち、この人はどこで私のことにそこまで詳しくなったのか？　FBIでもないくせに。「あのですね――」

　ところが、ユースタリー氏には何か思惑《おもわく》があった。「この私が注目するJ・ユージーン・ラクスフォードなる人物は」彼はいかなる口出しも許さず、もったいぶって続けた。「〈市民独立連合〉の全国委員長である！　彼が成功し、たゆまず努力し、夢をかなえますように！」

　この変人は制服のセールスマンだな。過激派の運動を組織していると、こういう災難に見舞われる。みんなが制服を売りつけようとする。陸軍払い下げの武器とか、新しいプラカードとかも。私の手元にはモスクワの金（一九三六年スペイン内戦勃発直後、スペイン銀行の純度の高い金がマドリードからモスクワへ大量に移送された）がだぶついているわけではないと、どうしても信じてもらえない。そこで私は、ユースタリー氏がうちの組織に寄せた熱い声援に冷ややかな態度で応じた。それどころか、「だからどうしたんです？」と言ってやった。

「ラクスフォードくん」ユースタリー氏は身を乗り出し、清潔な先細りの人差し指で私を指した。「〈アメリカ青年民兵団〉の名前を聞いたことがあるかね？」

「いいえ」

「〈全米ファシスト更生委員会〉は？」

「いいえ」

「〈革新的プロレタリア党〉は？」

「いいえ」

「〈キリストを守る同胞基金〉は？」

「いいえ」

「〈アイルランド人遠征軍〉は？」

「いいえ」

「〈世帯主分離運動〉は？」

「いいえ」

「〈汎アラビア世界自由協会〉は？」

「いいえ」

「〈ユーラシア人救済団〉は？」

「いいえ」

「〈平和を望む異教徒の母連合〉は？」

「はあ？　知りませんよ！」

「〈真のユダヤ民族救出作戦〉は？」

　私は首を振った。

　ユースタリー氏はにっこりした。そっくりかえると、籐椅子がきしんだ。彼はコートの前をあけ、スカーフの端をぱっと左右にひらき、晴れた日のマウントスノー並みにぎらぎら光る白のシャツを見せつけた。その上にオリーブグリーンの蝶ネクタイがそびえていて、樹木限界線のしるしのようだ。シャツの襟はどう見てもウイングカラーではない。そう、ボタンダウンだ。

「ラクスフォードくん」そのときユースタリー氏は笑みを浮かべたまま穏やかに言った。「君が率いる〈市民独立連合〉には、私が名前を挙げた組織と共通する特徴がひとつある」

　次に何を言われるのやらと――「どれもこれもイカレた集団だ」とか――いささか心配になったが、とりあえず素直に訊いておいた。「どんな特徴が？」

「手段だよ」ユースタリー氏の笑みが大きくなった。「この十一の各組織――君のところとほかの十組織――には、それぞれ別の、相容れないと言ってもいい計画と目標がある。こうした目標は本質的に異なり、およそ正反対になる場合もあるが、目標を達成する手段はいかなる場合にも一致する。先ほど挙げたどの集団も――テロ組織なのだ！」

「テロリスト？　テロリストですか？」

「どの組織も芝居がかった単純な手口を好んでいる。爆弾！　流血！　火の海！　破壊！　恐怖！」

ユースタリー氏が一語一語を叫ぶたび、目がぎらぎらと光り、山羊鬚は尖り、手振りが盛んになった。「ちょっと待ってください」私は椅子をじりじりと下げていった。「ちょっと、ちょっとだけ」「暴力！」ユースタリーは言い放ち、その響きを満喫した。「新体制が導入される前に、旧体制は倒されねばならない！　それこそ、この十一の組織が結ぶ盟約なのだ！」「ちょっと待って」私は立ち上がって椅子のうしろに回った。「ねえ、勘違いしてますよ。僕は何も壊したくありません。いや、そりゃまあ、あの印刷機なら――」「なるほど、そうだろうとも！」ユースタリーは大声で言い、げらげら笑い、膝をぽんぽん叩き、私にばちんとウインクした。「たしかに、用心に越したことはない。私が変装したＦＢＩ捜査官だったらどうしよう、ってわけだね。ちなみに、君は自分の不利になる告白をした。それがどうした？　なんでもないさ。前言なんか撤回しまくればいい」

「あのう」私は言った。「ちょっと待って、こっちの事情を――」窓際のテーブルに駆け寄り、そこに積まれたパンフレットをめくるうち、ようやく見てくれのいい一枚が出てきた。〝市独連とは何か？〟このパンフレットを片手に取って返し、ユースタリーに差し出した。「とにかく読んでください。そうすれば、僕たちはけっして――」

ユースタリーはパンフレットを押しやり、相変わらずニヤニヤしたりばちばちウインクしたりしている。「まあまあ、ラクスフォードくん、読むまでもない！　まずは君の抗議をそのまま受け入れて、そこから出発させてくれ。君にはいかなるテロ行為に走る意欲もないし、破壊衝動もないと言うんだね。よろしい。否定は認められた。さて、先を続けてもいいのなら……」

「ユースタリーさん、思うんですけど――」

「いや、それを読む必要はまったくない。頼むから！　黙って聞いてくれ」

私はとくと考えた。こいつを放り出そうか？　取り合わないでおくか？　いつまでも言い争うか？とはいえ、彼はいかなるテロ行為に走る意欲も破壊衝動もないとは言わなかった。もしユースタリー氏が、結局はイカレた奴だとしたら――ますますそうとしか思えなくなってきたが――ここは話を合わせるしかなさそうだ。

それに、気分転換にもなる。ベルベットの襟をつけたイカレた野郎だろうと、なんだろうと、あの印刷機の相手をするよりずっとましだ。そこで私は椅子に戻り、脚を組み、指を組み合わせ、インクに染まった両手をインクに染まったズボン――そうそう、あの印刷機は独自のテロ行為に走る意欲に燃えている――の膝に置いた。「さあいいですよ、ユースタリーさん。伺いましょう」

にやけた笑いがいわくありげな笑みになっていた。「むろん、君は話を聞くさ」ユースタリーはこすっからい調子で言った。「聞くとも」そして指を一本上げた。「さてと」彼は話し出した。「さっき名前を挙げた組織には共通する特徴がひとつあると言ったが、あれは芝居がかった言い方だった。正確には、すべての組織に多くの共通点がある。君の頭にぱっと浮かぶ数よりはるかに多い。たとえば、どれも比較的少人数で、一般には知られていない組織だ。さらに、おしなべて資金不足。どこも住所は、全部もしくは大部分が、大ニューヨーク都市圏内である」

ユースタリーは一呼吸置いたが、効果を狙っただけなのは見え透いていた。私は彼と話を合わせるつもりではいたが、いたずらに仰天してやるつもりはなかったので、インクに染まった脚を振り振り、話の続きを待っていた。

やがて、続きが始まった。「さてと」ユースタリーは言った。「先ほど指摘したとおり、十一の組織の究極の目標は異なるが、当面の目標は一致している。すなわち、破壊だよ。そこでラクスフォードくん、君にこの提案を示そう。くだんの十一の組織が協力して、全体の計画に沿って行動を共にすれば、大混乱を引き起こせるに違いない。各組織が単独で、各自のやり方を続ける場合とは比べものにならん」彼は首を傾げ、片目をつぶった。「そうだろう《ネスパ》？」

「ええ、そりゃ」私は頷いた。「もっともな話です。そこは認めざるを得ません」

「では、興味があるのだね」

「いや、そう言われると……」

ユースタリーは愛想よく笑い、私に向かってひらひらと手を振った。「うーむ、ラクスフォードくん、君は慎重な男だな。しかし、この場で身の振り方を決めなくてもいいんだ。私が間違いなくこの、この連合を生み出せると納得してもらわんとねえ」彼は問題の言葉を言いながらほほえんだ。「集会の手配はしてあるのだ。今夜午前零時に、ここマンハッタンの、ブロードウェイと八十八丁目の角にある〈変人会館〉で。そのとき計画の詳細が説明され、各組織のリーダーが気心を知り合う機会を持てる」

私は用心しいしい訊いてみた。「行かなかったらどうなります？」

ユースタリーはいかにも地中海人種らしくほほえみかけた。「すると、君は決断をしたことになる。異存はないね？」

この男を追い出せるなら、なんの異存があろうか。「ありません」

「よろしい」ユースタリーは立ち上がると、スカーフを結び直し、コートのボタンを留めた。「合言葉は」と彼は言った。「〝グリーンスリーヴズ〟だ」地中海式のほほえみがまたしても私をなごませた。

「ようやく知り合えて実に楽しかったよ、ラクスフォードくん。君の経歴を興味深く調べてきたのでね」

「そりゃどうも」こいつは大嘘つきだ。彼が私の名前を知ったのが二、三日前ではなかったら、ぶったまげるよ。

　ユースタリーは握手しようとしたが、私が手のひらの惨状を見せると、手を引っ込めて最後の笑みを浮かべ、優雅に一礼した。「では失礼するよ《アウフヴィーダーゼーン》」彼は挨拶しながら廊下に出た。

「ごきげんよう《バヤ・コン・ディオス》」私は言い、ドアを閉めた。

　まだ〝市独連とは何か?〟のパンフレットを持っていた。今ではちとインクたびれている。さっきの訪問者がこれを熟読していたら、〈市民独立連合〉についていろいろとわかったのに。何よりもまず、我々はテロ組織どころではないことが。何しろ、平和主義者の組織である。一九五〇年代前半にニューヨーク市立大学の学部学生の集団が、朝鮮戦争に大学生を徴兵するなと抗議したのが始まりだ。この組織は当初こそ反戦主義を志向していたが、朝鮮戦争が終戦に近づき、さしあたっての目的がなくなると、我々一部の過激な平和主義者の天下になり、一般的な平和活動だけに重きを置くようになった。平和行進に参加し、パンフレットを配り、訪米中の要人にピケを張り、新聞雑誌に警告文を投書して、議員候補に討論を挑む、などなど。

　なんだかんだで、一九五二年の創立メンバー、高い志と揺るぎない献身ぶりを見せてくれた千四百名あまりの頼もしい若き男女は、年々激減して現在の十七名になった。うち十二名は幽霊会員だ。終戦が近づいたとたん、会員の大半が脱退したのは言うまでもない。残りは大学卒業をきっかけに疎遠になった。さまざまな平和主義の信条——道徳的平和主義、倫理的平和主義、宗教的平和主義、政治的平和主義、社会学的平和主義、以下省略――のあいだで起こる内心の葛藤から、ますます会員数が減り、ＦＢＩやほかの政府機関から傍迷惑《はためいわく》にも目をつけられていたせいで、我々の地位はがた落ちしたのだ。

だが正直な話、私はかねてからこう睨んでいた。初期のメンバーの大半はセックスの相手を探そうという下心で入会したのではあるまいか。みんながみんな、朝から晩まで励んでいたのは紛れもない事実だ。ワシントンスクエアの周囲だけでも、背筋をしゃきっと伸ばして行進できなかったのだから。（この私とて、ときどき羽目を外さなかったわけではない。平和主義としわくちゃのシーツ。「じゃ、明日は外国に行きたくないなあ」）

まあいいか。私は読まれなかったパンフレットを散らかったテーブルに戻し、ＦＢＩのためにポットでコーヒーを沸かして、あの憎むべき印刷機の修理に戻った。

第二章

一時間ほどしてＦＢＩがやってきた。新顔のふたりだった。例によってグレーのスーツを着た、長身でやせ型で薄茶色の髪という典型的なタイプで、きれいに髭を剃ってあり、目は薄い青、今どき流行らない帽子をかぶっている。「遅かったじゃないか」私は文句を言ってやった。「コーヒーが冷めちゃったよ」

〈ＦＢＩがそのうち私の監視をやめると期待して、努めて捜査官にはよくしているが、それはむなしい期待ではなかろうか。〈市独連〉が五〇年代なかばに監視されたのは、五〇年代なかばはそういうご時世だったからだが、反体制派迫害の日々が終わる頃、ＦＢＩは私をほとんど放っておくようになった。ところが、今度は私がヘマをしでかした。

〈私のヘマ［お気づきのとおり、丸カッコを続けている］は、〈非暴力と武装解除を求める学生連合〉と称する組織を平和団体だろうと勘違いしたことだった。略称〈非武学連〉の事務局長から電話があり、英国大使館に対する抗議デモに〈市独連〉も参加しないかと誘われて、二つ返事で引き受けた。というのも、我々のような弱小組織はしょっちゅう結束して、体裁を繕っているのだ。

〈それはそうと［同じ丸カッコがなおも続く］、〈非武学連〉は行き過ぎた左派の共産主義組織の偽装であり、北アフリカの国家転覆に絡んでいると判明した。その国は、イギリスの植民地だか保護領だかなんだかではなくなろうとしているさなかだった。［ここまでの話がわかる？　私にはちんぷんかんぷんだった］騒ぎが収まると、〈非武学連〉はＦＢＩの〝監視すべき危険組織〟リストに載って、また――連座制で――ちっぽけな〈市独連〉も同様の憂き目を見た。それ以来、ＦＢＩと私は親しくつきあっている［丸カッコ閉じ］）

とにかく、新たに回された捜査官たちは、私をギャング俳優《ジェイムズ・キャグニー》扱いするようになったが、今回のふたりもそうだった。彼らはうちのアパートメントに入り、ドアをパタンと閉めると、ひとりがぶっきらぼうに言った。「Ｊ・ユージーン・ラクスフォードだな？」

「Ｊ・ユージーン・ラクスフォード」私は答えた。「正解。ちょっと待ってて」

私はコーヒーを取りに行こうとしたが、もうひとりの男がすばやく前に立ちはだかった。「どこに行こうっていうんだ？」

（ＦＢＩの人間は絶対に名乗らないので、このふたりを仮にＡとＢとしておくしかあるまい。Ａは私の名前を尋ね、Ｂは私の目の前に立って、行く手をさえぎっている）

Ｂに向かって、私は言った。「台所に行って、コーヒーを持ってくるよ」

「どのコーヒーだ？」

「君たちのために沸かしたコーヒーだけど」

Ｂはを見て顎をしゃくった。Ａがすかさず部屋を出た。台所を捜索する気だろう。Ｂはこちらに注意を戻して、鋭い視線を向けた。「なぜ我々が来るとわかった？」

「いつも来るじゃないか」

「誰から電話があった？」

私はあきれかえって、Ｂの顔を見た。うちの電話が盗聴されているって知らないのか？「えっ？僕に電話が？　僕には誰からもなかったよ」

Ａが台所から戻ってきて首を振った。Ｂは顔をゆがめ、私に言った。「そんなごまかしは通用しないぞ。誰かに教えられなきゃ、来るとはわからなかったろうに」

「じゃあさ」私は言い返した。「そこの受話器を取って、地下室にいるおたくの人に録音テープを再生してもらえば？　誰の声かわかるんじゃないの」

ＡとＢは顔を見合わせた。Ｂが言った。「ここの機密保持には問題があるな」

「いや、問題ないよ」私は言った。「君たちは僕を年じゅう監視してる。実を言うと、立派な仕事ぶりだと感心してるんだ」

ＡがＢに言った。「取りかかろう」

「ここで機密漏洩があったんだぞ」ＢがＡに言った。「真相を突き止めなくちゃならん」

「我々の仕事は報告して、本部に判断してもらうことだ」Ａが言い張った。「俺たちの役目は身元の確認さ」Ａは私のほうを向いた。「寝室はどっちだ？」

「そこのドアを入って」

ＦＢＩは礼を言ったためしがない。Ａは黙って寝室に姿を消した。Ｂは上着のポケットから光沢仕上げの写真を一枚取り出して、私の目の前に突きつけると、えらい剣幕で問いかけた。「この男は何者だ？」

私は目を凝らした。その写真にはくすんだ灰色がぼんやりと連なっていた。望遠レンズで撮影されたピンボケの一枚だ。どこかの通りを写したと見え、真ん中に伸びている黒っぽい塊は人間なのだろうが、電信柱であってもおかしくなかった。

「で?」Bが詰問した。「何者なんだ?」

「さっぱりわからないな」

「そんなごまかしが通用するか！　お前はこいつの素性を知ってる。抜け目ない野郎なら、この場で白状してダウンタウン詣でを逃れるところだぞ」

Aが寝室から戻ってきて首を振った。左手の甲にインクがついている。(例の印刷機は寝室に置いてあるので、私は居間のソファベッドで寝ている)

「アップタウンだよ」私は言った。「それともクロスタウンかな」

ふたりとも私を睨みつけた。Bが言った。「なんだと?」

「フォーリー・スクエアは」私は説明した。「ここから見ると北側《アップタウン》であって、街の向こう《クロスタウン》でもあるね」

Bが船乗りのオウムそっくりに目をすぼめ、のろのろと、険しい声で問いかけた。「フォーリー——スクエアだと?　フォーリー——スクエア——が——どうした?」

「おたくの本部だよ。さっき、僕はダウンタウン詣でをしなくて済むって聞いたけど、ここから南側《ダウンタウン》にかけては何もない。マンハッタン橋があるだけだ。つまり、僕はクロスタウン詣でをしなくて済むってことだね。それともアップタウン詣でかも。ただし、ダウンタウン詣でじゃない」

FBIの人間は何度も顔を見合わせがちだ。このふたりもまた顔を見合わせ、それからBがくるりと振り向いて言い返した。「ようし、時間稼ぎはやめろ。写真の男の身元を明かさない気だな?」

「ああ」私は言った。「この人は誰?」

Ａが言った。「そっちが教えるはずだろう」

Ｂは私の鼻先で写真を振った。「よく見ろ」彼は命令した。「よーっく見るんだ」

「よく見られるわけないだろ」私は思わず腹が立ってきた。「よく写ってないのにさ」

Ｂは写真をその目で、いぶかしげに眺めた。「どこもおかしくないじゃないか」

Ａがいきなり口を挟んだ。「その人物が今日このアパートメントにいた事実も否定するのか？」

私は言った。「ユースタリー？　それユースタリーだったの？　もういっぺん写真を見せてよ」

けれども、見せてもらえなかった。ふたりとも慌ててメモを取り始めている。Ｂがユースタリーの綴りを教えろと言うので教えてやると、次はＡが言った。「なんでそれを早く言わないんだ」

「さっきの写真には面食らったよ」私は言った。（写真はＢのポケットに戻っている）「君たちはユースタリーのことを訊きに来るとわかってたけど、あの写真は――」先が続けられず、私は首を振った。

「わかってただと？」Ｂがこちらにぐっと身を乗り出した。

Ａが Ｂに言った。「その話に戻るのはよそう。俺たちは本部に報告すればいい。それだけだ」

「こんな機密漏洩は見たことないぞ」Ｂはぼやいた。

Ａはふと振り向いて、私の鼻先で手をひらひらと振った。私がむっとして、あとずさりすると、Ａは「どうだ？」と訊いた。

「どうもこうもない。そんなことよしてくれ！」

Ａはまた同じことをした。手をひらひら。「なるほどな」と、したり顔で頷いた。「これがどういう意味か知らないのか」

それはＡが危険なほど正気を失っている証拠ではなかろうか。がしかし、それはＦＢＩの捜査官に話せることではなかったので、私は調子を合わせた。「そうそう。それがどういう意味か知らないんだよ」

「これは手話ってやつさ」Aは言った。「しらばくれるのもいいかげんにしろ。聴覚障害者が使う手話だ」

「そうなの?」私はがぜん興味を持った。『ジョニー・ベリンダ』という映画を見て以来、手話を習いたくてたまらなかったのに、どうしたものか挑戦する機会に恵まれなかった。「もうちょっと教えてよ」

「あんたたちはこうやって意思を伝え合うんだ!」Aは勝ち誇った様子で、私に指を突きつけた。それは手話ではなくて、ただの指の突きつけだったらしい。「ここでは絶対にしゃべらない。あんたや仲間の誰でもが。で、こいつが手口だ。手話だよ!」AはBに得意げな顔を見せた。「俺ひとりで真相を見破ったぞ」

ははあ。このふたりは仕掛けマイクが壊れていないと決め込んでいる。声を傍受できないのは、私が訪問者と話さず、別の形でやりとりしているというわけか。だから、しょっちゅうここに忍び込んではゴミ箱を空けて、メモをあさっているのだ。

とにかく、Aが立てたこの手話という仮説にはうんざりした。FBIが組織ぐるみでこの説を支持したら、うちのゴミ箱を空けなくなってしまう。私はかれこれ三年近くゴミ箱を空けていないので、今更ゴミの始末をしたくない。

そこで、FBI捜査官の心理の機微にいくらか通じている私は言った。「手話だって? フフン」

そして、Aの顔に輪をかけたしたり顔を見せた。

案の定、Aは愕然とした。自説に持っていた自信は木っ端微塵になり、二度と――願わくは――回復しなかった。（私がきっぱりと否定していたら、Aが確信を深めたであろうことは言うまでもない。しかし、嫌みっぽくひけらかす知識は、FBI捜査官の大事な商売道具だが、最大の弱点になりやすい武器でもある。一度の〝フフン〟で、私はAの頭から手話説をぱっと吹き消したのだ）

そのときBがぶっきらぼうにあとを引き取った。「ユースタリーって男の話に戻ろうぜ。そいつはどういう用件で来た？」

「ここには何かの間違いで来たんだよ」私は答えた。

それを聞いたふたりは偉そうな態度に戻った。どちらも極度のしたり顔になり、Bが言った。「ほほう、そうかい。そのへんの事情を聞かせろよ」

「ほんとに何かの間違いで来たんだ。だって、あの人はテロ組織に用があるんだから」

Bはほとんど目を閉じて、じっとすがめている。「何に用があるって？」

「テロ組織に。あの人は〈市独連〉がテロ組織だと思ったんだ。で、たくさんの、その、テロ組織とひらくことになってる集会の話をして、僕に出席してほしいって言うんだよ」

Aが言った。「あんたたちは平和主義者じゃなかったのか。良心的兵役拒否者だろ」

「そうだよ。ユースタリーは間違えたんだ」

「つまり、その男は〈世界市民独立連合〉に用があったのか？」

「えっ？」

ところが、Bが横から口を挟んだ。「そんな話を信じてもらえるとは思ってないだろ？」

「たぶんね」私は正直に答えた。「ただ、そうは言ってもさ、どんな話なら信じるんだい？」

「質問するのはこっちだぞ」Bが切り返した。

「ああそうか」私は言った。「でも、修辞疑問を尋ねるのはこっちだよ」

「減らず口を叩くな」Aが私に忠告した。〝修辞〟という言葉の意味がわからなかったのだ。

Bが訊いた。「そのユースタリーって奴に何を言った?」

「勘違いしてますよ、って。でも、あの人にも信じてもらえなくて、慎重になってるだけだと思われたみたいだ」

Bが言った。「すると、そいつは――」そこで玄関のベルの音に出鼻をくじかれた。彼はたちまち緊張して、右手を上着の裾から腰へ突っ込んだ。

「落ち着いて」私は言った。「たぶん平和主義者だから」

私は玄関に行ってドアをあけ、それをAとBは新入りの猫を狙っている金魚よろしく見張った。思ったとおりだった。来客は平和主義者だ。私の親しい平和主義者というより、最近私の服を洗濯して靴下を片方なくし、うちの食器を洗ってデリで私にパストラミサンドウィッチを買ってきて、私のベッドのシーツを替えてそれを一緒に使ってくれる平和主義者であり、我がベアトリーチェ（『神曲』より。ダンテの理想の女性）にして我がティスベ（ギリシャ神話より。恋人のあとを追って自殺した娘）、今年の恋人――アンジェラ・テン＝アイクである。

アンジェラはなんと美しいことか。なんと華やかに着飾っていることか。なんと甘い香りがして、なんと清潔なことか！　十四丁目の南側で石鹸の匂いがする女性は彼女くらいだろうが、彼女は十四丁目の南側に住んではいなくて、そこへときおり訪ねてくるだけだ。住んでいるのは、南は南でも、セントラルパーク・サウスである。

アンジェラの父親はマーセラス・テン＝アイクという実業家であり、第二次世界大戦中に活躍したテン＝アイク10《テン》‐10《テン》型戦車で有名な兵器製造業者でもある。この戦車はトリプルテンとかトリプルTとも呼ばれ、どっちつかずであり、一九四八年に連邦議会で質疑を急停止させた。どんな精神分析医でもマーセラスに予言できたであろうが、子供はふたりとも成長して父親に逆らった。息子のタイロン・テン＝アイクは、一九五四年に北朝鮮で竹のカーテン（第二次大戦後、中国と西側諸国とのあいだにできた政治的・軍事的障壁を指す）の向こうに消えた。それ以来、たまに下品なラジオ放送で生存を確認するだけで、まったく音沙汰がなかった。娘のアンジェラは四年前に社交界デビューが一段落したとたん、カネとコネに――建前としては――背を向けて、ダウンタウンに来て平和主義者になったのだ。（世間にはびこる――根も葉もないわけでもないらしい――噂によれば、マーセラスは二度までも我が子に背かれたが、娘の反抗のほうを気にしていたという。たしかに、タイロンは実の父親を失業させようとはしていない。むしろ、兵器製造業界を大いに盛り上げていたと言えなくもないのだ）

　アンジェラの服はいつ見ても、ビリビリに破ってさっさと脱がせたくなるが、今日の服も例外ではなかった。足元は細身の黒いハイヒールのブーツ。私はこれを見て、女優のマレーネ・ディートリッヒを連想した。ブーツの上は黒のストレッチパンツ。足首にかけて細くなった、今にもはち切れそうなタイプだ。これにはスキー場のロッジを連想した。さらに視線を上げると、鮮やかなカナリアイエローのゆったりしたセーターが見えて、干し草用荷馬車での遠乗りを連想した。そしてセーターの中は、彼女がけさ浴びたシャワーの匂いがするはずだ。

　アンジェラの場合、頭は最後に見るものと決まっている。形が悪いわけではなく、きれいな形で、いや抜群に美しい。生まれつきのブロンドが縁取る顔は、輪郭がすっきり整い、肌にしみひとつなく、頬骨は適度に張り、顎の線は画家が絵筆で描いたように繊細だ。青い目はぱっちりとして愛くるしく、鼻はややアイルランドふうで、おおらかな唇にたいてい笑みが浮かんでいる。いかんせん、このチャーミングな頭はがらんどうなのだ。耳から耳へ風が吹き抜け、小粒の脳みそしか邪魔するものがない。私のアンジェラは、美人で金持ちなのに、黄色のベンツのコンバーティブルと運転免許証を持っているのに、ニューイングランドのお嬢さま大学を出たのに、ここの家賃の一部を払っていて、私にひたすら愛されているのに、それでも私は言いたい――このアンジェラは底抜けのばかだ。

おばかの一例を挙げよう。アンジェラはアパートメントに入ってきて、ほほえんで、私のインクだらけの頬にキスして、捜査官たちを見てから声をあげた。「あらっ！　お客さまね！　まあ嬉しい！」アンジェラは――アンジェラだけは――ふたりがＦＢＩだと気づかなかった。

Ｂが手帳を構えて、のしのしと歩み出た。「名前は？」

「アンジェラよ」彼女はにこにこして答えた。「あなたは？」

「ハニー」私は言った。「こちらは――」

「あんたは黙ってろ」Ａが私の言葉をさえぎった。

Ｂがアンジェラを追及した。「何か知ってるか？」彼は手帳に目をやった。「モーティマー・ユースタリーって男について」

アンジェラは枝に止まった小鳥くらいには緊張した。「誰？」

「モーティマー」Ｂは噛んで含めるように言って聞かせた。「ユースタリー」

アンジェラはまだ緊張していた。「ユースタリーねえ」彼女は私を見て晴れやかに笑った。「ハニー、私、ユースタリーっていう人を知ってた？」

「とぼけてやがる」Ａが文句を言った。

「そうは問屋が卸さないぞ」Bは脅すように手帳を振りかざし、なおもアンジェラに訊いた。「あんたのフルネームは？」

「アンジェラ」彼女は答えた。「ユーラリア・リディア・テン＝アイク」

「ようし、いいか、覚えとけ――おいおい、テン＝アイクだと？」

「ええ、そうよ」アンジェラは愛らしく答えた。「それが私の名字だもの」

AとBはまたしても顔を見合わせた。今回は私にも理由がわかった。FBI本部は、断じて認めなかっただろうが、アンジェラ・テン＝アイク嬢の扱いには特定の指示を出していたのだ。しかし、弱小な平和団体にスパイに対抗するテクニックを試すのはともかくとして、マーセラス・テン＝アイクの娘をビシバシ取り締まるのは許しがたい。

それにしても、アンジェラが来てくれたおかげで、長引きそうだった面倒な事情聴取が大幅に短縮された。（AとBには最初から本当のことを話したので、時間が経つにつれてますます言うことがなくなっていただろう）すでにAとBは顔を見合わせて、何か手を打つ前に本部にお伺いを立てたほうがよさそうだと考えたのか、帰り支度を始めた。つまり、Bはまた質問する場合に備えて遠出するなよと私に釘を刺し、Aは見張っているからなとよけいなことを言い、ふたりでアンジェラにぎくしゃくと会釈して、ぞろぞろと立ち去った。

アンジェラは明るくほほえんだ。「すてきな人たちねえ。誰なの、ハニー？　新入会員？」

第三章

コーヒーを飲みながら、私はアンジェラに一部始終を話して聞かせた。彼女は耳を傾け、話が一区切りつくたびに〝ああーら〟とか〝すごおい〟とか〝まああ〟とか声を漏らした。それにもめげず、私は話が終わるまで粘り抜いた。(これまで私がつましい生活を共にしてきたのは、頭のいい女性か金持ちの女性だが、頭がよくて金持ちの女性とはついぞ暮らしたことがない。もし神というものがいるのなら、なぜそうなるのかと尋ねてみたい。なぜ私は、たまには頭がよくて金持ちの女性と——いや、金持ちで頭がいい女性でもけっこう——つきあえないのか? 金持ちで、かつ頭がいい女性がいたら、いくら私が面食いでも外見には目をつぶる)

それはさておき。私が一通り話し終えると、アンジェラはもう一声〝まああ〟と漏らし、それから続けた。「どうするつもりなの、ジーン?」

「どうするって? なんで僕がどうにかしなくちゃいけないのさ?」

「だって、そのユースタリーさんが恐ろしいことをしようとしてるんでしょ? 国連ビルを爆破するとか、そんな感じのことかも」

「そうかもね」

「まああ、恐ろしい!」

「たしかに」

「じゃあ、何かしなくちゃ！」

「何を？」

アンジェラは困惑したように台所を見回した。「そうねえ、誰かに話して、何かして、その人を止める」

「ＦＢＩに話したよ」

「ほんとに？」

「さっき言ったじゃないか」私は念を押した。「忘れちゃった？」

アンジェラはとろんとした目つきになった。「ほんとに？」

「あのふたり組だよ。すてきな人たち。たった今、あいつらの話をしてたんだ」

「ああ、あの人たち！」

「あの人たちさ。僕はあのふたりに話した」

「じゃあ、あの人たちはどんな手を打つかしら？」

「さあね」私は言った。「何もしないんじゃないかな」

「何もしない！　どういうこと？」

「こっちの話を信じたとは思えないからさ」

それを聞いて、アンジェラはいよいよ興奮した。「だったら――だったら――だったら」彼女は口ごもった。「――だったら――だったら――あの人たちに話を信じさせなくちゃ！」

「いや、やめておく」私は言った。「ただでさえＦＢＩとは揉めてるからね。あちこちのテロ組織とコネがあるなんて信じ込ませたりしない。またあいつらにあれこれ訊かれたら、僕はこれまでとまったく変わらず、本当にあったことだけ話す。信じてもらえなくても、向こうが困るだけで、僕はてんで困らないね」

「ジーンったら」アンジェラは食い下がった。「それがどういうことかわかってる？　自分が何言ってるかわかってるの、ジーン？　それって無関心よ、ジーン。ちゃんと気がついてる？」

（うちの組織で無関心な人間だとなじられるのは最低最悪なことで、アップタウンで協調性がないと責められたり、ハーレムで黒人が白人にぺこぺこして責められたり、郊外で子供にいたずらをして非難されたりするほうが、まだちょっとはましなのだ。そのへんの事情を汲み取ってほしい。無関心は我々が知っている唯一の罪ではないが、唯一の大罪である。ある人が私を無関心な奴だと咎めたとしても、あくまで私の強固な平和主義のおかげで鼻に一発くらうのは免れたであろう）

そんなわけで、私は青くなり、コーヒーをこぼし、思わず声を荒らげた。「おいおいおい、ちょっと待てよ！」

だが、大声をあげてもアンジェラは黙らない。「そういうとこが無関心なのよ、ジーン」彼女が指摘した。「自分でもわかってるくせに。でしょ？」

「ＦＢＩにはちゃんと話したよ」私はふてくされた。

「あら、それだけじゃだめ」アンジェラは一歩も引かない。「ジーン？　あなたは分別のある人だわ、ジーン」

そりゃそうだ、私には分別がある。ところがいまいましいことに、ただでさえ数々のトラブルを抱えているのだ。あの印刷機はほんの一例に過ぎない。二例目は、〈市独連〉の会費を少なくとも二年間滞納していない会員はアンジェラと私だけ、という事実である。さらに、私は事務的なミスを犯して、今度の日曜日に全然違う場所で行う二件のデモ行進に参加すると約束してしまった。ひとつは国連ビル前で、もうひとつはロングアイランドにある飛行機工場で。そのうえ――。

ああ、もうどうでもいい。まさか私が、よりによってアンジェラの力で責任感に目覚めるとは。それこそ腹立たしいけれど、事実を受け入れねばなるまい。

しかし、私はもう一度だけ面子を保とうとした。「スイートハート、ほかに何かできることがあるかな？　僕ともあろう者がＦＢＩを説得できなかったし。ユースタリーのことを話せば話すほど、疑われちゃうんだよ」

「やってみなけりゃわからないでしょ」

かっとして、私はコーヒーカップをテーブルに叩きつけ、立ち上がると、身振り手振りを交えて話した。「わかったよ！　じゃ、いったいどうしろってんだい？　フォーリー・スクエアに押しかけて、デモをするとか？」

「嫌みな口を利かなくてもいいじゃないの」アンジェラはむっとした。

私も少しは言い返そうとしたら、玄関でベルが鳴った。「今度はなんだ」私は怒鳴るように言った。アンジェラ以外に八つ当たりする相手ができたのをありがたく思い、誰が来たのか確かめるべく居間に飛び込んだ。

来客はマレー・ケッセルバーグだった。ダークスーツとネクタイを身につけ、アタッシェケースを下げ、パイプをくわえて立っていた。鼈甲縁《べっこうぶち》の眼鏡の奥で目が輝き、ふっくらした頬はきれいに髭を剃ってある。世界じゅうの誰よりもニューヨークの若いユダヤ系の弁護士に見えるのがマレー・ケッセルバーグであるから、彼が何者かわかるね？　ニューヨークの若いユダヤ系の弁護士なのだ。

「やあ、ジーン」マレーはパイプをよけて声をかけてきた。「忙しいか？」

マレーはこれを冗談だと思っている。彼のものの見方によれば、私は年がら年じゅう忙しいくせに、まるで忙しくない。忙しくないのだ。たとえば市街中心部セントラルパーク付近の五十七丁目、マレーが有望な若手弁護士として働く、彼の父親と伯父が共同経営している法律事務所があるオフィス街なら、そこでは誰もが本当に忙しい。しかし、この町外れの過激派本部でどんなに手を振り回そうと、お世辞にも忙しいとは言えないのだ。

「実はね」私は言った。「ちょうど電話しようと思ってたんだ。さっきアンジェラを殺して印刷機に隠しちゃってさ。これからどうしよう？」

マレーがにこにこ笑いながら入ってきて、私はドアを閉めた。「とにかくアンジェラが印刷機に入ってるなら」マレーは言った。「ひとりやふたり複製《ランオフ》してくれてもいいじゃないか」

「なんべんも追い出《ランオフ》そうとしたのに」私はこぼした。「戻ってきちゃうんだよ」

マレーは頷いた。「悪くないね」そこへ取り乱したアンジェラが姿を現わし、マレーは言った。「ああ、そこにいたのか！　相変わらず美人だね、アンジェラ」そして彼女の手を握って、頰にキスした。

マレーに機嫌を取られると、アンジェラは背中を撫でられている猫みたいに身をくねらせる。喉を鳴らすと言ってもいい。（いろいろと含みがあって、私はこの話をマレーに教えなかったが、アンジェラはしばらく彼のそばにいると、ソファベッドではすこぶる感じやすくなる）だが、今回彼女はちやほやされたいとは思わず、別のことを考えていた。「ねえ、マレー」声も顔つきに負けないほど取り乱している。「私たち、助けが必要なの」

「うん、そりゃ君たちには助けが必要だな」マレーは私たちを見下ろしてほほえんだ。「僕は君たちを助けに来たんだから」

マレーと私は同い年だと思い出してドキッとすることもあるが、彼が私より年上に見えるか、はたまた年下に見えるか、判断がついたためしがない。私たちはどちらも市大の学部生だった頃に知り合った。〈市独連〉が生まれる前だ。マレーは〈市独連〉に入会していないが——昔から頭がよくて、うちの組織には入れない——初期の会合に何度か参加しては、助言して、陰で助けてくれたうえ、我々が無許可でデモをしたりして逮捕されたときは、父親に二度代理人を務めさせた。マレーと私は最初から馬が合った。要するに、お互いがかけがえのない存在であるからだろう。正反対の人間同士が惹かれ合うのなら、両極端な人間同士は必ずや惹かれ合う。どちらも相手をなかなか理解できないが、このまるでわかっていない部分が、十五年近くも続いている親しいつきあいを支えてきた。

これまでマレーは〈市独連〉の運営に大いに尽力してくれた。いつも断じて手数料を取らずに。うちの組織は、考えようによっては彼の趣味であり、実習であり、たゆみない実験である。この関わりに目をつけられ、マレーはFBIから通常の地味な嫌がらせをされるようになったが、彼は辣腕弁護士であり、したたかな青年なので、当局の愚行を我慢できず、嫌がらせがエスカレートしないうちに食い止めた。マレーの父親と伯父は彼の〈市独連〉との関係を若気の至り、ささいな過ちと見なして、彼が選んでいたかもしれないほかの過ちよりずっと安上がりで、はるかに衛生的だと考えたため、若い切れ者弁護士がとどめる大学生の面影を甘やかしている。

そのときマレーが言った。「税金の件で書類を持ってきたよ、ジーン。ほら、お役所に出すから、君にサインしてもらう紙が一、二枚あってね。それはそうと、何か話があるんだっけ?」

「別に」私ははぐらかした。「法律の問題じゃないし」

アンジェラがせっついた。「話しなさいってば、ジーン。マレーなら、どうすればいいかわかるわ」

「マレーの時間を取りたくないし」マレーの前ではあの問題を話したくないという意味だ。というのも、彼ならどうすればいいかわかるに決まっているからだろう。（我々のつきあいが切れるとしたら、私の胸にときどき沸き起こるこの愚かな嫉妬のせいだ。ふだんはそれを必死に抑えている）

マレーは腕時計を見た。「十分なら割ける。それから街を横断しないと。十分で話せるか？」

「気にしないでよ、マレー」私は断った。「法律とはてんで関係ない話だから。で、どれにサインするの？」

アンジェラが割り込んだ。「私から話すわ、マレー。ちゃんとした人が話さなきゃ」

「だめだ」私は反対した。「君が話しても正確に伝わらない。マレーに紅茶を淹れてきてよ。僕が話すから」

「そりゃけっこう」マレーは籐椅子に腰を下ろすと、アタッシェケースをそばの床に置いて、パイプを上着のポケットにしまい、脚を組んで、腕を組んだ。「さあ話してくれ」

私はマレーに話した。細かいところまで、身振り手振りを交えて。話が終わると、マレーはアンジェラが運んできた紅茶を飲み、思案顔で宙を睨んだ。「ふうむ」

「ふうむ？」私は言った。「ふうむってなんだよ？」

「僕の印象だと」マレーは慎重に切り出した。「君がひとつかふたつ話し忘れてる点があるという気がする。たとえば、今夜の集会に出ないかもしれないと言ったら、ユースタリーになんと言われた？」

「〝行かなかったらどうなります？〟と訊いたら、〝すると、君は決断をしたことになる〟と言われたけど。それが何か？」

「言われたのはそれだけか？」

「一言一句も違わない。九割がた同じだよ」

「相手はどんな顔だった？　怒った顔か、険しい顔か。どうなんだ？」

「にこにこしてたね」私はユースタリーの地中海人種らしい笑顔を思い返して、マレーが何を言わんとしているのか、たちまち察しがついてきた。

「そいつはにこにこしたのか。陽気な笑顔だったか？　どんな笑顔だった、ジーン？」

「陽気っていうより、『マルタの鷹』のシドニー・グリーンストリートふうだった」

マレーも彼なりにピーター・ローレふうにほほえみ、彼なりに〝なあるほどぉ〟とほほえみ、そして言った。「で、その笑顔に思い当たるふしがなかったと？」

「そのときはね」私は頷いた。「でも、なんとなくわかってきた」

アンジェラが横から口を出した。「なあに？　ジーン？　なんなの？」

「マレーはね、ユースタリーが僕を殺そうとするかもしれないって思ってるんだ」

「それもひとつの可能性だよ」マレーが言った。

アンジェラが尋ねた。「ジーンを殺す？　どういうこと？」

マレーは彼女に説明した。「ジーンは今夜の集会に出なかったら、内部情報を握っている部外者になるのさ。ユースタリーと仲間はその筋と思しき連中でね、ジーンは敵だ、危険な奴だ、と決め込む。奴は知っている。べらべらしゃべりかねない、とね」

アンジェラは言った。「ジーンはすぐにもしゃべりかねないのよ。どうしてその人たちは、彼がとっくにしゃべってからでも殺さないって言えるの?」

マレーは言った。「今日のところはジーンがＦＢＩに信用されたとは思えない。ユースタリーの仲間が破壊活動を始めれば、当局はジーンの話に耳を貸す。つまり、連中はまずジーンをぶっ壊すとよさそうだな」

私はぼやいた。「口を挟んで申し訳ないけど、ジーンはここにいるんだよ。この部屋にいるんだからね。僕のことをそんなふうに言わないでよ」

ふたりとも私を甘やかすようにほほえみ、アンジェラはマレーに言った。「じゃあ、ジーンはどうすればいいの?」

「もう一度ＦＢＩを説得してみるんだな」マレーは腕時計を見た。「またあとで寄るよ。五時半くらいかな」そしてアタッシェケースを持ち、パイプをくわえ――そう言えば、パイプに火が点いているのを見たことがない――立ち上がった。「ＦＢＩに電話しろ」彼は私に言った。「うんと説得力のある調子でな、ジーン。自分のためなんだぞ」

「わかった、わかった」

「向こうに腹を立てるなよ」

「僕は腹を立てたりしないさ」

マレーは私を甘やかすようにほほえんだ。この野郎。「そうだな」彼は頷いた。「ＦＢＩが言った組織の名前はなんだった？　君んとことよく似た名前の組織は」

「〈世界市民独立連合〉だよ」

「了解。ついでがあったら調べておく。じゃ、五時半に」

「わかった」

マレーを玄関まで送ると、そこでも釘を刺された。「必ずＦＢＩに電話しろ」

「へい、へい」

「よおし。じゃあな、アンジェラ」

「じゃあね、マレー」

私はドアを閉めて、また居間を通って電話機に向かった。ＦＢＩにかけるのかとアンジェラに訊かれ、ああ、そうするよ、と辛抱強く答えた。受話器を取り、ダイヤル1を回して発信音を消し、それから言った。「そこにいるよね。地下室くん。僕の声が聞こえる？」

うんともすんとも返事がなかったが、あるとは思っていなかった。第一、地下室の男（Cと呼ぼう）には私が電話で話した一言一句を聞き取れると私は知っていたが、彼が装置で会話に加われるかどうかは見当もつかなかった。また、たとえ加われたとしても（以前に言及した第一に続いて、ここが第二となる）、加わるとは思えなかった。会話に加わるのは、ＦＢＩが愛してやまない機密を漏洩する行為になるからだ。

とにかく、Cが地下にいるのはわかっているし、こちらの声が聞こえているのもわかっているので、返事がなくてもガッカリしなかった。「ＦＢＩの人間に用があるんだ」私は言った。「テロの計画があるのを通報したい。ここにひとりよこしてくれないかな」

それでもCは返事をしなかった。ちょっと待ってから、私は繰り返した。「ひとりよこしてよ」そして電話を切った。「ほら。これで大丈夫だろう」

「怒ってないかしら？　あんなふうに電話しちゃって」

「あいつは僕の一番身近にいるＦＢＩだよ」

「ああ。それもそうね」アンジェラはにっこりした。「だったら」彼女は手をこすり合わせた。「あの印刷機だけど」

「後回しでいい」私は言った。「忘れていい。目をつぶっていい」

というのも、こう何やかやが続いたあとで、アンジェラと私とあの忌まわしい印刷機との三角関係を思い出したくなかったからだ。アンジェラは生まれつき機械に強く、ありとあらゆるタイプの機械を修理できるらしい。しょっちゅう愛車のベンツのボンネットの下をいじくったり、ラジオを分解しては組み立てたりしている。ぐうたらな印刷機を働かせることができる、この世でただひとりの人間だ。それが癪に障ることだってある！

とりわけ今、私を役立たずだと思わせるべく、全世界が結託しているような気がするときは。そこで、なんとかアンジェラの気を逸《そ》らし、話題を変えようとした。「今日のことを話してよ。最近、親父さんはどうしてる？」

だが、なんと言っても無駄だった。「あとでね」アンジェラは答えた。「私のスモックを取ってきて」彼女は黄色のセーターを頭から脱いだ。

なんて娘《こ》だ。カナリアイエローのセーターの下に朱色のブラを着けていたとは。ところで、カナリアイエローのセーターの下に朱色のブラを着ける娘には、いつまでも腹を立てていられない。そういう娘は捨てたものじゃないし。

私は弱り切って肩をすくめた。「仰せのとおりに」と言って、玄関のクローゼットからアンジェラのスモックを取りに行った。

実は、それはスモックなどではない。もともとムームーであり、ゴーギャンふうにオレンジとピンクの花模様がついているが、今では色とりどりのインクが飛び散って、ポップアートのできそこないに見える。このめちゃくちゃな服を持っていくと、アンジェラはくねくねしながら身につけた。それを見た私はよからぬ考えを起こした。「ねえ」と声をかけてみた。「ベッドの用意をしようか」

「あとでね」アンジェラは言った。「道具はどこ？」

「印刷機に入ってる。そっちを後回しにしたら？　ほら、ソファの背もたれを倒すからさ」

「ＦＢＩの人が来てからよ」アンジェラは言い、寝室に入った。

「そこの寝室から出てこいよ！」私は叫んだ。「僕はセックスしたいんだ！」

「あと、あと、あーと」アンジェラがこともなげに言い返して、道具がガチャガチャと音を立て始めた。

ちくしょうめ。

彼は三十分後にやってきた。ＦＢＩの人間になりきっていない若造だった。まだ前世の姿がうっすらと透けて見えた。喉仏、美人（アンジェラ）におずおずとほほえみかける癖、一本調子を保てない話し方。使いっ走りの小僧をよこされたようなもので、この仕打ちはひどい侮辱ではなかろうか。ただし、若造もひとつの掟を守っていた。本名を明かすな。ならば、彼をＤと呼ぼう。

Ｄは私に招き入れられると、玄関に立って気まずそうな顔をした。「ええと、それじゃ」と言い、うつろな目で私を見つめた。

私はとっさにはわからなかったが、そのうちＤが助けを求めていると気がついた。誰かをよこしてくれという私の依頼に応じて来たことを、Ｄは認めるわけにいかなかった。なぜなら、そもそも私の依頼を受けたのはＣであって、ＤはＣの存在をおおっぴらに認めるわけにいかないからだ。そのため、このアパートメントに入ってきて、アンジェラにおずおずとほほえみかけ、喉仏を上下させ、私が口火を切るのを待つのが関の山だった。

もしこれが、あの押しの強いＡやＢだったら、しばらくやきもきさせたところだが、この哀れな能なしはさんざん苦労していたので、私はあっさりと口をひらいた。「うん、立ち寄ってもらえてよかったよ」

Dはさもほっとしたといわんばかりに緊張を解いた。「そうですか?」

「もちろん」私は自分の役どころを探っていた。「ちなみに、通報したい件があるんだけど。そうだよね、アンジェラ?」

「そうそう」アンジェラは大真面目に答え、Dに向かって頷いた。相変わらずスモックを着ていて、裾から黒のストレッチパンツとブーツが覗いていた。顔のまわりで髪がふわふわと膨らみ、左の頬に黒のインクが一筋芸術的に走っている。こんなスモック姿でも、すこぶるセクシーだ。Dはいざ知らず、私はそのときアンジェラが言いたそうなことはなんでも鵜呑みにする気でいた。

Dは手帳を持参する程度にはFBIの人間だった。手帳が出てくると、ボールペンもついてきた。

「それで?」

「今日の午後に来客があってね」私はDに話した。「モーティマー・ユースタリーさんという人だ。少なくとも、本人はそう名乗ってた。間違えてここに来ちゃったんだよ。〈市民独立連合〉を、僕が代表を務める組織をテロ組織だと思い込んで。言っとくけど、テロ組織じゃないから。我々は平和主義者なんだ。それはともかく、その人が言うには——」

「ラクスフォードさん」Dは一、二文書いたところで手を止めていた。ちょっぴり悲しそうだった。

「あなたには驚きますよ、ラクスフォードさん」

アンジェラを見ると、いつになく冷静な顔つきなので、私はDに視線を戻した。「僕には驚く? どういうこと? 僕には驚くって」

「本部の面々は」Dが言った。「あなたがそのユースタリーの一件を蒸し返すと言いましたが、僕は否定しました。あなたの調書を読んだし、三、四回監視したからわかる、いたずらをするタイプではないと言ったんです。あなたは〝ＦＢＩなんかくそくらえ〟と紙切れにいたずら書きして、あとで我々が元通りにつなげるのがどんなに大変かわかっていながら、紙をビリビリに破いてゴミ箱に捨てる奴でもなかった。そんなタイプであったためしはなく、これまでずっと紳士で、かつ真面目な市民でした、ラクスフォードさん。たとえ危険な力を持っていても、あの、それをみだりに振りかざさなかったので、まさかそのユースタリーの話を繰り返すとは思えませんでした。だから僕はここに来たんです、ラクスフォードさん。これじゃあ、本部に戻ったら赤面ものですよ。僕の幻想を打ち砕いてくれましたね、ラクスフォードさん」

私が目でアンジェラに助けを求めると、彼女はＤに訴えた。「でも、事実なのよ。ほんとに。そのユースタリーさんていう人はテロリストで、なんでもかんでも爆破しようとしてるの」

Ｄは幻滅しましたという目でアンジェラを見た。「ユースタリーの口から聞いたんですか、お嬢さん？　あなたがみずからその男と話していたら、俺はテロリストだ、なんでもかんでも爆破してやる、と告白されたと？」

「まああ、そんな」アンジェラは言った。「ジーンから聞いたの」

「つまり、ここにいるラクスフォードさんからですね」

「ええっと、そういうことね」

Ｄはため息をついた。「世の中には」彼は説明した。「冗談にもほどがあることを知らない人がいますからね」

「あれは冗談じゃないよ」私は言った。「そのユースタリーっていう男は僕を殺すつもりでいる、そう考えるのはちゃんとわけがある。ＦＢＩの人たちに、ユースタリーと彼が率いる組織という組織の動きを止めてほしいんだ。僕は警察に保護してほしい。それが僕の望みだよ」

Dが訊いた。「あなたを殺すんですか、ラクスフォードさん？　なんでまた？」

「僕は知りすぎたから」

「午後にほかのふたりの捜査官と話したとき、それを言わなかったじゃありませんか」

「あのときは気がつかなかったんだ。でも、ユースタリーとのやりとりを思い返したら――」

「そこまでにしてください、ラクスフォードさん」Dが頼んだ。FBIの人間にしてはばか丁寧な態度だった。「この話を蒸し返してはいけません。こちらでユースタリー氏に確認したところ、ここで何をしていたのか話してもらえました」

「ほんとに？」

「ユースタリー氏は印刷機の補給品のセールスマンだそうですよ、ラクスフォードさん。名刺を見せてくれました」

「名刺ねえ」私は部屋をキョロキョロと見回し始めた。「名刺を持ってくるよ」

「氏がここに来たのは」Dの話はとどまることなく進んでいく。「印刷機の部品を売ろうとしたからです。そちらのお嬢さんとあなたにもインクがついているところを見ると、ラクスフォードさん、あえて訊きますが、ここには印刷機があるでしょう？」

「ええっと、そりゃあるとも」私は答えた。「それはそうと、あの名刺をどこに置いたっけ？」

アンジェラが言った。「ジーン。これって冗談？　あなたとマレーで思いついたの？」

私はアンジェラをまじまじと見た。「君までそんなことを？」

Dがアンジェラに訊いた。「マレー？　ケッセルバーグ氏のことですか？」

「そうよ」アンジェラは答えた。「ついさっきまでここにいたわ。ジーンの命が危ないって気づいたのは、マレーだったの」

「なるほど」Dは頷いた。

こうなってはお手上げだ。それは私にもわかっていたが、試しにもう一度粘ってみた。「ちょっと聞いてよ。その名刺が見つかり次第――」

「ケッセルバーグ氏は」Dがアンジェラに言った。「長年にわたるいたずらの常習犯です。市大の学生だった頃も――」

「あいつはそんなことやってない」私は息巻いた。「ここ十二年間は。あんたたち、忘れるってことを知らないのか」

Dは眉ひとつ動かさずに私を見た。「ええ、ラクスフォードさん、我々は忘れたりしません。さあ、くれぐれも二度とこんな真似をしないでくださいよ、ラクスフォードさん。あなたはこれまでFBIと良好な関係を保ってきました。我々の不興を買わないことです。僕は本気ですよ、ラクスフォードさん。これは忠告だと思ってください」

アンジェラが言った。「ジーン、あなたって、たまに変てこなユーモアのセンスを見せるわね」

「勘弁してくれよ！」私はわめき、両手をぱっと突き上げた。

「さよなら、ラクスフォードさん」Dは玄関に行ってドアをあけ、振り向いて悲しげに私を見つめた。「二度と過激派を信じません」彼はこう言って出ていった。

第五章

「ふむ、さてと」マレーは真顔になった。彼は籐椅子に腰を下ろすと、アタッシェケースをそばの床に置いて、パイプを上着のポケットにしまい、脚を組んで、腕を組んだ。「そいつは問題を起こすぞ」

「そりゃあ問題を起こすさ」私は言った。「僕だって、問題を起こすとわかってる。知りたいのは、その問題をどうすりゃいいかってことだ」

　アンジェラが言った。「マレー、あなたからＦＢＩに説明したらどう?」

「それはやめたほうがいい」私は言った。「向こうの見る限り、今回の一件はいたずらで、マレーと僕はグルになってるんだから。あの男の話を聞いただろ」マレーにはこう言った。「あいつらはね、君が大学でやらかした金魚を使ったいたずらをいまだに根に持ってる。それに白ペンキとか使ったやつも」

「おいおい」マレーは言った。「そんなのは大昔の話だぞ」

「まあ、ＦＢＩはどこかに埋もれてたファイルを引っ張り出したんだろうね。だからさ、君が出向いて今回はいたずらじゃないと言ったところで、百パーセント信じてもらえないかもよ」

「そうだな」マレーは頷いた。「残念だが」

　アンジェラが口を出した。「じゃあ警察に行ったら?　普通の警察よ、市警のこと」

「僕は警官たちとは顔なじみだ」私は言った。「署に入って話し出したとたん、ＦＢＩを呼ばれるのがオチさ」

マレーが言った。「それはどこのお役所に行っても同じだな。市でも、州でも、連邦でも。ああ、今の時点ではまずお役所に助けてもらえそうにないぞ。そりゃあ、君の命を狙った正真正銘の企てがあれば、それが本物で執拗な企てだと証明できれば、事情は変わるかもしれないがね」

「僕の命を狙った企て？　く・わ・だ・て？　なんだよそれ？　十のテロ組織が寄ってたかって僕を殺そうとしてるのに、たかが企てだって？　僕に言わせりゃ、大それた企てだよ」

アンジェラが言った。「マレー、ジーンはどうしたらいいの？」

マレーは答えた。「そうだな、打てる手がひとつある。手紙にことの一部始終を書いて警察の保護を依頼して、ＦＢＩ本部に届けるんだ。速達にして、配達証明をつけろ。こうすれば、ジーン謀殺の企てが成功した、もしくは成功しかけた場合、我々が連邦政府に対して過失訴訟を起こす根拠になりそうだ。いっぽう――」

「成功しかけた？」私は訊いた。「殺人の企てに成功しかけた、ってなんだよ？」

「君が負傷した場合だ」マレーは言った。「片腕を失うとか、そうだな、視力を失うとか、そのレベルだな。軽傷ごときじゃ――」

「マレー」私は言った。「ちょっとでいいから弁護士をやめてくれよ。僕はこれからどうすりゃいいのさ？」

「ようし、考えてみよう」マレーは言った。「君にどんな選択肢が残されているか。第一に、今の生活を続け、ユースタリーとテロ組織のことは忘れて楽観的に生きる。第二に――」

「楽観的に生きるって、どういう意味？　殺されないほうに賭けろっていうの？」

「そうとも。第二に――」

「マレー、君はどうかしてるな？」

「いいや、僕はどうもしちゃいない。現実的な選択肢を示そうと頭を絞ってるんだぞ。さては、選択肢その一が気に入らないんだろう？」

「大いに気に入らない！」

「けっこう」マレーは平然と言ってのけた。「第二に、今の生活を続けて、楽観的に生きると見せかけて、実は謀殺の企てを十分に警戒してもいい。備えあれば憂いなし。狙われるとわかっていれば、襲撃を避けるチャンスも――」

「マレー」

「選択肢その二もお気に召さないか」

「僕におとりになれっていうの、マレー？　のこのこ街に出て撃たれるのを待ってれば、この話が冗談じゃないとFBIに証明できるとでも？」

「選択肢その二もお気に召さないのか」マレーは言った。「いいだろう。選択肢その三は、今夜ユースタリーの集会に出て、どういう――」

「集会に出る？」

「ジーン、頼むから最後まで言わせてくれよ。会場に行って、全員と話を合わせ、彼らの計画をできるだけ詳しく探れ。ＦＢＩを説得できるだけの情報を仕入れたら引き上げるんだ。そこでだ、もし君が――」

「マレー」私は言った。「というと、会場で腰を下ろせってこと？　その――その――」

「ジーン、僕が言いたいのは――」

「――テロリストが雨あられと降る中で？　飛んで火に入る夏の虫じゃないか、マレー」

「選択肢その三もお気に召さないとあらば」マレーは言った。「まずいことになるぞ。何しろ、選択肢その四はないからな」

私は言葉に詰まった。その場に立ってマレーを見ると、彼は座ったままこちらを見返した。私はマレーをよく知っていて、マレーを信用し、マレーの能力には全幅の信頼を寄せている。ここでマレーが選択肢その四がないと言うのなら、選択肢その四はないことをやむなく認めるにやぶさかではなかった。だが、選択肢その一からその三は――やれやれ！

私は言った。「また聞かせてくれないかな、マレー？　もういっぺん、三つの選択肢をさ」

マレーは指を折って数えた。「その一、今の生活を続けて楽観的に生きる。その二、謀殺の企てに用心してから、再度ＦＢＩに相談してもいい。その三、今夜の集会に出れば、ＦＢＩに提出できる証拠を入手できるかもしれない」

「それだけ？　フン」

マレーは頷いた。「それだけだよ、ジーン」

私はソファ（先ほど触れたかもしれないが、アンジェラ絡みの理由で、今日はまだ背もたれを倒していなかった）に近づいて腰を下ろし、考えようとした。アンジェラ自身は隣に座って、きれいな額に皺を寄せている。もちろん、印刷機の修理を終えて、すっかり身ぎれいになり、黄色のセーター姿に戻って、頬についた芸術的なインクの汚れも消えていた。今頃アンジェラとソファベッドと私は、テロリストの集団に頭を悩ませるよりはるかに楽しくて、はるかに貴重で、はるかに人間らしい行為にいそしんでいたはずだったのに。

しばし不毛な自己憐憫にふけってから、私は言った。「マレー、君の選択肢その一とその二は同じだよ。どっちを選んでも、僕は今の生活を続けるうちに、どこかの頭のおかしな奴に撃ち殺される」

「そうじゃないんだな」マレーは言った。「選択肢その二の場合、君は予防策を取るんだ。〈市独連〉のメンバーに手伝ってもらえ。もちろん、僕とアンジェラにも。僕たちは君を絶えず監視して、昼夜を問わず警護する」

「もうＦＢＩに昼も夜も監視されてるよ」

「そうだな」マレーは相槌を打った。「だが、ＦＢＩは君を監視している。僕たちは君の周囲を監視して、その中のひとりが敵対行動に出るのを待つ」

「大勢の平和主義者が大勢のテロリストから僕を守るのか。そう考えると、大船に乗った気持ちにはなれないな」

「まあ、自分で決めることだよ、ジーン」

「わかってる。ねえ、選択肢その三はどうなんだよ？　僕は絶対にうまくやりおおせない」

「どうして？」マレーはアタッシェケースを持ち上げ、組んでいた脚を外すと、ケースを膝に乗せて蓋をパチンとあけた。「例の〈世界市民独立連合〉を調べてみたんだ」彼は言った。「実に興味深い組織だぞ。彼らは国際協調主義者で、あらゆる国境やいかなる種類の旅行制限にも反対している。その意思表明として、国境にある税関を、主にこの国とカナダのあいだでいくつか爆破した。組織の一部隊は、七年ほど前にフランスと西ドイツのあいだを走る狭い道路に立つ税関を襲って取り壊し、西ドイツ警察に追われて農家に逃げ込み、そこの家族を皆殺しにして、最後のひとりまで戦い抜いた。かなりの荒くれ集団だな。この襲撃が、北米大陸を離れた場所で行った唯一の奇襲だったようだ」

「そりゃいいや。僕にそんな集団と仲良く集会に出ろって言うんだね」

「実は、この組織、〈世独連〉はもはや現存していない」

「現存してない。要するに、もうないってこと?」

「そのとおり。どうやら、組織の本部で爆弾が一個早まって破裂したらしい。集会のさいちゅうにね。おかげで組織は全滅さ」

「爆弾かあ」

「さてと」マレーはアタッシェケースの中の書類を見ながら言った。「四、五年前に検事当局が公表したリストによれば——そうそう、ここにある——誤植で、〈世界市民独立連合〉の項目から〝世界〟の文字が抜けてしまった。そこで、我らがユースタリーは、君を接触したいテロリストのひとりだと考えたんだろう。こんな間違いをされたら、訴訟を起こすことも十分に可能だ。とくに、なんらかの権利侵害があった場合——」

「もういいよ、マレー」

マレーは顔を上げた。「えっ? ああ、わかった、もうやめる。それもそうだな、悪かったよ。目下の問題に戻ろう」

アンジェラが言った。「ジーン、今夜の集会に行くべきよ。私はそう思う」

「どうしてさ?」

「だって」アンジェラは答えた。「集会に行けば殺されそうにないし、証拠を集めてFBIに話を聞いてもらえるでしょ」

「マレーは？　君はどう思う？」

「ジーン、決めるのは君だぞ」

「そりゃあ、決めるのは僕だけど、君はどう思う？」

「どう思うかって？　アンジェラの言うとおりだと思うね。君は今夜の集会につつがなく出席して、ユースタリーの計画の一端なりともつかみ、敵だと怪しまれるような隙を与えないと思う。ＦＢＩに差し出せる具体的な証拠が必ず見つかるとは言わないが、とにかくユースタリー一味が君を殺す計画を立てるのは食い止められるよ」

「わからないなあ」私は言った。「たしかに、選択肢その一とその二よりましだろうけど、どうしてもわからないよ。僕がうまくやってのけられなかったらどうなる？　テロリストのふりをできなかったら？」

「今日の午後、ユースタリーは君がテロリストだと確信したに違いない」マレーは指摘した。「だいたい、集会には大勢来るんだぞ。誰も君のことだけ見ちゃいない」

「そうだけどさ、ひとりで行くのは……」

「私も行くわよ、ジーン」とっくに決まっていた話のように、アンジェラが宣言した。

私は振り向いてアンジェラを見た。「何するって？」

「私も行く。テロ組織の人たちに会ってみたいし。それにね、ふたりでいれば心強いでしょ、マレー？」

マレーは曖昧に言葉を濁した。「まあね……」

私は言った。「君は行っちゃだめだ」

「いいえ、行きます。私は速記を取れるの。知らなかったでしょ。それを披露してあげる。みんなが言うことをなんでもかんでも速記でメモするわけ」

「絶対にだめだ」私は突っぱねた。「僕ひとりで行く。そもそも、招待されたのは僕だけだ。どうやって君を忍び込ませるんだよ?」

マレーが言った。「ジーンの秘書だと名乗ればいい。実際、悪くないアイデアだ。アンジェラが集会の速記録を取れるなら――」

私は口を挟んだ。「マレー、こんな話に乗り気なのかい? まさかアンジェラが殺されればいいとでも?」

「冗談じゃない。誰にも殺されてほしくないよ。いいかい、君たちふたりがちょっと慎重に振る舞えば、今夜の集会はどちらにとってもまったく危険にならないんだ」

「マレー、君は――」

「たいへん!」アンジェラがぱっと立ち上がった。「今何時?」

マレーが腕時計を見た。「六時半ってとこだ」

アンジェラは自分の小さな腕時計を外して振った。「このポンコツ時計、壊れてる」

「止まってるの?」

「いいえ、動いてるけど、ベルが鳴らなかった。ほら、目覚まし時計みたいに、薬を飲む時間に鳴るはずだったの。六時に飲まなきゃいけなかったのに」アンジェラは台所めがけて走り出し、肩越しに言った。「すぐ戻るわ」

マレーは私を見た。「目覚まし時計を？　腕に着けるのか？」

「親父さんがくれた物でね」私は説明した。「アラーム付き腕時計の一種だよ。チリリンって鳴るんだ」

「薬を飲む時間に。で、どんな薬を？　どこか悪いのか？」

「いいや。飲むのは、ダイエットと、避妊と、お肌の薬だから」

「へえ、そうか。全部いっぺんに？　今はどこも悪くなくても、そのうち悪くなるぞ」

「そんなことないって」私は言った。「アンジェラは馬みたいに丈夫なんだよ。ただし、馬よりずっときれいだ。ただし、馬ほど利口じゃない」

「あの子の良さがわかってないな、ジーン」マレーがそう言ったまさにそのとき、あの子が部屋に戻ってきた。

「さあ、全部決まったわよね？　私たちは今夜の集会に出かける。あなたと私とで」

「マレー？　アンジェラを連れてっても危険はないと、本気でそう思ってる？」

「もちろん」

「だったら」私は頷いた。「僕が行っても危険はなさそうだね。ようし」私はアンジェラのほうを顎でしゃくった。「行こう」

「よかったあ」アンジェラは言った。「速記を練習する機会が欲しかったの」

マレーが言った。「さあ、夕めしをおごるよ」

私は首を傾げた。「昔ながらのボリューム満点の食事？」

「君の困ったところだぞ」マレーは私に言った。「いかにも悲観論者《ペシミスト》だな」

「違うわ」アンジェラが訂正した。「平和主義者《パシフィスト》よ」

「同じことさ」マレーは言った。「平和主義者というのは、戦えば負けると考える人種だからね」

「君のそういうところが好きだよ、マレー」私は言った。「ほんとに嫌みったらしい」

マレーは上機嫌で笑い、アタッシェケースを閉めて、立ち上がった。「さあ行くぞ。〈ラドローズ〉で食べよう」

「ちょっと待って」私は鉛筆と紙切れを手に取った。紙に〝FBIなんかくそくらえ〟と書いた。それから紙をビリビリに引き裂いて、ゴミ箱に放り込んだ。

「よし。これで支度ができたよ」

第六章

私は車の助手席で体をよじり、走って来た道を振り返った。「ああ、参ったなあ」

アンジェラは黄色のベンツのコンバーティブルを運転している。「どうしたのよ、ジーン？」

「歩道に寄せて停めてよ。あいつら、僕らを見失った」

アンジェラはバックミラーに目をやった。「どうしてそんなことに？」

「さあね。とにかく車を寄せて。向こうがまた見つけるかもしれないし」

時刻は午前零時十五分前。私たちはブロードウェイを北に走ってユースタリーの集会に向かう途中、三番街と十九丁目の角にあるマレーのアパートメントの前で彼を降ろした。ふたりのＦＢＩ捜査官（ＥとＦ）が私のアパートメントからレストランまで私たちを尾行してきたが、そこでまた別のふたり（ＧとＨ）と交代した。そのＧとＨは、それからずっと青のシヴォレーでこちらを尾行していた。ところが、今度はあちらが行方不明になった。

アンジェラが消火栓のそばに車を停めると、ふたりでしばらく車の往来を眺めた。今は四月で、風が強く、雨降りで、肌寒く、コンバーティブルに幌屋根が掛けてあった。車を停めた場所は六十八丁目と六十九丁目のあいだだった。タクシーが次から次へ通り過ぎ、アップタウンに向かっていく。しかし、青のシヴォレーは通らない。

アンジェラは期待を込めて振り返った。「コロンバス・サークルで道を間違えたのかも」

「使えない奴らだなあ」

「そんなことないわ」アンジェラは言った。「コロンバス・サークルでは道を間違えやすいのよ。私、しょっちゅうフラフラしちゃう」

私はアンジェラを見て、愚痴を抑えることにした。そのかわりにこう言った。「だって、あいつらはプロだよ。いくらコロンバス・サークルを通っても尾行できるはずじゃないか」

アンジェラは目を凝らし、指を差した。「あの車?」

「違う。あれはポンティアックだ」

「あらそう?」アンジェラはその車を見送った。「じゃあ、その人たちはどの車に乗ってるの?」

「シヴォレーっていう車」

「見分けがつかない」アンジェラは白状した。

「どれも同じだよ」

アンジェラは私の顔を見て、冗談を言っているのかどうか確かめた。「だったら、どうしてその人たちがついてこないとわかるの?」

「ボンネットのエンブレムさ。ゼネラルモーターズの車には、全車種に別々のエンブレムがついてる。それならセールスマンが客に請求する金額がわかるからね」ダッシュボードの時計を見ると、ちゃんと動いていて、午前零時七分前だった。「このぶんじゃ遅刻だな」

アンジェラも小さな腕時計を覗き込んだところ、かろうじて動いていた。「これ以上待たないほうがいいわ」

「期待してたんだよな」私はぼやいた。「集会に出てるあいだ、ＦＢＩのふたり組を手元に置けるんじゃないかって。万が一に備えてさ」

「とにかく」アンジェラは言った。「ぐずぐずしてられないわよ、ジーン。会場の入口は午前零時きっかりに施錠されるかもしれないから、その前に中に入らなくっちゃ」

私は肩をすくめ、未練がましくブロードウェイ沿いに南を一瞥した。「あいつらは放っとけばいいや。よし、行こうか」

「わかった」アンジェラはベンツをゆっくりと車の流れに戻した。

（エロい余談をどうか大目に見てほしい。すでに触れたとおり、服を着たアンジェラを見ていると、私の身にとある影響が現れる。ここで言いたいのは、車に乗ったアンジェラを見ていると、その影響が二倍ないし三倍に膨らむことだ。美しい自動車の運転席に着いたスマートで女らしい美女。すらりとした脚がアクセルを踏み込み、繊細な長い指がハンドルを包み、金髪の彫りの深い顔が持ち上がる。これが私に潜む好色《サテュロス》な精霊を呼び覚まし、割れた蹄《ひづめ》その他もろもろが現れる。アンジェラが運転上手なのは――慎重すぎる嫌いがあって、いざというとき体が固まるが――もうけものだ。彼女が目隠しして運転するとしても、私は迷わず同乗する）

ともあれ、それからの二十ブロック、私はさしあたっての問題から機嫌よく目を逸《そ》らしていた。車がブロードウェイの角を曲がり、八十八丁目の狭い駐車場で停まると、私はとっさにアンジェラを引き寄せてたっぷりキスをした。ところが、キスのあとですっかり落ち込んだ。アンジェラはきょとんとして、瞬きしながら言ったのだ。「今のはなんのキス？」

「もう、なんだっていいよ」私は車を降りた。

すると、アンジェラはうしろめたそうな顔をした。ハイヒールのブーツであわてて追いかけてきて、私の腕を取った。「さっきは嬉しかったわ、ジーン。ちょっとビックリしただけ」

「ああ、そりゃよかった。急ごう、遅れるよ」

私たちは角を曲がってブロードウェイに出た。私はいつもの癖でスーツを着て――集会には必ずスーツを着ていく――ポケットの破れた黒のぼろレインコートをはおっていた。頭はむき出しで、ますます濡れてきた。

先ほど、アンジェラは自宅に寄って着替えると言ってきかず、私は車内で待っていた。（親父さんは私の姿を見たら、いや、名前を聞いただけで心臓発作を起こしそうなのだ）今の彼女は、どこか温かくて乾いていて柔らかくて邪魔の入らない場所へさらっていきたくなる。そこなら、服を楽々と剝ぎ取れる。とにかく、今度のストレッチパンツは白で、ピカピカのブーツは赤だった。ハーフコートの色は深緑で、フードに毛皮の縁取りが付いている。彼女は顔をフードで縁取り、両手をコートの上のポケットに押し込み、一歩歩くたびに白と赤をちらっちらっと見せた。私たちが取るべき行動はひとつ。すぐに干し草置き場を探すことだろう。

それはあきらめて、〈変人会館〉を目指して角を折れた。

曲がり角にはコーシャー料理のデリと酒屋が立ち、その二軒に押し込められて、窓のついたドアがあり、そのガラス部分に文字が曲線を描いていた。**へんじん**。アンジェラと私が中に入ると、前方の薄暗がりに急な階段がまっすぐ伸びて、明かりがぼんやり点った踊り場に通じていた。私たちは階段を上った。数えると二十七段あった。

てっぺんに栗色の金属のドアがあって、二枚の張り紙がスコッチテープで留められていた。一枚

にはこう書いてある。《木曜の晩、サウスサイド社交クラブ、会員制》もう一枚にはこう書いてある。《ノックせよ》

アンジェラは張り紙を見た。「でも、今日は木曜よ、ジーン」

「わかってる」

「ほんとにここで間違いない？〈サウスサイド社交クラブ〉って書いてあるのに」

「なんて書いてあると思った？〈サウスサイド・テロリストクラブ〉かい？そもそも、ここはサウスサイドでもなくて、ウエストサイドだよ」

アンジェラがこちらを向いた。頭上の十五ワット電球の光を浴びて、目がキラキラしている。「ジーン」彼女は小声で言った。「なんだか怖いわ」

「ずいぶんなタイミングで気がつくね」私は言い、ドアをノックした。

すぐにドアがあいて、紺色のスーツを着た雪男が現れた。身の丈六フィート八インチはあるだろう。顔はバナナの房を思わせる。声は埋もれた鉱山ほど深い。「ああ？」

「やあ、どうも」私は言った。「集会に来たんだけど」

男は身じろぎもせず、口も利かない。まだるっこそうに私を眺めた。わずかに口をあけ、洞窟の入口をふさぐ巨石よろしく戸口をふさいでいる。

アンジェラが私の肘の横から首を伸ばして男にささやいた。「ほらあれ、あの集会よ。ユースタリーさん」

男はばかでかい――これまたバナナの房みたいな――手を高く上げてぶんぶん振った。「うんにゃ。ハズレ」そしてドアを閉めた。

アンジェラはこちらを向いた。「ジーン？　ジーン、やっぱり冗談なの？　ここまで来て、冗談だってわけ？」

「勘弁してくれよ」私はもういっぺんドアをノックした。ドアがあくと、怪物男に言った。「僕はラクスフォードだ。〈市独連〉の。ユースタリーに訊いてくれれば、通していいと言うはずだよ」

「うんにゃ」男は今度もドアを閉めた。

アンジェラが言った。「ジーン、これがあなたとマレーがでっち上げた話なら、金輪際――」

「しまった！」私は叫んだ。「合言葉だ！　合言葉を忘れてた！」私は三たびドアをノックした。

今回、怪物男は凶悪な顔をしていた。片手を見せつけて「失せろ」と言った。

「グリーンスリーヴズ」私は怪物男に言った。「これでいい？　グリーンスリーヴズ」

まるで私が男の操作盤《コントロールパネル》のボタンを押したようだった。男の手がパタリと落ちた。彼は大儀そうに二歩あとずさり、蒸気ショベルを思わせるしぐさで入れと指図した。

入ったところは真四角の狭い部屋で、窓はなく、家具もなかった。右手にどっしりとした栗色のカーテンが掛かっていて、また別のドアがありそうだとわかるが、左手は小さなクロークに続くドアがあけっぱなしになっていた。

怪物男は入口のドアを閉めて声を轟かせた。「そこ、武器置け。テーブルの上」

「そこ」とはクロークのことだった。中を覗いてみると、テーブルの上は暴力と衝動の象徴でいっぱいだった。拳銃、ナイフ、メリケンサック、ブラックジャック、長い鉄パイプ、革紐、輪にした針金、どろりとした液体が入った瓶。みんなきちんと並べられ、隣に小さな番号札が置かれている。

私は唾を飲んで、ちゃんと声が出るようにしてから言った。「武器は持ってない。僕たちは武器を持ってこなかった」

怪物男は私の前に立ちはだかった。「身体検査する」と言って、私の体じゅうを叩きまくった。バン、バン、バン。私の所持品で殺傷能力があるのは爪切り程度だとわかり、男は驚きかつガッカリしている様子だった。彼は爪切りを、形ばかりに没収しようと考えたが、肩をすくめて返してくれた。男がアンジェラのほうを向くと、私は彼を引き止めた。「ちょっ、ちょい待ち」

「身体検査」男は遠雷のような声を出した。

男の顔にも声にも、アンジェラの身体検査を楽しもうとする気配はなかったが、私は男に楽しませるわけにいかなかった。もしアンジェラがバンバンバンされている横で私がおとなしく立っていたら、私たちの仲はもうおしまいだ。そこは間違いない。アンジェラと別れたら、誰がうちの印刷機を直す？　誰がうちの家賃（朱色のブラは言うに及ばず）の面倒を見る？

「待て。ちょっと待った。アンジェラ、コートを脱いで」

アンジェラは言われたとおりにして、コートを抱え、紺色のセーターと白のストレッチパンツという格好になった。私は怪物男に言った。「彼女は武器を持ってない。どこに隠すっていうんだい？」

アンジェラにはこう言った。「コートを渡して、ポケットを検《あらた》めさせろ」

「わかった」アンジェラは頬のあたりがやや青ざめていた。コートを渡された男は、のっそりとポケットを調べ出した。ピーナッツを探している象に見える。ボールペンと速記用のメモ帳を見つけたが、なんとも思っていない様子だ。

武器が見つからず、男はアンジェラに視線を戻して、ちょっと考え事をしてから言った。「よし」

そして彼女にコートを返した。次に栗色のカーテンを指差した。「入れ」

私たちは顔を見合わせた。私たちとはアンジェラと私のことだ。彼女は手を伸ばして私の手を取り、ぎゅっと握った。私は息を吸い込み、息を止め、進み出て、栗色のカーテンをあけ、中に入った。

第七章

目の前に縦長の部屋が広がっていた。古びた部屋だが、つい最近天井に取り付けられたと見える蛍光灯で明るく照らされている。室内は木製の折りたたみ椅子が、すべて奥の演壇に向かってずらりと並べられていた。その演壇には古い木の机が一台置かれ、うしろの壁に折りたたみ椅子が一列並んでいた。演壇の右手のポールからアメリカ国旗が垂れ、左手に黄色と茶色と思しき旗があって、左右対称になっていた。四方の壁には、額に入れられ、ガラスがはめられた、くすんだ写真が掛けてある。およそありそうにない制服を着た集団が写っていて、ボリビア海軍（ボリビアは太平洋戦争後に内陸国になったが、海軍が存在する）の写真がわんさとあるみたいだ。

室内には百人あまりに席が用意されていたが、十人ほどの男女しか来ておらず、みんな演壇のそばに固まっていた。私とアンジェラは手をつないで、折りたたみ椅子に挟まれた真ん中の通路を歩いた。私たちが前方に近づくにつれ、そこにいる人たちは浮かない顔つきになった。ひとりひとりを取り巻く空気が興奮でビリビリ鳴ったようで、私たちは〈マッドサイエンティストの地球物理観測年〉の創立総会に飛び込んでしまった感じだった。ある意味では、まさにそのとおりだったのだ。

前方の集団からモーティマー・ユースタリーがぱっと現れた。とっておきの地中海沿岸地方の笑みをたたえ、きれいにマニキュアを施した手を差し出す。「ラクスフォード、ラクスフォードじゃないか！　よく来てくれたねえ。で、こちらの惚れ惚れするようなお嬢さんは？」目で女性を妊娠させられるものならば、ユースタリーがアンジェラに向けた視線はピルと戦って引き分けに持ち込んだことだろう。

「僕の秘書です」私は言った。「アンジェラ・テンー―」おおっと！　私はうかつな自分をののしりつつ、まあまあ真に迫った咳の発作を長引かせた。「すいません。雨にやられて。こちらはアンジェラ・テン嬢です」続けて、アンジェラに言った。「こちらはユースタリーさんだ」

「テン嬢」ユースタリーは満足げな声を出し、アンジェラの手を握った。これでは握手したかどで逮捕されても文句は言えまい。

アンジェラの笑みはぎこちなく、挨拶する声もいつになく弱々しく響いた。「初めまして」彼女はそう言うと、握られた手を引き抜いた。

ユースタリーは未練たらたら私に向き直った。「あとひとつかふたつの組織の到着を待っているだけだよ。揃ったら、すぐ本題に入る」

「わかりました」

小柄でやせた、凶暴な顔つきの黒人女性が近づいてきた。黒のワンピース姿。ラインストーンをちりばめた黒の帽子から黒い羽が一本、ぴんと突き出ている。彼女はユースタリーの袖を引っ張った。「ちょいとユースタリー、ユダ公が来るなんざ聞いてないよ」声は地下鉄がブレーキをかけた音、容姿はドクター・スースの絵本に出てくるキャラクターの下品な親戚だ。

ユースタリーは百科事典のセールスマンよろしく女性にほほえんだ。「ああ、ババ夫人、集会の中でそのあたりにも触れますよ。さあさあ、楽しくおしゃべりしてください。〈市民独立連合〉のＪ・

ユージーン・ラクスフォードとアンジェラ・テン嬢です」彼は私たちのほうを向いた。「紹介しましょう。〈汎アラビア世界自由協会〉のエリー・ババ夫人。すてきなご婦人ですよ」そのすてきなご婦人には、「安心できる人たちに任せていきますね」と言って、彼は水銀のようにするりと輪をすり抜け、あとに私たち三人が残された。

　ババ夫人は私たちをうさんくさそうに見た。ユダヤ人の特徴はないかと確かめていたのだろう。

「あんたたち、どういった団体？」

「え？　なんですって？」

「あんたんとこのスローガンだよ」夫人は言った。「どんな目的で活動してんだい？」

「ああ、そういう意味ですか。僕たちは反国境派の団体です」私は言った。「制約のない旅。これが主張です」私はアンジェラのほうを向いた。「それとも、節度のない旅だっけ？」

「イカレた理想主義者どもだね」ババ夫人は切って捨てた。「そういう手合いがいろんなゴタゴタを起こしちゃ、大衆の目を現実の問題からそらすんだ」

「はあ。そうですか」

「そうともさ」夫人は言った。「今度はうち、〈汎ア協〉の話をしよう。うちは現実的な組織でね、計画があって、解決策もある」

　私は繰り返した。「はあ。そうですか」それから訊いた。「どんな解決策が？」

「こっちの望みはね」夫人は猛烈な勢いでまくし立てた。「ナセル（当時のエジプト大統領）とアーラブ人みんなの力でイスラエルからユダヤ人を追い出して、あの国を俗に言うアメリカ黒人に渡してほしいのさ。それくらいして当然だろ」夫人はさんざんののしった。「薄汚い奴隷商人どもが」

「ユダヤ人が？」私は思わず興味を覚えた。

「まさか、ユダヤ人なもんか」夫人が語気鋭く答えた。「アーラブ人さ。奴らが奴隷を売り買いしてたんだ。わかっちゃないねえ」

「よく知らなくて」私は白状した。

「理想主義者め」夫人はののしり、口元をゆがめた。

何かが小槌で叩く音を繰り返した。カン、カン、カン。がやがやする声に負けじと、ユースタリーが声を張り上げた。「みなさん！　座ってください。そろそろ始めます」

ババ夫人は踵を返して、挨拶もせずにずんずん歩み去った。私がアンジェラを見ると、彼女もこちらを見ていて、私たちはほのかなぬくもりと正気を求めて身を寄せ合った。

周囲ではマッドサイエンティストたちが折りたたみ椅子に腰を下ろそうとしていた。大半が前の二列に集まっている。暗黙の了解で、アンジェラと私は四列目の通路側を選んだ。

全員が席に着くと、ユースタリーは演壇の前に立ってニコニコした。抜き打ち試験を始めようとしている狡猾な教授のようだ。「紳士淑女のみなさん、こんばんは。〈新たなる始まり連盟〉の組織集会にようこそ」

ユースタリーは言葉を切り、出席者に笑いかけた。「私が決めた名前を気に入ってもらえるでしょうか。新たなる始まりは、まさに我々一同の究極の目的ですよね。新たなる始まりは、旧体制が排除されるまで支配勢力になれません」彼は表情と声に危険な雰囲気を漂わせて言うと、さらに続けた。

「この部屋にいる我々一同、旧体制の排除にきわめて関心があるはずです」

そこで同意の声が轟き、動物園の餌やりの時間を思わせた。ユースタリーは食われるのが怖くないのか、にこやかに私たちを見下ろして、轟きがやむと話を再開した。「このへんで自己紹介したほうがよさそうですね」彼は机から紙片を取り上げた。「名前を呼んだら、立って、みなさんの組織について少し教えてください」笑顔から愛想のよさを滴らせる。「ただし、スピーチはご遠慮願います。少々時間が押していますので。簡潔にまとめてください。では、そうですね」彼はリストに目をやった。「まず、フレッド・ウェルプ夫妻から。〈世帯主分離運動〉、略して〈世分運〉の代表です。ウェルプ夫妻はどちらに？」

感じのいい、中年の太ったふたりが前列で立ち上がり、こちらを向いた。昼間の公開収録テレビ番組を見たことがある人は、フレッド・ウェルプ夫妻とは顔なじみだ。司会がマイクを持って通路を歩き、参加者はモニターに映った自分たちを見て笑い、フレッド・ウェルプ夫妻は左手の中央通路あたりの席に座っている。司会はこのふたりなら下品な発言をしないとわかっていて、そばで立ち止まり、「ご結婚なさって何年になりますか？」と尋ねる。「十八年です」とウェルプ夫人が答え、頬を染めてほほえむ。ウェルプ氏もほほえみ、鼻高々に見える。

こんな夫婦がテロリストの総会で何をやっているのだろう？　入口に怪物男が陣取り、クロークは武器が山盛りだっただけに、どう転んでも妖怪変化《ボリス・カーロフ》が一同に会すると予想していた。いかにも《サタデー・イヴニング・ポスト》誌を定期購読していそうな、人のよさそうな夫婦ではなくて。〈誰しもかかりやすい被害妄想のせいで、私はひょっとして、と怪しみ始めた。やっぱり、これは正真正銘のいたずらで、この私が仕掛けられたのだ。そこで、口元を隠して忍び笑いをしている奴を見つけてやろうと、周囲にいぶかしげな目を向けた。しかし、二列目の八人目くらいまで真面目な顔をしていたので、さすがの私も納得した。まさか、アンジェラとマレーとＦＢＩと十五人あまりの赤の他人から

いたずらを仕掛けられたはずがなかろう。いずれにせよ、フレッド・ウェルプ夫妻はれっきとしたテロリストに違いない)

そのとおりだった。「フレッド・ウェルプといいます」フレッド・ウェルプは甲高い声で言った。「こっちは家内です。さて、私たち〈世分運〉は、世界じゅうのあらゆる問題を引き起こすのはアメリカやソ連のような大国だと考えます。どこの国も小さくて、誰も全世界をぶちのめそうなんて思えなかった昔はよかったんですから。さて、私たちが求めるのは、合衆国の全州とソ連の全州が分離して、ヨーロッパやアフリカの独立国のようになることです。さて、その第一歩として、ニューヨーク市及びロングアイランドが合衆国から独立し、私たちの国家となり、ルーズベルト国と名乗ります。ニューヨーク市は長年オールバニー市民に搾取されてきたので、そろそろ誰かがなんとかしなくてはいけません」

そのときウェルプ夫人が言った。六月に窓台で冷ましているブルーベリーパイのような声だ。「私たちはここにいるみなさんを精いっぱいお手伝いしますから、みなさんもオールバニーの州知事公邸を爆破するのを手伝ってください。まだ決めかねてますけど、そのうち国連ビルのほうも」

「私たちの大義名分を宣伝する活動です」ウェルプ氏が説明した。「世論が味方につくとわかっていても、あの小うるさい新聞が――」

「どうもどうも、ウェルプさん」ユースタリーが言い、フレッド・ウェルプの火がついてきた熱弁にすんなりと割り込んだ。「感謝します、ウェルプ夫人。次はセルマ・ボドキン夫人を紹介しましょう。〈平和を望む異教徒の母連合〉、〈平異母連〉の代表です。ボドキン夫人はどちらに?」

セルマ・ボドキン夫人が立ち上がると、ウェルプ夫妻はしぶしぶ腰を下ろした。

ボドキン夫人もあの昼間のテレビ番組の参加者の中にいただろうが、司会は夫人の横で足を止めて質問しない。夫人を見ただけで、(一)未亡人で、(二)意固地だとわかり、さっさと通り過ぎるのだ。黒のワンピースに体を詰め込んだどでかい女性は、腕にピカピカの黒いハンドバッグを下げていた。白髪交じりの髪は――自宅で当てた――パーマがきつくかかっているが、ややぼさぼさしている。

ボドキン夫人は前置きなしに、耳障りな声で切り出した。「今日《こんにち》、この国は内外の敵に手を焼いていて、国内の敵の大半は共産党員《アカ》に触発されてます。ほかならぬ共産党が陰で糸を引いて、古き良きアメリカ人の血統を人種混交で雑種化しようと画策しているのだと、ちらっとでも考えませんか？アカどもは知ってます。連中が私たちを出し抜いて世界征服を果たす唯一のチャンスは、私たちと劣った人種を同系交配させて、私たちの力を弱めることなんだと。たとえば、カトリック教徒やユダヤ人や黒人と。人種混交とは――」

ところが、ほかの出席者から沸き起こった怒号にボドキン夫人の声はかき消された。彼らはなぜか夫人の言葉に腹を立てたようだ。叫び声の中でも、夫人が何やらわめいているのは聞こえた。「……車の後部座席でアメリカの若い男女と……」以下省略。

アンジェラが私に身を寄せてささやいた。「この人たち、どうかしてるわ、ジーン。みんな、どうかしちゃってる」

「同感」私も小声で返事をした。

「カトリック教徒は人種じゃないし」アンジェラはささやいた。

私は彼女を見ただけで、何も言わなかった。

前方ではユースタリーがまたもや例の小槌を叩く音を立てながら――ほぼ全員が立っているので、

彼が本当に小槌を持っているのかどうかわからない――静粛にと求めていた。すると、だんだん騒ぎがおさまっていった。やがて室内は静まり返った。音叉のように震える静けさだ。ほぼ全員が誰かを睨んでいた。

ユースタリーはちょっぴりむっとしただけだった。「紳士淑女のみなさん、静粛に願います。みなさんを今日の集会に誘った際に伝えたとおり、みなさんには大きな意見の相違があり、対立する考え方があります。我々が不毛なイデオロギー論争に熱中したら、誰の得にもなりません。我々はある共通の手段を行使するものの、ほかに共通点がないという事実をありのままに受け入れて、〈新たなる始まり連盟〉の集会に参加中は、休戦協定だけでも維持しましょう」

こうしてなだめられたおかげで緊張感が和らぎ、闘士たちはほっと一息つけた。ユースタリーがいったん言葉を切って、もう面倒は起こらないかと確かめると、圧倒的な静寂に迎えられた。彼はほほえみ、全員を好意で包み込んだ。「けっこう。やはり、みなさんの良識と思慮深さは頼りになりますねえ」彼はリストを眺めた。「次は、〈真のユダヤ民族救出作戦〉のイーライ・ズロットさんです。〈真ユ救〉のズロットさん、どうぞ」

初めは誰も立ち上がらなかったような気がしたが、演壇のそばで頭がせり上がっていくのが見えた。イーライ・ズロット氏は身長五フィート足らず。頭に白くなりかけた黒髪がもじゃもじゃ生えているほかは、どんな顔なのか、さっぱり見当がつかない。

ただし、どんな声なのか、となると、また話は違ってくる。なりは小さいのに声がでかいのだ。甲高くうるさく響き渡って、迷惑千万な館内放送を聞いているようだった。

「六百万人が死んだ！」この声が叫んだ。「こうなったのも、非ユダヤ人のおかげである！　では、彼らはなんらかの償いをするのか？　アイヒマン（ナチスの幹部、第二次大戦中にユダヤ人の大量殺害を指揮。戦後、裁判の後に処刑された）みたいな奴を何人か差し出せば、我々が満足するというのか？　否《いな》！　ドイツ民族の殲滅《せんめつ》。それが答え、唯一の答えであり、最終的な解決策である！　ドイツの大使館や領事館がニューヨーク市に、ワシントンD・Cに、ここ民主主義の中心に、史上最高の国に存在することを、毎晩ひざまずいて神に感謝しろとでもいうのか。冗談じゃない！　まっぴらごめんだ！　奴らを吹っ飛ばして、男も女も子供もひとり残らず焼き払い、民主主義にとって安全な世界を作るんだ！　あの――」

「どうも、どうも、ズロットさん」ユースタリーはこのモジャモジャ頭をなだめつつ、前方へ戻っていった。

しかし、ズロットの話は終わっていなかった。「あのボドキン夫人に至っては、これは――」

サッ！　ボドキン夫人が再び立ち上がり、拳を震わせてぎゃあぎゃあわめいた。ズロットもわめいて応酬すると、そこへエリー・ババ夫人が駆けつけてボドキン夫人に加勢した。だがボドキン夫人はそれを聞き入れず、逆にババ夫人にちょっぴり助言すると、とたんにババ夫人が猛然と答えた。

ほかの出席者も次々と立ち上がっていく。彼らが一言言うたび、悪態をつくたび、罵詈雑言を吐くたびに、戦線が引かれて引き直されまた引き直されて、同盟者はネット越しを行き交うテニスボールみたいに行ったり来たりしている。それを見下ろすユースタリーは憮然とした面持ちで、平和を求めるしぐさで両手を差し出し、集団を今一度おとなしくさせようと口を動かしていた。

アンジェラを見ると、渋滞した道路を眺める子供のように騒ぎに見とれていた。今は彼女の注意を引こうとしても無意味だと悟り、私には深まりゆく確信を伝える相手がいなかった。この愚人会議に出ていても、時間とエネルギーとアドレナリンの無駄遣いだ。いかがわしい場所を覗いているだけではないか。この各種変人《ミックスナッツ》の詰め合わせは、一致団結して自己紹介を終わらせることができそうにない。ましてや、全員揃って私のような罪のない傍観者を殺しに行けないだろう。

今夜の私は終始うろたえていて、このボンクラどもが私を殺すほど危険かもしれないというマレーの話を鵜呑みにした。それを思うと、恥ずかしがればいいのか、むくれればいいのかわからない。しかし、ひとつだけ確かなことがある。一刻も早くアンジェラに合図して、まともな世界だと思える場所へこっそり戻らなくては。

いっぽう、ユースタリーは相変わらず演壇で頑張っていて、立派だと認めないわけにいかなかった。彼は再び変人どもを、ゆっくりだが容赦なくなだめすかし、座らせ、静かにさせ、話を聞かせた。しまいには室内が静まり返った。集団じたい、騒いでしまって照れくさそうだ。ユースタリーは純白のハンカチを取り出して、頬と額を拭った。「紳士淑女のみなさん、いやはや、みなさんには驚きましたよ」

誰も応えなかった。思うに、彼らは自分に驚いていたのだ。

「これでは我々のためになりません。我々一同、この集会がなるべく秩序ある効率のよい方式で進行されるよう望んでいるはずです。みなさん予定が詰まっているのに、あまり時間を割いてはいけませんから。では、この先は秩序を保つ試みを実行してもかまいませんね」

ユースタリーは出席者の顔から顔を見回して、彼が求めていた承諾を得た。

「けっこう」ユースタリーは感謝の笑みを浮かべた。「大変けっこう。やはりみなさんの良識は頼りになります」彼は顔を上げて叫んだ。「ロボ!」

ロボ? 私が頭を巡らすと、あの怪物男がやって来た。のっそりと、ぼってりと、ねちっこく、私たちの横をドシンドシンと通り過ぎて演壇に上がった。そこでユースタリーの背後に立ち、こちらを向いて腕を組んだ。

　ユースタリーは租税査定人さながらほほえんでいる。「ロボは我々一同が癇癪を起こさないよう手伝います」そう言って、またリストを手に取った。「次は〈ユーラシア人救済団〉、〈ユ救団〉のサン・クート・フーさん」

　サン・クート・フー氏は私たちの真ん前の列にいた。小粋な身なりの、やせた、真剣な東洋人の若者が、立ち上がると、人を小ばかにしたようにサッと会釈した。名門大学の学生で、秀才だが議論好きの、教授陣から目の敵にされるタイプに見える。「〈ユ救団〉は」鋏を鳴らすような声だった。「未来の息吹である。ヨーロッパの時代は終わり、アメリカの時代も終わろうとしている。しかし、アジアの時代はまだ始まったばかりであり、我々の太陽はちょうど昇ったところだ。輝かしき指導者、毛沢東の下、スターリン派とフルシチョフ派とコミンテルン修正派（コミンテルンは各国共産主義政党の国際統一組織、一九一九～四三年までモスクワに存在）と、ソ連と東欧の堕落しつつあるブルジョアを一掃したので、こうした平和と繁栄はかつてなかったと世界じゅうに知れ渡る。中国の平和《パックス・チャイナ》よ！　では、敵はどこにいるのか？　飽食に慣れ切った怠惰なアメリカ人ではなく、退廃したヨーロッパ人ではなく、新興国のだまされた大衆でもない。違う。真の敵は、我々の理想を利用して我々の目標を変えさせる者なのだ。いわゆる共産党！　そう、ここニューヨーク市には例のケレンスキー（ロシア革命の指導者、ボルシェヴィキに敗れ、一九四〇年米国に亡命）派の隠れ家が残っている。ああ、彼らがなんと自称しようとかまわない。あの国際協調主義者、あの――」

「ありがとう」ユースタリーはぴしゃりとさえぎった。「いや本当にありがとう。次に進まなくてはいけません」

サン・クート・フー氏は反逆するかしないかの瀬戸際に立ったようだが、ユースタリーの背後にロボの巨体がぬっと現れるや、すかさず椅子に座った。

ユースタリーは次にエリー・ババ夫人を紹介した。夫人は出席者を啓発するべく、すでに私の前で話したことをくどくどと繰り返した。その後は私の番だった。

自分の名前と、組織名と、組織名の略称が呼ばれても、どうすればいいかよくわからなかった。立ち上がり、ゴシック様式の大聖堂を飾る石像を思わせる顔また顔を見下ろして、一瞬、私は衝動を抑えかねていた。ここの人たちに私の正体を明かし、ついでに彼らの正体を暴き、回れ右をして、彼らを小ばかにしたように出て行きたい。

出席者がボドキン夫人とババ夫人のような人たちだけだったら、私は衝動に従っていただろうが、演壇にいるふたりも勘定に入れねばならなかった。演壇のふたりはまた別物だからだ。ユースタリーは、奇妙きてれつな集団の招集を思いついたとはいえ、本人は人畜無害な変人に見えなかった。ロボのほうは、世界一頭のいい男ではなさそうだが、さりとて頭のよさがすべてではない。

というわけで、ユースタリーとロボのため――もちろん、自分のためもあって――もっともらしく聞こえればいいなと思いつつ、私は大声で早口に言った。「僕たち〈市独連〉はいかなる国境も存在すべきではないと考えます。制約のない旅、それが僕たちの主張であり、国境が作られれば、壊さなくてはならないと訴えています。ですから、それが僕たちの活動です。ご清聴を感謝します」そして、腰を下ろした。

ユースタリーは相好を崩して私にほほえみかけた。「見事なまでに簡潔です、ラクスフォードさん」彼は言った。「いやあ、お見事。あとの人たちに見習ってほしいものですねえ」彼はリストを見た。

「次は〈革新的プロレタリア党〉、〈革プロ党〉のハイマン・マイアーバーグさん、どうぞ」

ハイマン・マイアーバーグは、立ち上がると、長身でやや太め、盛りを過ぎても恰幅がよい男で、全身をゆで団子《ダンプリング》でくるんだように見えた。タクシー運転手にも見えた。髪が薄くなりかけ、額の生え際がひどく後退している。ふだん、よくある野球帽をかぶっているのだろう。マイアーバーグは皮肉たっぷりに言った。「さっきしゃべったサン・クート・フーさんに同感だね。共産党の理念が修正主義者に脅かされてるってとこは。ただし、あの人もお仲間もわかっちゃないらしいのは、あの人もモスクワの官僚に負けず劣らず修正主義者だってこった。スターリンこそ、レーニン主義を確立して、真のマルクス主義国家を築いたのよ。古臭い愛国主義を抱えたトロツキー主義の毛沢東信奉者は一掃しなくっちゃあ――」

マイアーバーグの言葉が急にうなり声でさえぎられた。低くて威嚇的な、冬眠中の熊を枝でつついたら聞こえてきそうな声だ。全員の視線がロボに集まった。彼は組んでいた腕を外して脇にだらりと垂らし、マイアーバーグを見据えている。マイアーバーグは咳払いをして、鼻の頭をぽりぽりと掻き、ズボンを引っ張り、椅子に座った。

ユースタリーは、マイアーバーグが進んで着席したという巧妙な嘘を採用した。「お疲れさま、マイアーバーグさん。ラクスフォードさんが始めた簡潔の習慣を守ったとは、ありがたいことです。さて、次は〈アメリカ青年民兵団〉、〈ア青団〉のルイス・ラボツキさん、どうぞ」

よろしい。マイアーバーグは日勤のタクシー運転手に見えたが、今度のラボツキは夜勤のタクシー運転手のタイプだ。彼のほうが小柄で、やせ型で、鋭い顔立ちで、不服そうにしている。車内にトランジスタラジオを持ち込み、乗客がいらいらすればいいと思って、ロックの曲ばかりガンガン流しそうな男だ。

ラボツキは言った。「〈ア青団〉は、〈平和を望む異教徒の母連合〉のセルマ・ボドキン夫人にいくらか賛同します。このご婦人とは、これまでピケを張った際などに知り合いました。さらに我々〈ア青団〉の考えでは、人種の混交は今日《こんにち》の世界が直面している大きな危険です。また、黒人は脳が小さくて必要な技術を習得できないのに、優先的に仕事を紹介して労働組合に押し込み、アメリカの真面目な白人労働者は、扶養家族ともども路頭に迷わせるのも問題です。全米黒人地位向上協会と人種平等会議の黒人どもとその支持者《シンパ》はひとり残らず撃ち殺されるべきです。アメリカの勤勉な労働者の子供の口からパンを取り上げるのは無理だってことを、奴らに見せつけなきゃなりません。以上、ありがとうございます」

ラボツキは腰を下ろしたと思ったら、ぱっと立ち上がった。「ただし、撃ち殺されるべきは黒人だけです。ユダヤ人やカトリック教徒やイタリア人やポーランド人その他の少数派《マイノリティ》に限り、みなアメリカの善良で真面目な労働者であり、彼らの待遇は改善されてしかるべきです。ありがとうございます」

ふと思いつき、私はアンジェラを見てささやいた。「メモ取ってる?」

アンジェラはぽかんと口をあけた。「いっけない、すっかり忘れてた!」彼女はボールペンとメモ帳を探してコートのポケットをまさぐった。

私はアンジェラに、もういいよと言おうかと思った。この〈新たなる恥さらし連盟〉は大騒ぎするほどの組織ではなく、記録するほどの価値もない。しかし、またユースタリーとロボのことを考えて、外の明るい場所のどこかにいるFBIを思い出し、成り行きに任せることにした。

そうこうするあいだも、ユースタリーは次の人を紹介していた。〈キリストを守る同胞基金〉、〈キリ同基金〉のライオネル・R・ストーンライト氏だった。立ち上がったライオネル・R・ストーンライト氏は、まさに映画に登場する銀行家、俳優のルイス・カルハーンに見える。

「議長」ライオネル・R・ストーンライトは改まって呼びかけた。「紳士淑女のみなさん。全員ではないとしても、主に労働組合員で構成されると思しき集会に招待されて、正直なところ驚いております。〈キリストを守る同胞基金〉の、もっぱら産業界にスト破りを提供し続けてきた合衆国最古の組織の委員長として、当方で雇った者たちがみなさんの大半あるいは全員に棍棒か鞭を食らわせた、あるいはこの先いつか食らわすと考えて、私はささやかな慰めを得るのですよ」

ロボが低くうなったが、ストーンライト氏は彼に目もくれず話を続けた。「我々の議長であるユースタリー氏は、私がこの集会に出席すれば自身の利益になる、すなわち〈キリストを守る同胞基金〉の利益になると言いたげでした。そのような利益が共産主義者《アカ》と不穏分子どもとの同盟でもたらされるとは、私にはとうてい考えられず、一瞬たりともここにいる必要性を感じません」

ユースタリーは逆境に見舞われても、ますます熱心にほほえむだけだった。今や、私がこれまで見た中で一番熱っぽい笑みを浮かべている。「ストーンライトさん、何度かお話ししたとおり、この会場にいる我々は幅広い信条を代表しています。いずれか特定の信条を推進する目的で集まってはいませんが、協力すれば、共同の手法を駆使できると思ったのです」

「〈キリストを守る同胞基金〉は」ストーンライト氏の口調は冷ややかだった。「協力など必要としておりません」彼は聞いていた私たちをひるませる笑みを浮かべた。「わけても」彼は言った。「世界産業労働者組合《ウォブリーズ》からは」

「ウォ、ウォ、ウォ、ウォブリーズ！」

またしても全員が叫んだり騒いだりして、ババ夫人とズロット氏とボドキン夫人とウェルプ両名がぱっと立ち上がり、どうして我々をウォブリーズ呼ばわりするのかとストーンライト氏を問い詰めた。見ると、ユースタリーが振り向いてロボに頷き、理解と同情のこもったやさしい表情を浮かべてあとずさりした。

ロボが木から滑り下りるゴリラさながら演壇を下りてきた。叫んでいる者の前に順繰りに歩み出て、彼らの頭のてっぺんにでかい手のひらを載せ、口をつぐんで座り始めるまで押し下げていった。三十秒足らずでやり遂げた。会場は水を打ったように静まり返った。まだ立っているのはストーンライト氏だけだ。ロボはあたりを見回して、満足げに頷くと、演壇に戻った。

ストーンライト氏はロボがめでたくユースタリーの背後に戻るまで様子を窺い、それから口をひらいた。「下層階級の左翼にはありがちですが、あなたがたを従順にさせるのは馬鹿力だけですよ。言わせてもらいますと、我々の組織をこちらのどの組織であれ提携させて汚染させようなどと、私はこれっぽっちも考えません」

ユースタリーはにこやかな笑みを絶やさない。「そのような決断を下すとは、まことに残念です、ストーン――」

「最後に」ストーンライトがきっぱりとユースタリーをさえぎった。「もうひとつ断っておきたい」彼は念を押した。「この破壊的で、共産主義者に触発されたに違いない企てについて、この会館を出たその足でしかるべき筋に報告いたしますぞ」

ユースタリーの笑みは愁いを帯びた。「まさか本気じゃありませんよね、ストーンライトさん」

「いやいや」ストーンライトは断言した。「一言一句に至るまで本気ですとも」

「うーむ」ユースタリーはうなった。「かえすがえすも残念でなりません」悲しげにほほえんで、彼はため息をついた。「ロボ」

「目をつぶって」私は小声でアンジェラに話しかけ、すぐに自分も目を閉じた。これから起ころうとしている事態は、どう考えても平和主義者が目撃してよいものではない。

いかんせん、耳を閉じることはできない。誰か——ストーンライト、だと思う——が「ヒェッ！」と声をあげたのが聞こえた。それから駆けていく足音が聞こえた。足音は私の真横を通り過ぎた。何かが左腕をシュッとかすめたほどである。そして、背後で怪しい物音がした。ドガッ。続けて。バッコン。

それから。バシッバシッバシッ。

最後に、つかの間ながら盛大な静寂のあとで、ユースタリーの声が会場の前方から聞こえた。おもねるように真面目な口ぶりだ。「まことに遺憾です、あれは。あのような事態は避けたかったのですが」

目をあけて、アンジェラを見ると、彼女はうしろの何かをじろじろ見ていた。私はささやいた。「目をつぶってなかったの？」

アンジェラはゴクリと唾をのみ、私を見て、ささやいた。「あらやだ、まさかあ。あなたも見ればよかったのに！」彼女はつくづく感心していた。

前方でユースタリーが話している。「ロボ、そいつをクロークに入れておけ。あとで始末しよう。紳士淑女のみなさん、お騒がせして申し訳ありませんが、あの男に当局に駆け込んでほしい人はいないでしょう」ユースタリーは私たちに優しくほほえみかけた。「あの男は我々の名前を知っていました。我々の組織の名も。この会場にいる全員に大変なトラブルを引き起こすところでした」

出席者の半分ほどはユースタリーに向き合っているが、あとの半分は一様に体をひねり、会場の奥にある何かを見つめていた。私が彼らの、こちらを向いた人たちの顔を見ると、どの顔にも深い関心の色しか浮かんでいなかった。ある出来事が起こり、それが自分たちの専門分野に結びついたのだから、ことがどう処理されるのか、おのずと興味が湧くものだ。誰ひとりとして、ことの次第に驚いたり、怯えたり、怖がったりする様子はなかった。

そりゃま、驚いたり怖がったりするわけないか。彼らは潜入スパイではないのだから。スパイはこの私だ。

アンジェラのほうを向いて、メモを取っているかと確かめた。ところが、彼女はメモ帳に身をかがめ、途方に暮れて速記録を見つめていて、ほかの出席者など眼中になかった。私はくるっとうしろを向いて会場の奥を見たが、ロボは今は亡きストーンライト氏をとっくに場外へ引きずり出していた。

ユースタリーは一息ついて出席者を我に返らせると、話を始めた。「次に自己紹介をお願いするのは、P・J・マリガンさんです。〈アイルランド人遠征軍〉、〈ア遠軍〉の代表。マリガンさん、どうぞ」

マリガン氏はビックリ箱から飛び出したようにぴょこんと立ち上がった。やせこけた、闘志満々の、元気潑剌たる五十歳で、白髪交じりの髪と、ギラギラした青い目、膨れた赤鼻の持ち主だ。さらに、真っ白に光る入れ歯をはめている。しかも数サイズ大きめなので、自動車の前部が話しているように見えた。（こういう男こそ、ハイマン・マイアーバーグの運転するタクシーとルイス・ラボツキの運

転するタクシーが街角で軽く衝突したあとに始まる口論に飛び込む野次馬なのだ）

「一番言いてえのは」マリガン氏は甲高い声で切り出し、入れ歯を覗かせ、芝居でしか聞けない強烈なアイルランド訛りを駆使した。「あんたらがさっきのイングランド人、ストーンライトを片付けた手並みにゃあ感服したってえこった。はっきし言うとさ、ここは女々しい組織で、坊ちゃん嬢ちゃんだらけの集まりじゃねえかとぼちぼち考え始めてた。あんたら一同、イングランド人どもに報いを受けさせる手伝いしてくれんなら、〈ア遠軍〉もとことん加勢するってえ請け合うぜ。なあ、イングランドの――」

しかし、そこで私はわからなくなった。突然、頭の中で火山が爆発したのだ。

言うまでもなく、実際に暴力事件は我々にすぐさま影響を与えない。それが胸にしみわたり、正しく認識して完全に理解するには時間がかかる。反応ができあがるまでの時間である。ライオネル・R・ストーンライトが手早く始末されたことに対する反応が、今になってようやく私に出始めていた。神の恵みがなかったら、ドガッとされたのは私であった。危うく私はここの人たちを叱りつけ、潜入スパイだと正体をさらし、ありし日のストーンライト氏がしたとおり、ユースタリーとロボに楯突こうとしたのだ！

といっても、〈新たなる始まり連盟〉に対する考えを変えたわけではなかった。連盟じたいが、セルマ・ボドキン夫人やフレッド・ウェルプ夫妻、ハイマン・マイアーバーグ氏、さらに目下まくし立てているP・J・マリガン氏といった面々が属している組織が、私やほかの誰かにとって危険な存在になるとはやはり思えない。エリー・ババ夫人を怖がるのは、六歳以下の幼児だけではないか？どこかの――〈新たなる始まり連盟〉でもなんでもいい――組織がイーライ・ズロット氏をテロ活動に送り出す際、彼が首尾よくやり遂げると見込めるだろうか？　ばかばかしい。あれは漫画の『ディック・トレイシー』に出てくるへっぽこ悪役の一味だ。

ああ、ただしユースタリーだけはまたしても別物だ。やはりイカレている――その証拠に、ここにいるほかのイカレた者と好き好んでつきあっている――だろうが、人畜無害どころではない。結局、マレーはいいところを突いていた。私が今夜ここに現れなかったとしても、〈新たなる始まり連盟〉から追っ手は来ないだろうが、ユースタリー（というかロボ）は、私の口を封じるために飛んで来たはずだ。さっきストーンライトを黙らせたように。

たとえ私がマレー・ケッセルバーグとアンジェラ・テン＝アイクと会費を滞納している平和主義者たちに守られていても、ロボは目的を果たしただろうか？

考えただけでぞっとする。

ロボがドタドタと横を通り過ぎたときもぞっとした。彼はクロークから鈍重な足取りで駆け戻り、演台の持ち場についた。まだイングランド人のことで騒いでいたマリガンは、ロボに横目でぎろっと睨まれ、ぴたりと黙るなりパッと下がって見えなくなった。まるで椅子にバネで取り付けられているようだ。

「どうもありがとう、マリガンさん」ユースタリーは満足そうだ。「簡潔な挨拶と信任投票の両方に感謝します。それでは、最後になってしまいましたが、ジャック・アームストロングさんにお願いします。〈全米ファシスト更生委員会〉、〈全ファ更委〉のアームストロングさん」

ジャック・アームストロングは、せいぜい二十三歳だった。身長は六フィート四インチくらい、一流の水泳選手やフットボールのハーフバックのような体格をしている。短く刈り込んだ金髪、太い首、海兵隊の新兵募集のポスターで見かける発達の遅れた子供のような顔。「我々」彼は口をひらいた。甲高く、女みたいで、ぶざまな声だ。「亡き偉大なアドルフ・ヒトラーによって文明に大いなる貢献がなされたことを歴史が証明すると信じる者、この偉大な人物が行った聖戦の真相が国際ユダヤ人団体の傭兵にゆがめられ、批判されてきたと信じる者——」

「おいおい！ 我慢にも限度がある！」誰かの声が叫び、前列で見覚えのある髪がまたひょっこり浮いてきた。あれは私がこれまでに見たイーライ・ズロット氏のすべてであった。「我々にあらゆる屈辱を与え」ズロット氏が叫んだ。「あらゆる残虐行為を行ったのは——」

「ロボ」ユースタリーが穏やかな声で指図した。

それで十分だった。イーライ・ズロットの声はたちまち途切れ、もじゃもじゃの髪は沈んでいった。

ユースタリーはジャック・アームストロングにほほえみかけた。アームストロングは脚をひらいて両手を腰に当て、同志がスキーから戻ってくるなりナチスの党歌《ホルスト・ヴェッセルリート》を歌い出そうとしていた。そこへユースタリーが言った。「ご苦労でしたね、アームストロングさん。これで一同があなたがたの組織をよく理解できたでしょう」

「万歳《ハイル》！」アームストロングは叫び、妙ちきりんなナチス式の敬礼をバシッとして、まるで撃たれたように腰を下ろした。

さしものユースタリーもいささか虚を突かれた様子だが、まもなく気を取り直した。「紳士淑女のみなさん、今夜の集会に出席してくれてありがとう。私にはよくわかります。みなさんには本当に共通点が多く、全体の能率を上げるべくもっとも効果的に協力できると」彼は子煩悩な父親のように私たちにほほえみかけた。「さあ、次は私の友人を紹介しましょう。卓越した戦術家であり、警備部門では世界でも指折りの万能かつ博識のエキスパート。この人物は、我々が団結して成し遂げたい目標をみなさんに教え、希望を現実にする手順を説明します。紳士淑女のみなさん、レオン・アイク氏の登場です」ユースタリーは演台の右手にあるドアのほうへ大げさに手を振った。

ちょっと気を持たせてから、そのドアがあいてレオン・アイク氏が歩み出た。

そのとたん、ユースタリーその人は貧相に見え、ほかのみんなは子供の集団と化した。レオン・アイク――およそ似つかわしくない名前だし、本名などではない――は高きこと鷲のごとく、細きこと狼のごとく、速きことチーターのごとし。獰猛で、陰気で、自信満々で、周囲をことごとく見下している。着ているのは、さもありなん、ゆったりとした黒の服で、彼の髪のように黒く、目のように黒い。顔は、血色が悪く冷酷で皮肉にもハンサムで、よからぬ考えのようにちらついた。彼はダンサーを思わせる優雅さと暗殺者並みの静けさで歩み寄り、演台で足を止めて私たちを見渡すと、知識とブラックユーモアと、軽蔑の念で目を光らせた。

「紳士淑女のみなさん」絹を裂くような声だ。「こんばんは」

いきなりアンジェラが私の腕をつかんで離さなくなった。私が隣を向いて渋い顔をすると、彼女は目を見開き、真っ青になり、縮こまっていた。彼女に身を寄せて、どうしたのかと訊いたところ、恐怖で裏返った小声が聞こえた。「あれはタイロンよ！　兄よ、彼よ、タイロンよ！」

第八章

タイロン・テン＝アイク！　アンジェラの厄介者の兄貴。十年以上前に竹のカーテンの向こうに消えて共産中国に入った男。死亡したか、もっと悪い事態になったと見切りをつけられ、西側世界のどこかで彼に再会するとは誰も思わなかった。ところが、タイロンは今ここに、アメリカ合衆国ニューヨーク市のブロードウェイと八十八丁目の角にある、天井が低くて細長い部屋にすっくと立っているのだ。いっぽう彼の妹は、出席者に紛れて縮こまり、ハイマン・マイアーバーグという時代錯誤のスターリン主義者の陰に隠れていた。

私はアンジェラのこわばった指を一本一本つかんで自分の腕から外し、彼女の耳元に顔を近づけてささやいた。「向こうからは見えないよ。君だと気づかない。落ち着いて。コートを着て、フードをかぶるんだ。それから彼の言うことを書き取って。とにかく、言うことを書くんだ」

「でも、ジーン」アンジェラはささやき声で返事をした。演台では彼女の兄が、今夜の集会によく来てくれたと言っている。「あなたは兄って人を知らないの、知らないだけ！　兄はしょっちゅう私にピンを刺して、飼い猫に火をつけて、使用人を階段から突き落とそうとしたのよ」

「彼は気づかない」私もささやいた。こっちまで声が裏返ってきた。「いいからコートを着て。くれぐれも、メモを取るのを忘れずに」

「でも、ジーン！」

前方ではタイロン・テン＝アイクが前置きを終え、ロボに指図した。「図表を持ってきてくれ」ロボがのしのしと歩いてタイロン・テン＝アイクが出てきた部屋に消えた隙に、私は死に物狂いでアンジェラに手を貸してコートを着せた。彼女はメモ帳を落とし、ボールペンを落とし、メモ帳を落とし、ボールペンを落とし、そのたびに下を向いて落とし物を拾い続けた。ほかの出席者は黙って話に耳を傾けているのに、私たちふたりはジェットコースターに乗ったカップルのように騒いでいたが、今のところタイロン・テン＝アイクにもほかの誰にも気づかれていない模様だった。

ロボは大型のイーゼルを抱えて再び現れ、それを演台に立てると、一抱えのポスターを載せた。タイロン・テン＝アイクはあとずさりしてイーゼルに近づいた。「ご苦労、ロボ。さて、君は入口の持ち場に戻ったほうがいいだろう。邪魔が入らないようにな」

ロボがごとごとと立ち去り、タイロン・テン＝アイクは私たちに笑みを向けた。ユースタリーのほほえみはへらへらしていたが、タイロン・テン＝アイクのほほえみはきらきらしている。ユースタリーのほほえみはよそよそしかったが、タイロン・テン＝アイクのほほえみは冷淡だ。「注目してください」タイロンは言い、私たちの視線を集めたと確信した。アンジェラだけは、コートのフードに頭を入れようとしながらボールペンを拾いつつ、メモ帳を拾いながらハイマン・マイアーバーグの陰に隠れつつ、速記を取りながら神経衰弱を起こしていた。タイロンはイーゼルに向かい、一枚目の表をめくった。

「これは連邦政府の成り立ちです。見てのとおり、下部でごちゃごちゃしている官僚組織はすべて、上部のわずか三つの中央組織の指示を受けています。すなわち、行政府、立法府、司法府ですね。この政府を倒さんとする者は幾度となく、行政の長たる大統領を暗殺して満足するという愚を犯し、残るふたつを機能させておきました。そのふたつとは、すなわち、連邦議会と最高裁判所です」タイロンはきらきらした笑顔をこちらに向けた。「この点はもう少しあとで考えましょうか。とりあえず先に進みます」

タイロンは表――それはよくある線と箱でできた単純な図式で、高校の公民の教科書に溢れているものであり、上部にある大きな三つの箱によって全部の箱が成り立つと示している点では彼の言うとおりだが、今のところ、だからなんなのだ――をめくった。「では、ほかの要素を考えてみましょう。将来有望な人材はどこに集まるのか？　わが国でも選りすぐりの逸材はどこにいるのか？　若手の優秀な政治家や、経済学者、社会学者、未来の政治学者は？」

タイロンは次の表――そこには国名のリストしか出ていない。名前のあとにいくつか数字が書かれているが、どれも小さくて、ここからでは読めない――を叩いた。「ここです。国際連合にいます。特別補佐官や次官、補佐官、ほぼ世界じゅうの国から優秀な若者たちが、イーストリヴァー沿いに立つガラス張りのシリアルの箱ひとつに集合する。この点についても、少しあとで考えましょう」

タイロンは振り向いて私たちにニコッとほほえみ、国連の表をめくると、そこに全壊した建物の大きな写真が現れた。「新開発のプラスチック爆弾十ポンド」彼は陰気な喜びに浸って写真を見つめた。「それがこれほどの被害をもたらしました。この新型爆弾は、ハンマーで叩いて伸ばせる子供用の粘土に似ているため、意外な方法で隠せます。電荷の作用で起爆する仕組みです」

写真の次は、またもや線と箱でできた図式だった。「国土が広くて人口が多い、重要な国家のうち一国だけが、国際連合に代表を送り込んでいません。言うまでもなく、それは中国です。中国の前途洋々たる若者たちは他国の同輩から隔離され、否応なく愛国主義で、視野が狭く、教養がなく、疑い深くなっていき、本質的には真の概念化ができなくなります」

タイロン・テン＝アイクは再び振り向いて、両手を背中に回し、どこか愉快そうに私たちを眺めた。「全員が熱心に私を見ていながら、話をほとんど理解していませんね。質問を差し控えてくれて、心から感謝します。最終的に、私はここまで挙げた要素のすべてを全体の計画の中で結び付けます。この計画は、みなさんひとりひとりに喜んでもらえるでしょう」彼はイーゼルに向き直り、表に手を伸ばした。「では次に――」

こうしているあいだも、おわかりだろう、アンジェラは相変わらずコートを着ようと四苦八苦していた。ようやく左袖を通し、ざっとフードもかぶり、少しはボタンを留めたかに見えるが、まだ空っぽの右袖を背中でパタパタさせている。パニックと焦りに襲われたアンジェラは、がむしゃらに右腕を右袖に入れようとして、右肘を隣の空いていた折りたたみ椅子にぶつけた。すると、その椅子がうしろに倒れてがたんと――木製の折りたたみ椅子だけが立てる音で――床に引っ繰り返った。

おっと。だが、これは大したことではなかった。これは始まりに過ぎなかったのだ。この椅子は引っ繰り返るついでに、隣の椅子と隣の隣の椅子とそのまた隣の椅子のバランスを狂わせていた。連鎖反応で、影響が波のごとく広がり、列ごとガタガタと倒れていき、騎兵隊がブリキの屋根を進撃するような音を立てた。

すでに、誰も彼もが私たちを見ていた。私たちを。しかも、まだ終わりではなかった。とんでもない。

アンジェラと私が顔を見合わせ、ぞっとして、身をすくめていると、崩れていく椅子の列が背後の椅子の列にぶつかり、その列が倒れた。そして次の列が。さらに次の列が。ドミノ倒しのように、通路からこちら側の椅子がひとつ残らず、私たちから奥の壁までガラガラと衝突してガタガタ音を立て、バタンと音を立て、引っ繰り返り、床に倒れてめちゃめちゃになった。

その後に訪れた静寂は、私がいまだかつて聞いたことがない騒音だった。

その騒がしい静寂の中で、とある声が響いた。それはタイロン・テン＝アイクの声だった。「アンジェラか？」

私はタイロンを見た。彼はアンジェラを見ていた。一歩進み出ていて、妹をまじまじと見つめている。

私の隣で、アンジェラはなかばささやき、なかばうめいた。「ああああ、ジイイーーン！」

ふと確信したのか、タイロン・テン＝アイクが声を張り上げた。「アンジェラだな！　この平和主義者のクソ女！」

「逃げよう」私はアンジェラの手を握り、また椅子をいくつか引っ繰り返して、出口に向かった。

ロボが近くのカーテンから出てきて、私たちと自由のあいだに、私たちと安全のあいだに立ちはだかった。さらに背後ではタイロン・テン＝アイクが、新人テロリストたちの騒ぎに負けじとわめいた。

「奴らを止めろ！　ロボ！　止めるんだ！」

命拾いしたのは代名詞のおかげかもしれない。タイロンが男を止めろと命じていたら、ロボは内野手がゴロをさばくように私を拾い上げていたであろう。あの大声が女を止めろと言っていたら、ドアまでたどり着けなかったのはアンジェラだった。しかし、奴らを止めろと命じられ、どうやって止めるか、またはどちらを先に止めるかについて明確な指示が出されず、ロボは身動きできなくなった。

「バター付きパン！」私はアンジェラに声をかけ、いったん離れる際のおまじないをわかってくれと願いつつ、彼女を左に押すと同時に右に曲がった。こうして私たちはロボを左右に挟み、両手を広げた大男を途方に暮れさせ、カーテンをくぐり、階段に向かい、一階に駆け下りた。

通りはまだ風が強く、肌寒く、雨が降っていて、今では人影もなかった。ブロードウェイのこのあたりには映画館が何軒もあるが、もう――午前零時四十分くらい――どこも閉まっていた。それは、通りの両側に何ブロックも連なる、デリや酒屋や靴屋やドラッグストアや衣料品店や菓子屋も同様だった。タクシーが二、三台、空車のライトを灯して通り過ぎたが、そのほかは私たちふたりきりだった。

だが、いつまでもこうはゆくまい。アンジェラの手を握ったまま、私は全速力で角を曲がり、コンバーティブルを停めた場所を目指した。幌を下ろしてあったなら、横から飛び込めただろうに、幌を上げてあったので、時間をかけて乗るしかなかった。縁石側のドアをあけ、先にアンジェラを押し込み、私はあとから滑り込んだ。「出して！　さあ出して！」

私がバタンとドアを閉め、アンジェラがイグニションにキーを差し込んだとき、背後で声がした。

「ははあ、ここにいたのか」

私たちが振り向くと、後部座席に男がふたり座っていた。

アンジェラは悲鳴をあげて、また車を降りようとした。私を乗り越えて、あるいは迂回して、あるいは必要とあらば通り抜けてでも。私は必死に彼女を押さえた。「よせよ、よせって、この人たちはＦＢＩだよ！」ようやく彼女はおとなしくなり、後部座席のふたりをちらっと見て、小声で言った。

「ほんと？」

「間違いないね」私はふたり（IとJ）を手振りで示した。「あのやせっぷりを見てごらん。あのグレーのスーツと、存在感のない喉仏と、時代遅れの帽子と、角張った顎を見てごらんよ」

「笑わせるな」Iが言い、Jは鼻先で笑った。

私《アイ》はIに説明した。「僕《アイ》に比べれば、彼女はずぶの素人でね」

「問題は」I《アイ》が私《ミー》に言った。（いよいよややこしくなってくる?）「この一時間、あんたたちふたりがどこにいたかだ」

「その答えを聞いたら、大いに興味を持つよ」私《アイ》はIに言った。「バッチリ保証付き」私はアンジェラに言った。「ダウンタウンに向かって、ハニー。僕はおふたりさんに一部始終を説明するからさ」

「いい話なんだろうな」I《アイ》が私《ミー》に言った。

第九章

どうやらいい話だったらしい。抜群にいい話だったので、ＦＢＩは私に三回も繰り返させたほどだった。まず、ダウンタウンに向かう車中でＩとＪに話した。次に、四人で私のアパートメントに帰ると、Ｋが私の化粧だんすの引き出しを調べていたので、彼にも一部始終を説明した。それから最後に、Ｋが何本か電話をかけて、アンジェラと私は五番街にある図書館付近のオフィスビルに連れて行かれた。そこで、入口のドアに〈国際文学連盟支部〉と書かれた小さなオフィスで、私はまたもや一部始終をＬとＭとＮとＯとＰに聞かせたのだ。Ｐがボスで、机に向かっていて、ＬとＭとＮとＯはほうぼうの窓台やら家具やらに腰掛けていた。

ここは、ＦＢＩの人間がいそうもないオフィスだ。おんぼろのベネチアンブラインドがなかば下りた、二枚の汚れた古い大窓から、ニューヨークでも長い歴史を誇る通風孔が見える。室内は、一方の壁にオリーブグリーンの金属の棚が並び、複数の言語で書かれた哀れを催す本――たいていフィクション、と思われる――が何冊も詰め込まれていた。その向かいには、すさまじい錆色をした革張りのひび割れたソファの両脇に、形の違う古ぼけたフロアランプが置かれている。シェードに房飾りが付いたものだ。Ｐの机は古く、木製で、傷だらけで、鈍重だった。木製の古びたファイルキャビネットは、かがり火にくべられて生涯の大半が過ぎたように見えた。グレーの絨毯はずいぶんと古く、道筋がついていて、アンジェラと私が座っているぐらぐらする椅子も、やはり年代物のようだった。なんだかんだで、このオフィスは救世軍のセールで買ってきた家具を備え付けたと見え、歯医者のドリルを思わせる机上の電気スタンドにおおむね照らされていた。

この状況で、私は再び一部始終を——今ではすらすらと——物語り、そこにアンジェラも口を挟んだ。一通り話し終えると、私は言った。「誰かが全部記録してくれたよね。この話をするのは三度目だよ。二度と繰り返す気になれないからさ」もうかれこれ早朝の三時半になり、疲労困憊だと脳が訴えかけてきた。

「心配無用」Pは私に言った。「すべてテープに録音してある」Pはほかの者よりいくぶん年長で、ずんぐりしている。一世代前に養成されたタイプだ。ひっきりなしに煙草を吸うので、吸いさしの端から新しい一本に火をつけるまで一息入れねばならない。「実を言うと、ラクスフォード、あまりにも突飛な話だし、君の評判を考えて、当初は訴えを黙殺するつもりでいた」Pは吸いさしを灰皿でもみ消し、私の隣でアンジェラが不機嫌な顔をしても、かまわず先を続けた。「しかし、今回ばかりは君の信頼性を高めやすい要素がいくつかある」

「そりゃどうも」私は言った。(皮肉は平和主義者が容認する数少ない武器である)

それは、Pをちっとも困らせない武器でもあった。彼は平然と話し続けた。「君が口にした名前だが、エリー・ババ夫人とP・J・マリガンとイーライ・ズロットとジャック・アームストロングとセルマ・ボドキン夫人は、どれも実在する破壊活動組織のリーダーの名前だ。実を言うと、フレッド・ウェルプ夫妻の名前は初耳だが、だからといって特別の意味はない。彼らは右翼ではないかと思う。我々のファイルはもともと左翼のほうがやや豊富だからね。あ、今のはオフレコにしてくれ」

Ｐは回転椅子の背にもたれ、くるくる回転しながら唇を尖らせうつむいて考え込んだ。ようやく彼は口をひらいた。「そのうえ、テン＝アイク嬢の兄の件もある。すでに別の情報源からも情報が届いていて、タイロン・テン＝アイクはさまざまな偽名を使って、破壊活動及び妨害工作のために我が国に入国したと判明している。奴がこの時期この街に、君が報告した面々と現れるのは、残念ながら辻褄が合うのだ」

　またもやＰは鬱々と物思いにふけり、ズボンに落ちた煙草の灰を叩き落とし、机を見て顔をしかめた。タイロン・テン＝アイクは私が報告した面々と合流したと考えて、げんなりしたらしい。やがてＰは首を振り、再度体を起こした。「そのユースタリーという男だが、むろん印刷機の補給品のセールスマンではない。そこは徹底的に調べてある。言わせてもらえば、そもそもＦＢＩが裏を取っておくべきだった。彼らが手を打っていれば、我々は現在こうした問題に対処しなくてよかったのだ」

「あんたたちはＦＢＩじゃないの？」

　Ｐは人生に疲れた笑みを浮かべた。「いいや、違う。まったくの別組織だ」

「ＣＩＡ？」

　それを聞いたＬとＭとＮとＯは顔を見合わせてクスクス笑い、座ったままでもじもじした。まるで、ボーイスカウトに入ってなかったのかと訊かれたようだ。Ｐは、人生に疲れた笑みでどこか人生に疲れた喜びを覗かせた。「いいや、ラクスフォードくん、ＣＩＡでもない。我々の組織の名を聞いたことなど、まずもってなかろう」Ｐは目をすがめてほかの四人を見た。「そうだな、諸君？」

　四人は「ハッハー」とか「そのとおり」とか、「もっちろん」とか言った。

　本人たちはわかっていないが、この連中はまさにボーイスカウトだ。こうなると、彼らがキャンプファイアを囲んでふざけたり、ロープの結び目を作ったりする姿が目に浮かぶようだった。おまけに彼らは中西部の大学に通った。しかも、卒業している。

「さて」Pは再び気を引き締めた。「本題に戻ろう。君の有利に働くだめ押しの証拠が、あの〈変人会館〉だ。我々が到着した頃にはもぬけの殻になっていたが、今夜そこを借りたのは〈サウスサイド社交クラブ〉とやら名乗る団体で、そんな団体は実在しないようだ。さらに、貸出料金は現金で支払われていた。そのほか、クロークで小さなしみ、おそらく血痕がいくつか発見された。明朝には鑑定報告が上がるだろう」

四人組のひとり——たぶん、M——が言った。「尾行の件もありますよ、チーフ」

「ああ、そうそう」Pは頷いた。「イーライ・ズロットとエリー・ババ夫人は、どちらも最近は二十四時間監視されていて、どちらも今夜の午前零時少し前に解放された」Pはどこかわびしげにほほえんだ。「むろん、君たちもだ」

「そんなことあるもんか」私は息巻いた。

アンジェラが言った。「私たち、あの人たちを待ってたの。向こうがこっちを見失ったのよ」

Pは顔を皺くちゃにした。「なんだって?」

「車でコロンバス・サークルを抜けたらさ」私は説明した。「どういうわけか、向こうがこっちを見失ったんだ。青のシヴォレーに乗ったふたり組がいたんだけど、途中でついてこなくなって。僕らがすぐ車を停めて五分くらい待っても、現れなかったんだよ」

「それ以上待てなかったのよ」アンジェラは弁解した。「集会に遅刻したくなかったから」

またもやLとMとNとOは、揃ってクスクス笑ったりもじもじしたりしている。Pは目を輝かせ、四人組をちらりと見た。「それはスクエアの連中に伝えないほうがよさそうだ。なあ、諸君?」

四人は「ハッハー」とか「わっはっは」とか「もっちろん」とか声をあげた。ボーイスカウトめ。

私は言った。「今夜ばかりはFBIにそばにいてほしかったのに。僕がひとりであの集会に行きたかったとでも思う?」

「お察しするよ」Pの愉快な気分は続いていた。「では」彼は目の輝きを消した。「そもそも君がその集会に出席した経緯だが、すでに君の友人である弁護士、マレー・ケッセルバーグと話し合ったところ――」

「マレー? あいつを起こしたのかい?」

「そういうわけではない」Pはまた目を輝かせ、Oに言った。「彼は眠っていたとは言えないな?」

「はい、そうです」Oもお返しに目を輝かせた。「眠っていたとは言えません。ベッドに入ってはいましたが、いわゆる眠りについた状態ではありませんでした」

「マレーに殺されるな」私はぼやいた。

アンジェラが手を伸ばして私の手を握った。「あなたのせいじゃないわ、ジーン」彼女は優しい声で言った。「マレーはわかってくれる」

私は「ハッハー」とか「そのとおり」とか「もっちろん」とか言った。

Pが言った。「とにかく、ケッセルバーグは君が集会に出席した動機を裏付ける。君たちふたりの発言から理解する限り、君は出席しなかったらユースタリーどもに口封じをされかねないと思ったが、出席すればテロ組織が存在する証拠を入手してFBIに渡せるだろうと考えた」

「そうそう」

アンジェラはうしろめたそうだった。「記録が取れなくてごめんなさい」

Ｐはいくぶん父親めいた笑みを彼女に向けた。「それは心配に及ばんよ、テン＝アイク嬢。そんなつらい状況で判読可能な速記録を取れる人間はめったにいない」Ｐは机に置かれた問題のメモ帳に視線を落とした。数ページにわたって視覚的芸術《オプアート》が続いている。「ひょっとすると」彼は曖昧な口ぶりで言った。「速記の達人なら、一部は読み取れるかもしれんぞ」

「私の速記は誰にも読めないの」アンジェラは嘆いた。「絶対に」

私はアンジェラを見た。「そんな話は初めて聞いたよ」

「私だって」アンジェラはくどくどと弁解した。「頑張って、頑張って、頑張ってるのに、どうしてもうまくいかないのよ」

私はＰを見て、Ｐは私を見た。ほんのひととき、どちらも等しく驚愕したであろう瞬間、我々のあいだには理解と共感という完璧な絆が結ばれた。やがてＰは咳払いをして、書類をがさがさめくり、机に目を落とした。「まあ、速記もあながち無駄ではなかったが」彼は一枚のリストを取り上げた。「君が提供したのは、一部の出席者の名前と、名前を忘れた数人の所属先だ」彼はリストを見て首を振った。「それにしても、これは前代未聞の組織になるな」

アンジェラは言った。「あの人たち、ずうっと言い争ってたわ」

Ｐがアンジェラを見て頷いた。「そうだろうとも」

「あの集会があんなにだらだら続いたのは驚きだよ」私は言った。

「そうかね？」Ｐは首を振った。「我々は驚かん。実を言うと、ラクスフォードくん」彼は言った。

「この〈新たなる始まり連盟〉に並々ならぬ関心があるのだ」

「またまたあ」私はうんざりした。「あんたたちは外国の陰謀ごっこをしたいんだろうけど、相手はあの連中だよ？　イカレた奴らばっかり」

Ｐは表情のない目で私を見て、抑揚のない声で言った。「そう思うのかね、ラクスフォードくん？」

「ユースタリーは違う」私は言った。「テン＝アイクも違うな。たしかに、あのふたりは危険だろうね。それにロボも、頭のいい奴に命令されれば危険だ。でも、その他大勢はさ、混み合った地下鉄で隣に座って宇宙人の話を始める手合いを髣髴させるんだ」

「まともに取り合わんのだね」

「まるっきり」

Ｐがに合図した。「ラクスフォードくんに要点を伝えろ」

が腰掛けていたラジエーターから立ち上がった。「了解、チーフ」彼はファイルキャビネットに近づいて、一番上の引き出しをあけた。

Ｐが私に言った。「ここにある資料は、君が名前を覚えていた人物のぶんだけだ。ま、ほかの出席者の情報も似たり寄ったりだろう」

「寄せ集めか」

「おそらく」Ｐは言い、に始めろと合図した。

は引き出しからマニラフォルダーを取り出していて、引き出しを閉め、キャビネットの上でフォルダーをひらいた。中の書類にざっと目を通し、一枚を選んだ。「エリー・ババ夫人。非常に信心深い女性。一九五二年まではキリスト教バプティスト派だったが、三人目の夫を刺して服役中に、過激派の〈ブラック・ムスリム〉に改宗した。〈ムスリム〉は、夫人のバプティスト派の信仰にひた隠しにされていた白人憎悪の念を引き出したが、その感情に具体的なはけ口を与えなかった。一九五四年から一九六〇年にかけて、夫人は複数の最右翼の黒人組織、どれも前の組織より過激な組織に次々と加入していき、最終的には一九六一年に〈汎アラビア世界自由協会〉に入り、一九六四年に代表に就任した。現在の会員数はおよそ四十五名であろうかと。ババ夫人は、過激派のイスラム教徒からハーレム一、ことによると世界一凶暴な女性と目されている」

Ｏは別の書類を手に取った。「パトリック・ジョゼフ・マリガン」彼は読み始めた。「生粋のアメリカ人なので、国外退去を命じられない。彼は銀行強盗を働いて、連邦重罪犯刑務所の囚人を一期務めたことがある。〈アイルランド人遠征軍〉は、この三十七年間、我が国で精力的に活動している。主な役割は、北アイルランドとイギリス諸島の両方に存在するアイルランド独立派のため、人知れず活動資金を集めることだった。全盛時のＩＲＡは、お得意の資金調達法として銀行強盗を働いていたので、〈ア遠軍〉はそこから犯行を思いついたようだ。ここ二、三年、活動が鈍ってきたかに見えるが、英国大使館前の路上で騒ぎ等を引き起こしている。マリガンは七年間この組織を率いてきた」

また別の書類。「イーライ・ズロット」Ｏは読み始めた。「この男はまた話が違う。血も涙もない殺人者、それどころか大量殺人者になりたいらしいが、必ず土壇場で気が変わる。西ドイツ大使館や訪米中の西ドイツの要人が宿泊しているホテルの客室などに、危険極まりない大型の爆発物を何度か設置してのけたが、決まって、爆発する少し前に電話をかけて、爆弾が仕掛けられていると教え、みんな避難しろとせっついた。これまでのいずれの場合でも、迅速な捜索が行われて爆発物が発見され、爆発は起こらなかった。一説では、ズロットの妻エスター・ズロットには前々から夫を軟化させる力があり、夫を説得して電話をかけさせたとされている。そのエスター・ズロットは三カ月前に死亡した。フォルクスワーゲンに轢き逃げされたそうだ」

「まあひどい」アンジェラが思わず声を出した。

「我々の見解では」Oは静かに続けた。「ズロットは今後ますます危険になる」彼は次の書類に手を伸ばした。

「ジャック・アームストロングは」Oは読み始めた。「生まれてこのかたヒトラーびいきでナチス寄りだったらしい。ただし、第三帝国が崩壊した一九四五年にはわずか四歳だった。〈全米ファシスト更生委員会〉は、アームストロングが高校在学中に親しい友人を集め、みずから創設した団体であり、会員数は七人から二十二人で推移している。この団体はあちらこちらに鉤十字の落書きをしたり、公民権運動デモ隊のピケにピケを張ったりしている。また、確たる証拠はなかったが、ライフルによる狙撃事件とシナゴーグの破壊行為の裏で暗躍していた可能性もある。それはともかく、アームストロングは精神に異常をきたしていて、殺人を犯す恐れがあるのは明らかだ」

お次。「セルマ・ボドキン夫人。五十七歳の未亡人。〈平和を望む異教徒の母連合〉が一九四七年に創設されて以来の会員で、一九五八年に会長に就任している。一度だけ、暴行罪で刑務所行きになった。このとき夫人はセントニックス・アリーナでプロレスを観戦していた。メインイベントは、キャプテン・アメリカという白人レスラーと乱暴者《ヴァイオレント》ヴァージルという黒人レスラーの試合だった。乱暴者ヴァージルが最後の一勝負に勝ったが、ボドキン夫人は彼の戦法が倫理に反していると考え、座席を立ってリングに上がり、新聞紙を巻いた鉛管で乱暴者ヴァージルを叩きのめした。夫人には執行猶予が付いて、その後にクイーンズ区セントオールバンズにある乱暴者ヴァージルの自宅を爆破したと告発するに足る証拠はあがらなかった。夫人と彼女が率いる団体は、ほかの複数の爆破事件に関わっていた可能性があるものの、この点は定かではないが、新聞紙を巻いた鉛管で公民権運動のデモ参加者を襲う習慣がついていて、地域の恋人たちの散歩道に大挙して押しかけ、異人種が乗り合わせた車を追い出そうとしないロングアイランドのドライブインシアターに甚大な被害をもたらしたことは確実だ。ボドキン夫人がすでにみずから殺人を犯したかどうか、それはわからない。ただし、夫人に殺人の意思があることならわかっている」

Oは書類をフォルダーに戻し、フォルダーを引き出しに戻し、自分をラジエーターの上に戻した。

Pは私に言った。「どうだね？」

「どうって何が？」

「まだ連中を人畜無害だと思うのか？」

「まさか」私は答えた。「あいつらを人畜無害だなんて思わない。頭がおかしいんだ。頭のおかしい連中が破壊行為に走ることはあるからね。でも、あんたたちはあの〈新たなる始まり連盟〉の話をしてるわけで、これまた話が違ってくる。あんなバカどもをまとめて、何かさせようったって無理だよ。いいかい、僕はあいつらによく似た連中に会ったことがあるけど、奴らはなんの役にも立ちゃしない」

「その手合いと以前にも会っているのだな？」

「暴力こそ振るわないけど」私は頷いた。「それでも同じ、そっくり同じさ」

「聞かせてもらえないだろうか」

「ある大規模な平和集会に、新聞の見出しになるような特大の集会だよ、平和団体はこぞって参加したんだ。そこにこういう頭のおかしな連中がいてね。意気込むばかりで考えが足りない。僕らはホワイトハウス前の通りを整然と行進したかったのに、あの変人どもは中に駆け込んで大統領の机の上で座り込みをしようって言うんだ。あいつらには規律とか、計画を立てる頭とか、そういったものがない。とにかく、走って、跳んで、わめいて、プラカードを振って、わいわい騒ぎたいだけ。今夜の連中も同類だけど、あっちは殴り合いまでやりたがった。でも、そういうタイプはさ、どんな規律ある集団に入るのも、計画を立てるのも、不可能に近いよ」

Pが念を押した。「不可能に近いかね、ラクスフォードくん?」

「無知な輩をおとなしくさせとくのは楽じゃないよ、ほんと」

「ユースタリーなら?」Pが訊いた。「それにテン＝アイクなら? ロボもいるのを忘れてはいかん」

私は首を振るだけにとどめた。

「テン＝アイクとユースタリーはけっしてばかではないぞ、ラクスフォードくん。その点は私の言葉を信用してくれ。私もふたりがバカの会合をまとめたという君の言葉を信用するが、本人たちはばかどころではない。〈新たなる始まり連盟〉の会員はどうあれ、幹部たちは具体的で理屈にかない、実現可能な目標を掲げて組織を作ったのだ」

「あのへっぽこどもを団結させられたらね」

「いかにも。もしも彼らが有象無象をまとめて機能する組織を生み出せれば、国内での破壊活動と妨害工作にかけては、世界でも屈指の恐るべき武器を持つことになる」

「もしも、ね」

「その可能性はあると認めるかね?」

私はしぶしぶ頷いた。「ありうる話だね」と言った。「ありそうじゃないけど、ありうる話ではある」

Ｐは私をまじまじと見つめた。「わかっているだろうが、連中を止めなくてはならん」

「へっ？」〈新たなる始まり連盟〉はやはり脅威になりそうだとＰが私に力説した理由が、遅まきながら頭に浮かんできた。馬に逃げられたからには、すばやく馬小屋の鍵をかける手立てを探さねばならない。

「有事の際に」Ｐは私をまじまじと見つめたまま言った。「自分の役割を果たすのは市民ひとりひとりの義務である」

「僕は平和主義者だってば」私は言った。「それを忘れないで」

「平時であれば」Ｐは言った。「君でも誰でも、良心的兵役拒否者の道を突き進もうと反対しない。しかし、今回は――」

「僕は良心的兵役拒否者じゃない」私は訂正した。「平和主義者だよ。そこは違いがある。こっちが太い端派《ビッグエンディアン》なら、向こうは細い端派《リトルエンディアン》（『ガリバー旅行記』に登場する小人族が、卵をどちらの端から割るべきかで争う）だね」

「リトルインディアン？」

「ああ、なんでもないよ。要するに、そっちが何をさせたいにせよ、僕はきわめて道義的、倫理的かつ個人的な理由からやりたくないんだ」

隣でアンジェラが顎を突き出した。「そのとおりよ、ジーン。ほら私も、その理由って私にも当てはまるし」

Ｐは悲しげにほほえんだ。「ラクスフォードくん、まだこの現状を検討していないだろうが、君が的確に把握していない要素がひとつかふたつあるかもしれん」

「僕に無理強いできるとでも――」

「ラクスフォードくん、協力は無理強いできない。たとえできるとしても、しないと約束する。してみようかという気になってもだ」Ｐのほほえみがますます悲しげになっていく。「外には、ラクスフォードくん」彼は通風孔を大げさに手振りで示した。「君の友人のモーティマー・ユースタリーがいる。タイロン・テン＝アイクも外にいて、ロボもいるぞ、ラクスフォードくん」彼は効果を狙って間を置いてから、すまして言った。「ところで、わかるかね、ラクスフォードくん。連中が今頃誰のことを考えているか」

「は？　はあ？」

「君のことを考えているのだ、ラクスフォードくん」

「ちょっ、待って」

「では、これはわかるかな」Ｐは私にかまわず先を続けた。「連中が君をめぐって何を考えているのか」

「ええっと」

　Ｐは嘘くさい悲しみのこもった笑みを浮かべ、首を振り振り椅子の背にもたれた。「よく来てくれたね、ラクスフォードくん。我々に協力する気がないなら、もう帰ってよろしい。すべては君の一存に任せる。君たちはこれ以上――我々には――煩わされない。いや、ＦＢＩが続けていた監視も解かれる。それで満足だろう？」

「あのですね」

そこへLが進み出た。「どこまで送っていこうか？」

私はPに言った。「そりゃないでしょ。あっさり放り出すなんてさ。ユースタリーとテン＝アイクは、この僕を殺そうとするよ」

「ラクスフォードくん」Pは言った。「我々に君の護衛を無理強いできるとでも思っているなら……」そして、私が見たこともない鼻持ちならぬ笑顔を見せた。

「アンジェラ」私は言った。「耳をふさいで」

アンジェラは私の腕に触った。「ジーン、ちょっと待って」

「耳をふさげってば！」

「イヤ。まあ聞いてよ。あなた、この人たちの望みも知らないでしょ、ジーン。まずはどんな望みがあるのか聞きなさいな」

私はかろうじていらだちを抑え、アンジェラに言った。「僕が賛同できる用件なら、素直に頼めばいいじゃないか。こんなやり方をする以上、とんでもない用件に違いないね」

Pが言った。「いやいや、ラクスフォードくん、まさかそんな。我々は君の警護に手を尽くすとも」

私はアンジェラに言った。「今の聞いた？　警護に手を尽くすって。どういう意味かわかる？　僕に崖から飛び降りて自分で防護ネットを張れ、って言いたいのさ」

Pが言った。「我々は君に何かしてほしいと望んではいない。選択するのは君だ」

「大した選択だよ」私はつぶやいた。

「しかし、れっきとした選択だ」Pは言った。「君はユースタリーやテン＝アイクとひとりきりで再会するか、我々とともに会うか、選ぶことができる。至って単純《シンプル》だ」

「問題は」私は言った。「この僕がそれほどおバカ《シンプル》さんかどうか」

Pは机上の書類をこれ見よがしにあちこち動かした。「今夜はほかにも仕事があるのだ、ラクスフォードくん」

「僕はいつでも身を隠せる。ニューヨークを離れて、ほとぼりが冷めるまで行方をくらますよ」

「よい旅を《ボンボヤージュ》」

「キツい皮肉はやめてもらえない？　一度くらいほくそ笑んだ顔を引っ込めて、頼んだらどうだい？　僕に助けてほしいんだろ。脅迫じみた言い方をしないで、助けてくれと頼んでごらんよ」

だが、Pは頼めなかった。世界を義務と特権とに分けた人間に、お願いを理解できるわけがない。

「有事の際に」Pはまたぞろ言い出した。「自分の役割を果たすのは——」

「あんたはなんなんだよ？」私はPに言った。「音声案内？」

そのときNが近づいてきて、私とPを隔てる机に身を乗り出し、Pに言った。「チーフ、ちょっとラクスフォードと話をさせてください」

Pは私に匙を投げたようなしぐさをした。「よかろう」

Nが私を見た。「我々はあんたに協力してほしいんだ、ラクスフォードさん。チーフには気がかりな案件が山ほどある。我々が制圧しようとしている破壊分子は、ユースタリーとテン＝アイクだけじゃない。このふたりの場合、あんたは誰よりも役に立てるし、あんたが協力したくない理由をチーフに理解してもらえないのは無理もないだろう」

「協力したくないのはね」私は説明した。「殺されたくないからだよ。これでわかってもらえた？」

「すると、あんたもこちらに助けてほしいわけだ」Nがずばり指摘した。「我々はお互いが必要なんだよ、ラクスフォードさん。正直言って、チーフのほうがその点をわかってるんじゃないかな」

私はNを見て、彼の人でなしのチーフを見て、アンジェラを見て、通風孔を見て、自分の左の靴を見て、もうにっちもさっちもいかないと呑み込めてきた。さっきの、ニューヨークを離れて、ほとぼりが冷めるまで行方をくらますという空威張りはホラ話に過ぎない。私がそれを知っているように、向こうもそれを知っている。自分の落ち度ではないのに、こんな泥沼に首まではまり込んでしまった。私がP一味をどれほど個人的に、専門的に、哲学的に嫌っていようと、彼らがいないよりいてくれたほうが命拾いできそうなことに変わりはない。

しかし、私はおいそれと降参するつもりはなかった。「話し合ってもいいね」と言ってみた。「取引できなくもなさそうだ」

Pは鼻で笑ったが、Nは提案に飛びついた。「どんな取引を？」

「そこにいるおたくのチーフは、FBIの監視を解いてやるとか言ったけど」私はPに思い出させた。

すかさずPが言った。「我々はFBIではない」

「それでも、監視を解くよう取り計らえる」私は言った。「だよね」

PとNが顔を見合わせ、やがてNが私に言った。「どういう根拠で？　もっともらしい理由を挙げてみろ」

「そこは魚心あれば」私は持ちかけた。「水心ありで」

一瞬、Nは氷の微笑を浮かべた。「そんな言葉は記録に残せないぞ」

アンジェラが言った。「ジーンがここで連邦政府に協力すれば、破壊分子じゃないっていう証明にならない？」

Nはアンジェラをしげしげと眺め、心持ち優しくほほえんだ。「それでいけるかもしれないな」彼はPのほうを向いた。「どうです、チーフ？　有事の際に協力を申し出ることで、J・ホニャララ・ラクスフォードが――」

「ユージーンだよ」私は訂正した。

「へ？　あっ、そうか。J・ユージーン・ラクスフォードだっけ。J・エドガー（当時FBI長官だったフーバーの名前）だとばかり思ってた。とにかく、J・ユージーン・ラクスフォードが愛国心を疑問の余地なく表明すれば、我々は彼と彼が率いる組織の監視を本日をもって全面的に停止するよう提言する。これでどうです？」

Pは考えものだという顔をした。「彼らは強情になりがちだからな」

「じきに折れますよ、チーフ」Nは請け合った。

Pは私を睨みつけた。「私は何ひとつ保証しないぞ。最善を尽くす、今はそれしか言えん」

「じゃあ、乗った」私は宣言した。「あとは任せるよ。煮るなり焼くなりお好きにどうぞ」

Nは私にニコニコ笑いかけ、肩をぽんぽん叩いた。「よくぞ言った。その言葉を後悔させないからな」

「そいつはどうだか。こっちはもう後悔し始めてるのに」私はPに尋ねた。「で、僕に何をしてほしいの？」

「一言で言うと」Pは答えた。「潜入だ」

「潜入？　それ、いったいどういう言葉？　なんのことだい、センニューって？」

Pは机越しに身を乗り出した。その真剣な表情からして、彼がこの悪だくみを考えついた張本人に違いない。「君は〈新たなる始まり連盟〉の一員になり、内部で動向を偵察してこちらに報告できる地位に就くのだ」

「あっちを見ちゃダメだ。あんたの脳みそが落っこちてる」

Pはうっすらと笑った——知識人に戻ったのだ。「解決できない問題がありそうかね、ラクスフォードくん？」

「たとえば？」

「もっちろん」

「たとえば、もう僕は部外者だってバレてるのに、どうやって潜入するのか？」

Pは首を振った。「いいや、ラクスフォードくん、君はそこが間違っている。連中は君が部外者だとわかっていない。テン＝アイク嬢が部外者だとわかっているだけだ。そこで目下、君も部外者であろうと睨んでいるのだ」

「僕に言わせりゃ、なかなか冴えてるけど」

「しかし」Pは釘を刺すように指を上げた。「君がテン＝アイク嬢を殺すとしたらどうなる？」

「死刑になる」

「頼むよ、ラクスフォードくん、真面目な話なんだ」

「そりゃそうでしょ」

「では、よく聞いてくれ。明日の夕刊にテン＝アイク嬢が失踪したという記事が出る。最後に目撃されたときに同行していたのは、悪名高きテロリストにして破壊分子のJ・ユージーン・ラクスフォード、〈市民独立連合〉の代表だ。向こう五日間、各紙は君たちふたりに行われる徹底的な捜索の内容を掲載していく。さらに、君の過去のテロ活動を次々と載せ、仕上げにテン＝アイク嬢の他殺死体が発見された記事を出す。それからまもなく、君はユースタリーにコンタクトを取り――」

「どうやって？」

「集会の出席者を通して。ウェルプ夫婦とか、ボドキン夫人とか。何人かはそれこそ堂々と暮らしているから、すぐに見つかるぞ」

「わかった」私は頷いた。「それからどうする？」

「ユースタリーに弁解するのだ」Ｐが言った。「会場から駆け出したのは、組織から逃げたのではなく、テン＝アイク嬢を追ったのだと。彼女は君の組織の潜入スパイだと判明したので、あとで捕まえて殺し、それからずっと身を隠していたと」Ｐは手を広げた。「ユースタリーは君の話を信じるしかない」

「できれば一筆書いてほしいな」私はぼやいた。「まあいいや、今のは忘れて。現実のつましい生活は、僕はこれから五日間をどこで送るわけ？」

「我々の施設で。そこで潜入する準備を整える。いいかね、ラクスフォードくん、我々としても、君に危害が及ぶところは見たくない。あらん限りの予防策を取る。たとえば、君に特訓コースを施して、今後起こり得るたいていの状況に対処できる能力をつけるとか」

私はアンジェラのほうを向いた。「ほらね？　自分で防護ネットを持ち歩くんだ」

アンジェラは私を励ますようにほほえみ、私の腕をギュッと握った。「あなたは正しいことしてるわ、ジーン。感じでわかるの」

「そりゃよかった」私はＰに言った。「ところで、アンジェラはどうなる？　この騒ぎのあいだ、どこにいればいい？」

「我々の施設のどこかに、一件落着するまでかくまう」

「僕と同じ施設にしてよ」

Ｐは眉を上げた。「君たちふたりは結婚していないのだろう？」

「ご心配なく」私は言った。「宿帳には夫婦者としてサインするから」

「その手のごまかしがまかり通るとは思えんが」

私はＮのほうを向いた。彼はこの部屋では誰よりも正気の人間に近い存在に思えた。「教えてやれよ」

Ｎはすぐにぴんと来た。私に頷くと、Ｎは話し出した。「チーフ、今回ばかりは見て見ぬふりをしてもいいでしょう。我々がラクスフォードさんに協力する姿勢を見せれば、彼も進んで協力してくれますよ」

Ｐは口をすぼめ、机を見下ろして考え込んだ。しかし、いずれ誰でも自分のモラルと妥協して、目的のために手段を正当化し、理想にそぐわない行動を取る。Ｐもまた例外ではなかった。「よかろう」と怒ったように言った。「ただし」彼は私に鋭い目を向けた。「行動を慎んでくれ。部下たちを汚染してほしくないのでね」

「まああ！」アンジェラが声をあげた。「それはないでしょ！」

「この人は道徳的な意味で言ったんだよ」私はアンジェラをなだめた。

Ｐはけたたましく咳払いをした。「よし、これですべて片付いたな。ただちに君たちを施設に連れていく。車で」ＰがＬとＮに頷くと、ふたりは頷き返して立ち上がった。Ｐも立ち上がり、平静を装いつつ言った。「協力の申し出に感謝の意を表明させてくれ、ラクスフォードくん。君が任務を遂行しやすくなるなら、なんでもするぞ」

「そりゃどうも」この集まりもおひらきだと見え、私は席を立ち、私たちは机を挟んで向かい合った。Pに手を差し出され、私は真面目くさった顔で応じた。言うなれば、メダルの授与に続く握手であり、Pは今にも私の両頬にキスしそうだった。

実際、Pはこう言っただけだった。「この作戦中は、君のコードネームをQとする。君に関するあらゆる通信文でその呼称を使用し、施設にいる者たちはその名前しか知らない。わかったね？」

「僕はQ？」

「ああ」

私は周囲を見回した。L、M、N、O、P。「そりゃそうだ」私は頷いた。「僕はQ！　それっきゃないでしょ」

「なんだと？」

「なんでもない」QがPに言った。「内輪のジョークだよ」

第十章

よかったら、なだらかにうねる田園地方が新緑に染まる風景を思い描いてほしい。暗い水をたたえた小さな湖がくぼんだ谷の真ん中を占め、松とオークと楓が植林された鬱蒼とした丘に囲まれている。湖の東岸にだけ、人間が住んでいる形跡がある。桟橋、小さな浜辺、ブイ、ボート小屋。そこから、波打つ緑の柔らかい芝生が駆け上がった先に、灰色の野石積《のいしづ》みのだだっ広い家がある。それは個人の邸宅か、介護施設か、こぢんまりした高級リゾートか。建物の片側には、本物の馬が収まっている厩舎があって、その反対側には、本物の自動車が収まっている長いガレージがある。アスファルトで舗装された狭い道路が急斜面を走ってこの建物の先へ続き、森に入り、丘を越え、向こう側で密生した木立を抜けて、三マイル足らず先で細い州道に至る。湖をぐるりと囲んだ田園地帯は美しく、自然のままで、緑豊かで、小道が縦横に走り、電気柵に囲まれている。

時刻は朝の六時四十分。今は四月なので、そぼ降る冷たい霧雨が絶え間なく天から漏れてきて、気温は摂氏十度あたりにとどまっている。このすばらしい、薄ら寒い、薄暗い風景を、グレーのスウェットシャツ姿の男がふたり走っている。ふたりは湖のまわりの道をいつまでもジョギングしている。湖を一周して、また一周して、なおも一周する。頭が空っぽに違いない。

ひとりはがっしりした体格の金髪の男で、名前を——本人によれば——リンチという。もうひとりは、リンチとその他一同――彼らには会えないよ。まだ寝てるから――にQの名で知られている。それはほかならぬこの私、J・ユージーン・ラクスフォード、諸君の通信員なのだ。赤ら顔のリンチはへラジカのごとく頑丈で、きちんと油を差したゼンマイ式のおもちゃのようにトコトコ走っていく。その隣で、私はゼイゼイあえいだり、ふうふう息を吐いたり、両腕をぶるぶる振ったりして、もはやリンチの注文どおりに膝を上げなくなっていた。

これは私がこの場所に着いて五日目の朝だった。ここはPが〝我々の施設〟と呼んでいたところだ。アンジェラと私がPのオフィスから出かけた夜間のドライブを考えると、ニューヨーク州の北部か、コネティカット州かマサチューセッツ州あたりだろう。もっとも、ロードアイランド州やヴァーモント州、ニューハンプシャー州であってもおかしくない。どこであろうが、地名は地獄《ヘル》だ。

ここ五日間で、私はついぞ知らなかったことを学んだ。平和主義は人を軟弱にする。ピケラインを組んで、デモ行進をして、謄写版印刷機のクランクを回し、騎馬警官隊から逃げるのは、比較的良好な体調を維持する活動だと思われるかもしれないが、どうやらそうではなさそうだ。とにかく、リンチと同僚――頭文字で呼ばないのは、各自に一音節の名前がひとつあるからだ――は、私の体調はすこぶる悪いと判断した。湖を二、三百周走らされてからは、私も同感するようになった。

初日は最悪だった。ようやくここに到着したと思ったら、すでに夜が明けていた。アンジェラと私は続き部屋に案内されてふたりきりになると、どちらもくたびれていて、間仕切りのドアに鍵が掛かっているかどうかを確かめなかった。(あとでわかったが、掛かっていなかった)私は正午に起こされ、激しい抵抗もむなしく、階下の朝食に追い立てられた。メニューはオレンジジュース、ステーキ、スクランブルエッグ、ミルク、コーヒー、オレンジマーマレードを塗ったトースト。そして、筋骨隆々の男たちを紹介され、「君の指導員たちだ」とうきうきと言われた。彼らをそう呼んだ男は、まず自己紹介から紹介を始めた。「カープだ。この施設で管理業務を担当している」

次にほかの面々を紹介する。「こっちはリンチ。君の健康状態に責任を持つ。そこのウォルシュは暗号を教える。それから、そこのハンクスは柔道指導員。それから――」

「僕は平和主義者だよ」私は言った。「聞いてないかもしれないけど」

カープは無表情な目で私を見た。下々の者に善行を施している博愛主義者の目だ。「ハンクスは」彼は言い直した。「君に護身術の基本をいくつか教える」顔を背け、紹介を続けた。「こっちはモース、水泳指導員だ。そっちはロウ、フェンシングと器械体操を――」

「またまた護身術?」

カープはうつろな表情に戻った。「そうだ。最後に、そこにいるダフは電気技師だ」今度は正面切ってこちらを向いた。「俺の知る限り、君は特例で、通常の新規採用者ではないな、Q。君にぎりぎり最低限のサバイバル能力を身につけさせる期間として、俺たちには五日しか与えられていない。なんらかの結果を出そうとしたら、君の惜しみない協力が必要になる。一日たりとも無駄にせず、役に立たないことや抽象的なことは教えないから、講習の基礎に文句をつけて時間を潰さないでくれ。君は生き延びたいのかと思ったが」

「ご迷惑でなければ」私は申し出た。「ぜひぜひ生き延びたいものです」

「迷惑ではないとも」カープは私に言った。「ウォルシュ、そろそろQを引き取ってくれないか?」

ウォルシュは暗号指導員だ。彼は私を一時間小部屋に連行して、暗号や合言葉、合図、悪臭中和剤についての知識、緊急時の優先事項をみっちり詰め込んだ。何がなんだかわからない。「全部頭に入らなくても気にするな」講習の途中でウォルシュが言った。「また何度か教える」

「ああ、よかった」

次はリンチが私を引き取った。ふたりでロッカールームへ行き、スウェットシャツに着替え、これが最初であっても最後ではなく、あの呪われた湖をぐるぐる回り始めた。まるまる一時間、私は走り、健康体操をして、ロープをよじ登り、飛び跳ねて、はあはあぜいぜいとあえいだ。やっと一時間が過ぎると、リンチは私を見て、不機嫌に言った。「先方は奇跡を望んでるな」

次は、ダフという私の電気技師の番だった。私たちが落ち合った、天井が低くて細長い部屋には、電子機器が所狭しと置かれていて、ダフはおおむねそちらへ手を振りながら言った。「ここにあるのは、君が使えと言われそうな機器の一部でね。講習の目的は、君を機器になじませることです」

なるほど。

次はロウ。フェンシングと器械体操の指導員だ。ロウは私に、刃先を丸くした細身の剣《エペ》を渡して、『三銃士』俳優《ダグラス・フェアバンクス》ふうに何度か突いた。「やれやれ、なんてざまだ。連中が剣でかかってきたら君は死ぬ、としか言えないな。じゃ、器械体操を始めるか」

「連中も今どき剣で襲いかからないでしょ？」

「たまにはやるさ」ロウは答えた。「めったにやらないが。さあ、そこの吊り輪につかまれ」

ロウのあとはモースが来た。私の水泳指導員は言った。「ちったあ泳げんのか？」

「水泳なら得意だよ」

「泳げるなら御の字だな」モースは言った。「これから音を立てずに泳ぐ方法を教えてやる。とっとと水に入れ」

「ここは冷たいって知ってる?」

「いや、冷たかない」モースは言った。「さあ、音を立てずに泳ぐには――」

　そのあとは昼食、ありがたい息抜きになり、その日初めてアンジェラに会った。ここの人たちは彼女の名前も知らないが、頭文字では呼ばず、ただお嬢さんと呼んでいた。「調子はどう?」と訊かれ、私は答えた。「みんなして僕を殺そうとしてる。心配しなくていいよ」

　昼食後はダフに再会して、またもや電子機器に取りかかった。しかも、彼は私の寸法を何カ所か測った。なんとしてでも各種の電子装置を装着させる気だ。私はそこから困惑して立ち去った先で、クッションを張った床でまるまる一時間、柔道指導員のハンクスに投げ飛ばされた。この男は私の平和主義など知ったことではなかった。私が教えられた技を使おうが使うまいが、どうでもいいのだ。そして、暗号指導員ウォルシュの元に戻り、モースに無音水泳をもう少し習い、体育館でもう一度ロウと訓練して、といった具合にひっきりなしに講習が続き、終わったのは夜の十時、リンチが施す絶妙なマッサージで締めくくられた。「ひとつだけ困るのは」リンチが拳で私の体を叩きながら言った。

「筋肉がこわばることなんだ」

　筋肉にもこわばる度胸はなかっただろう。

　夕食時は、短時間ながらもくつろいだが、食後に心理学の本を何冊か渡されて、部屋に追い立てられた。しるしのついた章には、警察の尋問方法、同僚の心理操作、さらに類似の極悪非道な行為が載っていた。アンジェラがすっかりくつろいでエッチになり、午前零時を回った頃に私の部屋のドアを引っ搔いたとき、私には笑顔を見せることくらいしかできなかった。たとえ弱々しい笑顔でも。

　こうして一日が過ぎていった。残るは四日。これは短期特訓《クラッシュ》コースで、私がへぼ《クラッシュ》なのに、嘘みたいな話だが少しは効果が上がったらしい。体調は驚くほどよくなって、暗号や電子機器や心理学について聞かされた話の大半は薄ぼんやり記憶に残っているようだ。私は水面を滑る睡蓮の葉のごとく静かに泳げるようになり、はては平行棒まで得意になった。

飛躍的に進歩したわけではない。それほど進歩していないからだ。とはいえ、我々に与えられた期間を思えば、ちょっとでも進歩したという事実にはビックリ仰天だった。

三日目の夜には、私はアンジェラに生気を見せることもできて、彼女を大いに喜ばせた。ところが、翌朝六時二十分前にリンチがずかずかと部屋に入ってきて、私たちがひとつのベッドにいるところを見つけ、不愉快そうにこちらを見下ろした。「訓練をさぼったな。自分のためにならないぞ」

「まったくもう!」アンジェラは全身が真っ赤になった。

「ああ、まったくだ」リンチはくるりと振り向き、部屋を出ていくと、二十分後に私に湖のまわりを走らせた。まるで私たちには目的地があるかのようだった。

これが日課だ。午前五時四十分起床。六時から七時は体操。それから朝食。その後は講習に次ぐ講習が、昼間いっぱい続いて夜半に終わる。

今日は五日目にして最終日だ。朝から寒くて霧雨が降るなか、リンチは例によって私に湖のまわりを走らせた。七時十分前、私たちはランニングを切り上げて、腕立て伏せ《プッシュアップ》や懸垂《チンアップ》、腹筋《シットアップ》、各種のジャンプなどなどのさまざまな運動を始めた。七時に私はよろよろと本館に入り、この日初めてシャワーを浴びて、腹ぺこで朝食をとりに行った。

けさは客が来ていた。スーツ姿のPは、すっかり都会ふうで腰抜けに見える。私は新調した力こぶをPに見せつけ、オレンジジュースを飲み、ステーキに手を伸ばした。「いよう、コーチ、チャンピオンを連れて来な。俺がリングの外にぶっ飛ばしてやるぜ」

Pはわびしげにほほえんだ。「それは頼もしいな、Q」彼は言った。「今夜、君は組織と再度接触するのだ」

オレンジジュースが胃の中で冷えて固まった。私はステーキを刺したフォークを置いた。「準備ができたんだね？」

Pは新聞の束をテーブルの私の傍らに放り投げた。「読んでみたまえ」

一番上は金曜日の《デイリーニューズ》紙で、該当する記事は四面に出ていた。〝社交界の花失踪〟という見出しの下にこう書かれている。その朝、実業家のマーセラス・テン＝アイク氏は、娘のアンジェラさんが失踪したと警察に通報した。前夜、アンジェラさんは帰宅しなかったという。警察に入った情報では、アンジェラさんが最後に目撃された際に連れ立っていたのはジョゼフ・ラクフォード（原文ママ）という男で、FBIに〝危険極まる〟と称された悪名高い過激派である。犯罪行為もいとわない……。このばかげた記事にぼやけた小さな写真が添えられていて、キャプションでアンジェラだとわかるが、どっちかといえば私の写真に見えた。

ふんふん。二番目の新聞は土曜日の《デイリーニューズ》紙で——やっぱり《ニューズ》紙はこの手のネタをでかでかと取り上げるのか——もう記事は三面に昇進し、添えられた複数の写真は前日のものよりずっと大きく鮮明になっていた。そう、複数の写真だ。アンジェラと私の写真が一枚ずつ。**社交界デビューした女性失踪、破壊分子捜索**という見出しが踊り、あとは基本的にきのうと同じ内容の記事に、新たに感嘆符が加えられていた。また、税関の爆破における私の役回りについて、卑劣な嘘もいくつか挟まれていた。

次は日曜日の《ニューズ》紙。やはり三面で、同じ二枚の写真と基本的に同じ記事。見出しには、**アンジェラと爆弾魔は依然として行方不明**とある。加えて、私の寝室にある謄写版印刷機の見開き写真《ヌード》も出ている。〝J・ユージーン・ラクスフォード［そろそろわかってくる頃合いだ］の隠れ家の廃屋に、消えた美女の行方を示す手がかりは見つからず……〟以下省略。

月曜日、すなわちきのうの記事はネタ切れになっていた。五面に小さく扱われ、写真は一枚もなし。見出しはこうだ。**社交界の花《ケル・ディフェランス》失踪事件で警察の捜査行き詰まる**……うーむ。ところが、けさ、火曜日はなんたる違い！　堂々一面に、黒々とした見出しがページの半分を占めていた。

アンジェラ死す！
本文は二面

もちろん本文は二面にあった。死体はダイナマイトの爆発で一部損壊した状態で、昨夜ニュージャージー州の峡谷で発見された。歯科の治療記録から、行方不明の女相続人アンジェラ・テン＝アイクさんと判明し――以下省略。J・ユージーン・ラクスフォードは爆弾魔にしてテロリストであり、別件でＦＢＩに捜索されているが、今回の死亡事件についても事情聴取のために指名手配され――以下省略。ラクスフォードの所在に関する情報をお持ちのかたは――以下省略。

「なるほど」私は言った。

Ｐは新聞を引き取った。「真に迫っているかな？」

「あとで一苦労するよ。これだけ嘘八百を並べちゃってさ」

「なんとかなる」Pは穏やかに言った。「前にも経験済みだ」

「アンジェラの親父さんはどうなるんだい？　協力してる？」

Pのほほえみが厳めしくなった。「不承不承」彼は答えた。「しかし、全面的に協力している。保証してもいい」

「意外だね」私は言った。「あの親父さんはこんな計画を受け入れないと思った。クズ新聞で宣伝したようなものじゃないか。おまけに、記事は事実でさえない」

「テン＝アイク氏は」Pは慎重に答えた。「軍需産業を手がけている。連邦政府と密接に結びついている業界だ。政府じたいが上客であり、いかなる客との取引も厳格に規制している。いいかね、テン＝アイク氏は連邦政府に非協力的だと思われたくないのだ」

私は想像してニヤリとした。あの老いぼれセイウチが口髭をプッと膨らまし、背中に回した手を組み、伏せ字にすべきことを口走り、共和党に新たな寄付をしようと小切手を切る。（テン＝アイクは連邦政府から妙な個人攻撃をされる――これはちょくちょくあった――たびに、改めて共和党に小切手を送った。たとえ共和党が政権を握っていても――これはめったになかった――同じことをした）

そこへ管理責任者のカープが現れた。「おやっ？　食べてないのか、Q？　早いとこ朝食を済ませたほうがいいぞ。これから一日じゅう忙しいからな」彼はPに言った。「Qをひとりにしておきましょう」

「そうだな」Pは立ち上がり、大量の新聞を脇に抱えて、私に言った。「またあとで。ここを発つのは暗くなってからだ」

こうして私はひとり残された。朝食を見下ろし、緊張のあまり喉を通らないと思ったが、一口も残さず食べた。朝食前に湖のまわりを一時間走ってきたら、悪い知らせがあったり、警告されたり、命を脅かされたりしたくらいでは、食事を平らげる妨げにはならないものだ。

第十一章

その日の夕方、ダフは私に隠しマイクを仕掛けた。彼の模型材料店に入っていった私に、水の入ったコップと薬みたいな黒いカプセルを渡したのだ。「これを飲んで」

「どうして?」

「ぐっとやって」ダフは言った。「まだ仕事は山ほどあります」

そこで私はカプセルを口に入れ、水で飲み下し、ダフにコップを返した。「なんの薬か訊いてもいい?」

「いいですとも」ダフは言った。「マイクロフォンですよ」

「マイクさん?」

「自然に排出する仕組みです」ダフは説明した。「およそ三日後に。その間、君はそばで交わされる会話をすべて録音して放送できるようになります」

「僕は盗聴されたってこと?　体にマイクが入ってるの?」

「そういうこと」ダフはけろりとして答えた。というのも、彼の体にはマイクが入っていないからだ。

「マイクについて特別な指示はなし。ただし、できればガスを含んだ食べ物を避けてください。さ、この靴を履いて」

「ちょっと待って」私は言った。「話が早くてついていけない。ガスを含んだ食べ物？　なんのことだよ、ガスを含んだ食べ物って？」

「ビールとか」ダフが言った。「ベイクドビーンズとか。そういうものですよ」

「理由を訊いても？」

「音が出るからですよ」ダフは曖昧な身振りをした。「体が静かにしていないと、こっちは外の会話を聞き取りにくくなります」次に、黒の四角張った靴を差し出した。海軍の軍人がいつも履いているタイプで、よく漫画で見かける下手くそな靴の絵にそっくりだ。

胃にマイクが入っているのはいささか珍しい経験なので、私は抜き足差し足で歩き、椅子に座り、自分の靴を脱いで、その海軍靴を履いてみた。ピッタリだ。それどころか、新品の靴ではありえないほどの柔らかさと履き心地。私は足元の靴を見下ろして考えた。どうやったら、ほかならぬこの奇跡がもたらされたのであろうか。

ダフが訊いた。「どんな感じ？」

「もう最高」私は答えた。「新品かな？」

「いいえ、違います。さてと、その中に――」

「ちょっと待って。これ中古品？」

「そうですけど」

「なんで僕は誰かのお下がりを履いてるわけ？」

「これまで履いていた者には」ダフが言った。「もう必要ないからです」

「イヤイヤ」私は食い下がった。「そんなこと知りたくないね。縁起でもなさそうだし、それ以上聞きたくない。ぜひ知りたいのは、この僕がこれを履いてる理由だよ」

「その靴に」ダフは根気よく説明した。「君の送信機と受信機が組み込まれています」

「僕の送信機」私はつぶやいた。「と受信機」

「そうそう。君のマイクが拾った情報は君の骨格を通して右の踵に運ばれ、右の靴に入る。そこに君の送信機がある。その有効範囲は二マイル足らずなので、常に少なくともひとつの録音チームが受信可能地域で待機します」

「ありがたい」私は言った。「僕の受信機は？　左の靴に入ってるのかな？」

「よくできました」ダフはアボットとコステロ式の漫才を切り上げた。「さあこっちへ」

私がそっちに近づくと、ダフはいろいろな物が散らかったテーブルを身振りで示した。「どれを持って行きますか」

私はテーブルの上の物を眺めた。鼈甲《べっこう》縁の眼鏡、拡張バンド付き腕時計、緑の翡翠がはまった仰々しい指輪、笑顔と泣き顔の仮面がセットになったカフスボタン、身元証明用ブレスレット、金色の鎖が付いたエンジニア用の懐中時計、シンプルな金の結婚指輪、ドル記号の形をしたマネークリップ、そしてぴかぴかしたジッポのライター。「これは何？」

「スピーカーです」

「ははあ」だんだんわかってきたぞ。「情報が僕の左の靴に入って、それから骨を抜けて、この中のどれかに通じるのか」

「そういうこと」

「腕時計にするよ。腕時計を持ってないんで」

「いいでしょう。着けてみて」

腕時計を着けると、拡張バンドに手首の毛をすっかりむしられた。順繰りに一本ずつ。「痛いよ」

「じきに痛まなくなります。さて、指揮官が君に連絡を取りたくなると、君の手首はほんの少しむずむずします。むずむずしたら腕時計を耳に当てなさい。低い音でも、ちゃんと聞こえるはずですから」

「ほんとだね？」

「さあ、こっちへ」ダフは私の先に立って、まだまだうんとあるＳＦ漫画《フラッシュ・ゴードン》に登場しそうな小道具を通り過ぎ、一見ごく普通の品物が散乱した別のテーブルに近づいた。そこにあったピカピカの二十五セント硬貨を取り上げると、それを私に渡した。「この硬貨をしっかり管理すること。これを水に漬けると、強力な指向性ビームを送信します。大きな危険に陥って救助を必要とする場合にのみ、使用しなさい」

私は硬貨をためつすがめつ見た。「まあ、ピカピカした一九五〇年製造の二十五セント硬貨は、当分これ一枚しか持てそうにないから、本物とごっちゃにしないよ」私は硬貨をポケットにしまった。

「よろしい」ダフは頷いた。「次は、このクレジットカード」彼はラミネート加工が施されたダイナーズクラブ・カードを私に手渡した。「レストランの支払いには使わないように」彼は釘を刺した。「やむを得ない場合を除いて。これは普通のダイナーズクラブのカードじゃありません」

「あのう」私は言った。「僕の名義になってるけど」

「それは」ダフは説明した。「爆弾です。だいたい、第二次世界大戦中に使用された手榴弾並みの威力があります。いざとなったら、片方の靴紐を導火線にしなさい。特殊処理を施してありますから。

靴紐をカードに一周巻き付けて、先端に火を点けたら、約二十秒の退避時間を確保できます」

「こいつが爆発するの？」

「今言ったとおり」

「てことは、このカードを財布に入れて、財布を尻ポケットに入れて、どこかに座れと。そういうのを、自縄自縛《ホイスト・バイ・ワンズ・オウン・ピタード》に陥って、っていうんだ。ちなみに、あまり知られてないけど、ピタードは爆弾の一種だよ。この手のじゃなくて」私はクレジットカードを、そろそろながらこわごわながらそろそろと持ち上げた。「別のタイプのね」

「火がなければ爆弾に点火しません」ダフはこともなげに言った。「なんなら、ハンマーで叩いてみるんですね。何も起こりませんから」

「一筆書いてもらえます？」

ダフはにやりとした。まるで私が冗談を、しかも出来の悪い冗談を飛ばしたといわんばかり。彼は教育科学番組の司会《ミスター・ウィザード》ご愛用のテーブルに近づいた。「さあ、これを」手に取ったのは、銀色のバックルの付いたありきたりな黒の革ベルトだった。「アンテナです。送信または受信が困難な地域に入ったら使うこと。この端を手近にあるラジエーターか、パイプか何かに結び付けて、どちらかの手でバックルを押さえれば、君の通信システムは十分に拡張して、受信障害地域を越えられます」

私は自分のベルトを外して、受け取ったベルトを締めた。次にダフから渡されたのは、カメラ機能のあるボールペン、赤い信号弾を放てるシャープペンシル、火を点けると煙幕を張れるネクタイ、そしてハンカチだった。このハンカチを水に漬けると、吐き気を催す毒ガスが発生する。

私は言った。「念のため、最後にもういっぺんだけ言っとくけど、僕は平和主義者を自認してる。

暴力を振るったり、相手を挑発したり、過激な行為に走ったりしない。たとえ正当防衛のためでも。消極的抵抗だけが僕の武器なんだ」

ダフはどこか斜に構えた様子で、頷いた。「ほほう。こっちの役目は君を武装することですよ、Q。君がここにある道具のどれかを使おうが使うまいが、どうだっていいんです。道具を渡して、操作方法を教えれば、それで縁が切れますから」

「もう縁が切れた？」

「ええ。せいぜい頑張って。次はカープが君に用がありそうです。正面のオフィスで」

「どうも」私はダフに恩を仇で返すような物言いをしてばつが悪くなり、また口をひらいた。「君に心からお礼を言いたくて、ダフ。あのう……」

「これも仕事です」

「まあね。とにかく、ありがとう」

その場を立ち去り、廊下を歩いていると、ほどなく左の手首がほんの少しむずむずした。手首を見て、そこに新しい腕時計がはまっているのを見て、こいつが私を感電死させようとしているのかと考えた。そのときダフの言葉を思い出した。むずむずするのは連絡が来た証拠だから、腕時計を耳に当てること。そんなわけで、人けのない、のっぺりした長い廊下の真ん中で私は立ち止まり、左手を上げて腕時計を耳に当てた。

すぐにちっちゃなちっちゃな声が、何度も何度も繰り返した。「何か言え。何か言え。何か言え」

「僕が？」私は言った。ひとりぽつんと、廊下の真ん中で。

「やれやれ」ちっちゃな声が答えた。それはダフの声だと、かろうじて聞き分けられた。「遅かったじゃないですか」

「ほんとに僕の声が聞こえる？」私はひとりきりで、緑の壁に囲まれてグレーの絨毯が敷かれた、なんの変哲もない廊下にいるのだ。ひとりぼっちで左の手首を耳に押し当てて、声を出してしゃべっている。我ながらバカみたいだ。

「イチ、ニ、サン」ダフが言った。「イチ、ニ、サン」

「えっ？」

「どんなふうに聞こえる？　ちゃんと通じていますか？」

「もちろん」

「よし、ならいいです。テスト終了」

それきりうんともすんとも言わなくなった。私はその場に立ったまま、手首を耳に押し当て、腕時計がカチカチいう音だけを聞いていた。少しして、私は言った。「これからどうすればいいんだい？」

しかし、答えはない。いよいよ私は本当にひとりぼっちであった。

気恥ずかしくなり、私は腕を脇に下ろして、電子制御で歩み去った。

第十二章

　ダフが言ったとおり、カープは彼のオフィスで私を待っていたが、ひとりではなかった。Pが同席していて、ほかにPと同年代の屈強な男たちも三人いた。この三人は名乗らず、私がすでにQである以上、彼らはRとSとTになるしかなかった。

　カープに椅子を勧められ、私は腰を下ろした。すると、ほかの三人がじろじろとこちらを見て、カープは部屋全体に向かって話した。「正直言って、今回あがった成果には満足している。預かった人物はこの分野の訓練も受けず、適性もなく、ましてや軍隊経験もなく軍事訓練を受けたこともなく、いわゆる宗教的平和主義を信じているため思考が麻痺して――」

「倫理的平和主義だよ」私は訂正した。「口を挟んで悪いけど、宗教的平和主義とは違う派なんだ。あのね、れっきとした違いが――」

「ありがとう」カープは言った。「いずれまた、その違いを話し合う機会に恵まれるだろう。諸君、我々がQのケースで直面した難題を、本人がたっぷり実演してくれたようだ」

　Rが最低音でうなった。「厄介な仕事だったのはわかってるよ、カープ。問題は、あんたが手がけたかどうかだ」

「ある程度は」カープは用心深く答えた。「誰も予想できなかったほど深入りしてね」彼は紙束を取り上げてくしゃくしゃにした。「ここに指導員たちの報告書がある。まず伝えたいのは、みな一様に、Qの知性と、適応性と、協力しようとする努力を高く評価していることだ」彼がこちらにペコリと頭を下げ、これまでに向けられた一番寒々しくないほほえみを浮かべると、私は体じゅうがほてっていくのがわかった。ついにニューヨーク市立大の卒業証書が手に入りかけたようなものだ。ところが、自分はこんな場合にそんな褒め言葉を喜ぶ脳足りんだと気づいてしまい、喜びが消し飛んだ。

カープは話を続けた。「ついでに言うと、指導員たちは揃いも揃って、いつものプロのボランティア訓練生を鍛える通常業務に戻れる日が待ち切れないとも書いている。まあそんなもんさ。細かく言うと、暗号指導員は、暗号作成法と暗号理論の分野でQに最高点をつけて、以下の所感を添えている。Qは、独力で第三種までの暗号を二十四時間以内に解読できるので、意欲を高めて訓練を積めば、この分野の専門家になれるはずであると。哲学と暗号理論は近縁に当たる学問だから、Qが哲学原理を好きになったり、興味を持ったりしたように見えても、意外だと思うまでもない」

この最後のくだりには、私が異を、しかも大声で唱えたい点が十二あったが、それにふさわしい時間でも場所でもないのをひしひしと感じた。そこで私は口をひらかず、椅子にますます深く座り、口元を固く結び、頭の中でパンフレットを書き始めた。一九五七年に書いた〝弱虫と軍拡競争〟以来の痛烈な文章だった。

私がこの論争集を作成しているとはつゆ知らず、カープは話を進めていた。「体育指導員はQの健康状態とスタミナを中の上と評価し、危機的状況における生存時間は約七時間と推定した。これは、正規の卒業生に最低限求められる三十八時間を大幅に下回るが、一般男性の平均三十七分や、Qがここに到着した際の二時間にも満たない生存時間をゆうに上回っている。関連科目について、柔道指導員の話では、Qは五人までの民間人から素手でどんな襲撃を受けても、ほぼ撃退できるというが、十分な訓練を積んだプロにあっさり負けるのは言うまでもない。五日間で奇跡を起こすのは、我々の手に余る」

うなりやのRがうなった。「そりゃわかってる。何も不可能を可能にしろとは頼んでない」

カープは冬支度に戻った笑みで、どうだかねとほのめかしたが、口ではこう言った。「電気技師はQに送信機と受信機、簡単な護身用具をいろいろ用意して、Qが与えられた道具の使用法及び操作法を理解したことに満足したと言っている。水泳指導員も同様に、Qの水中で生き延びる能力に満足していた。唯一Qが落第したのはフェンシングで、これはあまりにも素質に欠け、まともに訓練を受けていないが、体操全般のほうは、指導員によれば、上達する見込みがあるそうだ」カープは書類を机の端に沿って叩きながら並べていった。「ざっと、こんなところだな。さて、しばらく席を外してほしいだろうね」

「助かるよ」Rがうなった。

カープは立ち上がり、全員にきびきびと会釈して、オフィスを出た。すぐにRはこれから誰が指揮を執るのかはっきりさせ、カープの机の前に座った。Rは冴えない顔で私を見た。「ラクスフォード、あんたの調査書類を読んできた」

「僕もいつか読んでみたいな」

「正直な話」Rは私の差し出口に取り合わずにうなった。「意外だったよ。あんたみたいな前歴と習性の持ち主が、国家の安全や防衛といった事柄に協力すると同意したとは。しかしなあ、俺はもらい物にケチをつけない。あんたはここにいて、この五日間協力する姿勢を見せた。俺は今この場で、うちの局が与えられる最大限の援助と協力を約束する」

「もしもし、僕はスピーチしなくちゃいけない気がするんですが」

Rはふと警戒して、私からPへ視線を移し、また私に戻した。「どんなスピーチを?」

「取引から手を引こうってわけじゃない」私はRに請け合った。「ただ、今回ばかりは平和主義者とは何か、いや、せめてほかならぬこの平和主義者とは何かを、ちゃんとわかってもらいたい。そうすれば、あんたたちも仰天しなくて済むだろう。思うに、平和主義者とは、口げんかから国際紛争に至るまで、いかなる論争の場でも最終兵器は理性だと信じる人間だよ。主義、交渉、善意、妥協といった言葉はどれも、タフガイの耳にはうさんくさくて、共産主義的に響くだろうね。タフガイは、平時の生活はつまらないから戦時に戻ってほしいと思うけど、僕たちはそのうさんくさい言葉を使い、そのうさんくさい考え方をよしとする。僕たちは武器を取って人を殺すことをよしとしない。これはそもそも理性の力を信じることのなせるわざだ。死んだ者には理を説けない。だからこそ僕たちは敵を生かしておき、数々の相違点を解決しようという平和的な試みに励みたい。こうした考えを拡大解釈して、僕たちは自殺には強い抵抗を感じる。死んでしまったら、やっぱり理を説けないからね。こういう天邪鬼《あまのじゃく》な面が、〝死ぬよりアカになるほうがまし《ベター・レッド・ザン・デッド》〟として世に広まってて、ほかに選択肢がない場合に限り、僕もそれに賛成する。とはいえ、マハトマ・ガンジーの非暴力と仏教僧の焼身自殺のあいだには、大きな思想のギャップがある。自分で自分に火を点ける状況なんて想像もつかない。今回だって無理だ。犯罪者の捜索に協力するか、見捨てられて奴らに撃ち殺されるかという選択を与えられ、〝死ぬよりFBIのほうがまし《ベター・フェッド・ザン・デッド》〟を僕は選んだ。僕は誰も殺したくないし、潔く自殺する気もないとわかってくれれば、当分は仲間になるよ」

Rはこの話を俳優のリー・J・コッブばりの仏頂面で聞いていて、私が話し終えると、こう言った。

「要するに、しばらくは分別がつくってことか」

「違うよ。僕にはいつだって分別がある。あんたたちはその点をわかろうとしない。仲間と僕の考えでは、敵を撃つより敵と話し合うほうが分別のある手段なんだ。つまり、戦争をするのは分別があると思わない。あんたたちは戦争を分別のある手段だと考える。そこだけが、基本的に僕たちの意見の相違だよ」

「ひとつ言っときたいが、あんたは口も立つんだな。話を聞いてると、おたくのパンフレットを読んでるみたいじゃないか」

「パンフレットを読んでくれたの？」

「一枚残らず」

「で、感化されなかった？」

Rはくっくっと笑った。森に鳴り響く雷のような声だ。「入会する気はないぜ」彼は言った。「勧誘してるつもりなら」

「落ち込むなあ」

Pが穏やかに言った。「時間が押しています」

「そうだな」Rは急にしゃきっとして、両手を机につくと、てきぱきした口調になった。「よし、ラクスフォード、状況を説明しよう。タイロン・テン＝アイクがまた動き出し、おそらくこの国に向かっていたことは、しばらく前からわかっていた。知りたいのは三つ。奴はどんな計画を立てているのか、誰と共謀しているのか、どの国のスパイなのか。先週あんたが聞いた言葉の端切れ、中国と議会と最高裁判所と国連じゃ、あんまり役に立たない。奴の具体的な計画と、すべての材料が機能する仕組みを知りたいんだ」彼は部下のほうを見た。「諸君からは?」

　Sが言った。「今後の予定をどうぞ、チーフ」

いやはや。前回はPがチーフだったのに、もしRがPのチーフだとしたら、どうやらそんな気配だが、私は大物と互角に渡り合ってるじゃないか。

　Rが言った。「わかった。連中が何をしようとしているかだけでなく、いつしようとしているかを突き止める必要がある。また、可能なら、武器の隠蔽場所の位置やテン＝アイクの入国方法に関する情報なども欲しい。何かあるか、ラクスフォード?」

「テン＝アイクが何してるか知りたいんだね」

「一言で言えばな」Rは認めた。「我々の狙いは、できる限り詳細な情報を入手することだ」

　私は頷いた。これはふだん状況説明《ブリーフィング》と呼ばれているものらしく、私に言わせれば、ここまでにうんと短く《ブリーファー》できたはずだった。Rが話したのは、どれも私がすでに知っていることばかりなのだ。

　ところが、Rに指示されたTがあとを引き取った。「効率よく作戦行動を取るため、ラクスフォード、君は相手にする連中をできるだけ知っておくほうがいい。タイロン・テン＝アイクのことは、かなり知っているようだが」

「僕の彼女の兄貴でね」私は言った。「彼女から聞いたけど、テン＝アイクは子供の頃からいっぱしのサディストだったらしいよ。それから、彼女より八歳くらい年上で、十年前に朝鮮半島で陸軍から逃亡して、共産中国に行ったんだ」

　Tは頷いた。「そこまではよく知られている情報だ。少なくとも、新聞記事のファイルで入手できる。それに、テン＝アイクは人並み外れてIQが高く、以前は陸軍の心理作戦班の一員であり、この十年は忠誠を誓う国を転々と変えてきたこともな」

「それは初耳だな。テン＝アイクがあちこち忠誠心を鞍替えした話は」

Tが手帳に目をやった。「一九五七年、テン＝アイクは初めて中国を離れ、チベットで数カ月間暮らし、中国とチベットの国境付近で活動していた少人数のゲリラ軍に加わってやがて指揮を執り、最終的にはこの集団を裏切って、現金と引き換えに共産中国に引き渡した。それからインドに入り、ソ連の援助で進められていたダム建設に関わり、一九五九年にソ連に移った。その年の後半、中国のスパイとしてソ連を追放された。ただし、テン＝アイクも中国も疑惑を頭から否定したのは言うまでもない。その後、彼はエジプトに渡って、イスラエルに密入国するテロリストの養成校をひらいたが、まもなくこの養成校と卒業予定者の大半をどちらも爆破した。イスラエル側から賄賂を渡されたわけだろう。これまた何から何まで否定している。その後、ヨルダンで少し足を止め、インドにも短期間滞在して、コロンビアにもさらに短期間滞在し、ニュージーランドの基地から半年間インドネシアに武器を密輸して、中国に戻り、二年間居住して、しばらく完全に姿を消していたが、一九六三年アルジェリアにひょっこり現れ、白人の反アラブ組織を作って指揮を執った。これは、アルジェリア独立に反対したフランスの右翼組織ＯＡＳよりはるかにたちが悪く、我が国のクー・クラックス・クランに似通っている。内部で次々と裏切り者——今回はテン＝アイクではないようだ——が出て、組織は消滅し、テン＝アイクは命からがら逃げ出した。実を言うと、一時は死亡説が広まった。しかし、彼は再び姿を現わした。ここニューヨーク市に」

「で、僕にその男をスパイしてほしいんだね」私は〈変人会館〉で出会ったタイロン・テン＝アイクを思い出した。あの外見、おぞましい雰囲気、みなぎる自信、力。

Tが冷静に続けた。「スパイしてほしい対象のひとりだ。モーティマー・ユースタリーについては、こちらがディミトリオス・レンブラ名義でファイルを作成した男と同一人物だろう。一般商品及び銃器の密輸業者であり、特定の政治団体と関係はない。誰彼なく商売をするビジネスマンタイプで、ふだんは人を殺さない。もっとも、追い詰められれば殺すだろうが」

「あのねえ」私は言った。「それ聞かなくちゃダメだったのかなあ」

Rが言った。「敵に精通することこそ、防御の神髄である」

「そうかもね」

「ロボという男は」Tが続けた。「ソルド・カンピオーネという者だと思われる。ラテンアメリカの独裁者の専用ボディガードを十七年間務めていたが、その独裁者は一九六一年にめでたく暗殺された。遺族はカンピオーネ——すなわち、君がロボの名で知っている男——を非難し、拉致して、ひそかに連れ去り、五カ月間にわたって拷問した。救出された頃には、彼は脳に、物理的にも精神的にも永久的な損傷を負っていた。ここ数年はカリブ海地域と中央アメリカで雇われ用心棒をしていた。命令には絶対服従し、知能は三歳児並みで、間違っても殴り合いを挑まれることはない」

「それは覚えとく」

「君はすでにほかの者たちの経歴について説明を受けている」Tは言った。「あとはフレッド・ウェルプ夫婦だが。ほかの者たちの経歴を復習したほうがいいかな?」

「せっかくだけど」私は断った。「遠慮しとく」

「けっこう」パラパラ。手帳をめくる音。「フレッド・ウェルプ夫婦。君が名前を出すまで、このふたりはノーマークだった。オールバニーの州知事公邸に届いた毒入りキャンディ数箱を、ウェルプ夫婦が郵送したと十分に考えられる。少なくとも、ほかには心当たりがない。最近の捜査で明らかになったのは、ウェルプ氏は二十七年間ロングアイランドの工場で働いてきたが、近年、この工場はおおむね機械化されたことだ。労使協定に従い、ウェルプ氏は三年前に解雇され、以後は給与の八十パーセントを受け取っていて、六十歳になるまで八十パーセントを受け取れる。六十歳で企業年金制度に移行し、給与の六十パーセントが支給される。現在ウェルプ氏は五十一歳、健康で、頭がしっかりしているのに、すっかり暇を持て余した様子で、我々は彼がたいていのことをやってのけるという結論に至った」

Tは手帳をぱたんと閉じて、Rに言った。「以上です」

Rが頷いた。「よろしい。ご苦労だった」彼は私のほうを向いた。「ようし、ラクスフォード、あんたはじきに単独行動に移る。我々の誰か——または別の局の捜査官——が常に連絡を取る。緊急事態が発生したら、あるいは偽装がばれたら知らせてくれ。ただちに乗り込んであんたを救出する」

「なら文句なし」

「まさか」Rは念を押した。「あんたの信条だか信仰だかを後生大事に守って、渡された護身用の機器を使わない気じゃなかろうな」

「とんでもない。煙幕と指向性ビームと赤い信号弾は申し分なく分別に富んだ道具だと思う。信じてもらえなくても、もういっぺん言うからね。僕は分別のある人間なんだ」

「ラクスフォード」Rは言った。「CMはよせ。とにかく、我々は最善を尽くしてあんたを守るから、そっちも協力してくれ。工作員を失いたくない。そんなはめになったら、えらく厄介で無駄ばかりだ。

士気は下がるわ、敵はつけあがるわ。そんなわけで、くれぐれも用心しろよ」

「それは名案だね」私は言った。「用心、用心と。やってみる。おかげで助かったよ」

Rは Pに目を向けた。「この男はお前に任せる」Rはうんざりした口ぶりだった。

Pが言った。「わかりました、チーフ」そして彼は立ち上がった。「ついてこい、ラクスフォード」

廊下に出ると、Pは言った。「チーフに生意気な口を叩いてどうする?」

「言うに事欠いて、用心しろだってさ。ばかな人には腹が立つよ」

「おおかたチーフは、君がへそ曲がりだとは気づかなかったのだろう」Pは言った。「もう出発できるか?」

「まだ」私は断った。「アンジェラにさよならを言いたいんだ。たっぷり時間をかけてさ」

「四時間ほどかけられるぞ」Pは教えてくれた。「お嬢さんもタリータウンまで同行するからね」

第十三章

タリータウンの北にある丘の上、壮大なハドソン川を見渡して、マーセラス・テン＝アイクは小塔と小破風のある屋敷のたぐいを所有している。ただし近頃は、フランシスコ修道会と米国聖公会の女子校に敷地の大半が占拠されている。テン＝アイクの屋敷は生き残った私有地のひとつであり、テン＝アイクは生き残った大地主のひとりなのだ。この大邸宅で、午前零時頃、私からめまぐるしくキスが飛ぶなか、アンジェラは車を降りた。いっぽう、怒りっぽくて、不機嫌で、便秘症の親父さんは腕組みをして眺めていた。

これがアンジェラの父親とＦＢＩが受け入れた究極の妥協案だった。親父さんはアンジェラが生きていることを秘密にして、ＦＢＩは娘をこの屋敷にかくまうことを許可する。親父さんは、私にまつわる嘘八百を娘の頭に詰め込もうとするに違いない。

ふん、お前なんかくたばれ。私のアンジェラは丸め込まれたりしないぞ。あんな偏屈じじいは、ボッカチオの作品にもっぱら寝取られに出てくる役どころじゃないか。私は屋敷でアンジェラと別れて憂鬱になったが、それは彼女の誠意を疑ったせいではなかった。さしあたってのことが気がかりで、沈み込んでいたのだ。

Ｐと私は車内でふたりきりになっていた。幹線道路に戻ると、Ｐが言った。「では。筋書きを確認しておこう」

「よしきた」

「テン＝アイク嬢は、よもやスパイとは思われずに君の組織にまんまと潜入した。事実、例の集会で彼女が逃げ出して、君はしてやられたと初めて気がついた。そこで彼女を追いかけ、尾行して、追いつき、助けたいと口説きにかかり、ニュージャージー州まで連れ出して殺害した」

「カッとなって」

「それもある」Pは言った。「おまけに、いたくプライドが傷ついた。さらに、プライドより何より、テン＝アイク嬢が生きている限り、ユースタリーとテン＝アイクが立ち上げている組織の安全が脅かされる」

私は相槌を打った。「そうそう。それが肝心」

「テン＝アイク嬢を殺害後」Pは続けた。「君はニュージャージー州の隠れ家に五日間潜伏した。今夜までニューヨーク市に入るのを躊躇していたが、とうとうしびれを切らして舞い戻ってきた。再び組織に接触するのが得策だと考えたのだ」

「ねえ、ふと思ったけどさ、僕は資産じゃなくて負債扱いされるんじゃないかな。指名手配されてるわけだし」

Pは首を振った。「君はその組織で、幹部を除いて、初めて組織のために殺人を犯したメンバーだ。組織が君の受け入れを拒んだら、それは拙策であり、士気も下がる。テン＝アイクとユースタリーは君を大歓迎して、ほかのメンバーの前でほめちぎるさ。まあ、見ていたまえ」

「僕は急がないよ」

「組織と再び接触したら、ほとんど出たとこ勝負で行くしかない。どんな細かい点を訊かれても、もっともらしい説明をしろ。こちらでやりとりを聞いていて、君が何を言おうと取り繕う。とんちんかんな受け答えになっては困るからな」

「そこは用心する」

「言っておくが」Pは言った。「君はタイロン・テン＝アイクを本名では知らない。君の知っている彼はレオン・アイクだぞ」

「ああ、そうだっけ。すっかり忘れてた。レオン・アイクね。レオン・アイク。レオン・アイクと。覚えとかなくちゃ」

「覚えておくほうがいい」Pは言った。「今後は我々も彼をその名前で呼ぶからな」

「わかった」私は言った。「レオン・アイク。レオン・アイク」

「話はこれくらいだ」

「あのねえ。僕はテロ組織のリーダーってことになってる。もしもテン――もしもレオン・アイクとユースタリーがほかのメンバーに会いたがったら？　平和主義者の集団を連れて行けないよ」

「君の組織だが」Pは言った。「ニューヨーク市チェルシーで連絡が取れる。電話番号はCH２‐２５９８。必要とあらば、メンバーとして十二人派遣しよう」

私は電話番号を何度か復唱して、それから言った。「ようし、もう大丈夫。今後とも変わらず準備オーケーだよ」

「君ならうまくやる」Pは太鼓判を押したが、私の耳にはちょっとむなしく響いた。

それからは黙って車に乗っていた数分後、私はふと思い立ってPに尋ねた。「ところで、誰に渡りをつければいいんだい？」

「ジャック・アームストロングだ」

「ええっ？　あのナチスの？」

「向こうに善人はいないぞ」

「そりゃそうだけど」私は食い下がった。「よりによってナチスだよ。あの集会でもぶっちぎりのやばい奴だった。僕がユダヤ人に見えたらどうするのさ？」

「君が覚えていた人物の中ではアームストロングが最適なのだ」Pは言った。「クイーンズ区の電話帳に名前が載っているので、どうやって見つけたかを説明しやすい。それに、一部の連中と違って、二十四時間の監視下に置かれていない。ユースタリーとテン＝アイクはそこに気づいていて、アームストロングが彼らに直接コンタクトを取る可能性が高い」

「フレッド・ウェルプ夫婦はどう？　やっぱり監視されてないんだろ？　電話帳に名前も出てるはずだし」

「そうだろうとも」Pは同意した。「しかしウェルプ夫婦は、ユースタリーと――それからレオン・アイクから見れば、二軍の人材だが、ジャック・アームストングは明らかに一軍であり、間違いなく彼らと親しい」

「ああ」私は納得した。「あんたの言うとおりだろうね」

「当然だ」Pは言った。「そうそう、ひとつ言っておかねばならん。一般の警察は、市警も州警も、実際に君を探している。君は殺人容疑で指名手配されているのだ」

私はPをまじまじと見た。「からかってるの？」

「いや、からかってはいない」

「ひとつ言っておかねばならないこと！　勘弁してよ！」

「理解してもらえるかどうか、自信がなかったのでね。どうやら、理解してもらえんようだ」

「何を理解するのさ？　指名手配をやめさせてよ。僕はただでさえトラブルを抱えてるのに！」

Ｐは辛抱強く言葉を重ねた。「それはできん、ラクスフォード。申し訳ないが。君が六、七万人の男女にこれはすべて計略ですと訴えたら、君の安全は崩壊の危機に瀕する。世間の人は、妻だの夫だの恋人だの母親だの、誰かしらに話すからな。秘密を持つ者はみな、その秘密をひとりの人に打ち明ける。これぞ国際的陰謀の油断ならないルールのひとつだ。それに、組織のどれかに、非番の日に活動する警官がひとりくらい所属していないとは限らない。以前にもあったことだ。一度あったことは二度あるのだ」

「僕は警察に追われてるのか」

「この一件が片付くまでの辛抱だ」Ｐは言った。「なるべくリラックスしろ」

「いいよ。僕は警察に追われてて、これから頭がおかしい奴らと爆弾魔の組織に仲間入りするところで、体に盗聴器を仕掛けられてて、ネクタイは煙幕になるし、ハンカチはみんなの吐き気を催すし、ダイナーズクラブ・カードは爆発する。僕は全員がＦＢＩのおとり捜査官で構成されたテロ組織のリーダーで、恋人を殺したと全米の新聞に書かれてて、アメフトのスター選手みたいな二十五歳のナチスに会いに行く。リラックスするのがげっそりすることなら、心配いらないよ。僕はリラックスしてる。どこもかしこもリラックスしてるよ」

第十四章

ジャック・アームストロングの名前はクイーンズ区の電話帳に載っていなかった。だが、Nの項に〈全米ファシスト更生委員会《ナショナル・ファシスト・リクラメーション・コミッション》〉の電話番号があり、住所は六十七番大通りだった。私はPの車を降ろされたグランドセントラル駅で地下鉄に乗り、午前一時を回った頃にアームストロングの自宅を見つけた。

そのブロックは、というよりあたり一帯が、どこもこぢんまりした家だった。木造が多く、レンガ造りがちらほら、ごくまれに石造りが見える。大半が二階建てで、新築した当初はベランダがついていた家もあったが、ほとんどの場合、家族が増えたりして後年にベランダを壁で囲わなくてはならず、一階の正面に窓がたくさんある奇妙な家になった。こうした家々の前庭は例外なく狭く、生け垣やら低木やらのせいで、ほぼ例外なくますます狭くなっている。おまけに、彫像や、反射板の数字が付いた素朴な立て札もあり、また別の〈ロンバーディ家〉や〈ブレナー家〉と書かれた素朴な立て札もあり、馬車用のランプが掛かった黒い柱もところどころに立っていた。

ここはまともな住宅地で、住人は下流中産階級の白人労働者であるから、午前一時にはしごくまともに自己満足しつつ眠っている。歩道と縁石の境に立ち並ぶ大木が、飛び飛びに設置された街灯の光を極力さえぎり、区画の真ん中の大部分をほぼ真っ暗闇にしていたが、それは健やかな暗闇で、恐怖をはらんでいない暗闇だった。都会の暗闇をうろつく悪党はあの歩道を脅かさない。ここは住宅地であり、いたってのどかで、穏やかで、感じがよくて、悪の入り込む隙間などないのだ。

目当ての住所、〈全米ファシスト更生委員会〉の本部は角地に立つ中二階建ての黄色の下見板張りの小さな家で、左側は交差路に面し、右側は狭いガレージに続くアスファルトの私車道に面している。ガレージは犬小屋程度の広さなのに、裏庭の大半を占領していた。スレート敷きの小道と私車道のあいだの芝生に、縁がひなびた感じにギザギザした白い立て札が立っていた。反射板の文字で〈アームストロング家〉と書いてある。一階のポーチは壁で囲われていて、もこもこの生け垣が家の前面を覆い、錆びたバスケットボールのゴールリングと風雨にさらされたバックボードがガレージの扉の上に付いていた。

私はその家に近づいていき、角で立ち止まり、四方八方を見ながら次にやるべきことを考えようとした。すると、地下室の窓のひとつからかすかな明かりが漏れていた。私は交差路を歩き、家の脇にある芝生の坂道を上り、外壁に沿ってじりじりと進んだ。そして問題の窓の脇にうずくまり、室内を覗き込んだ。

そこはよくある地下室だった。コンクリートの床は家主の好みでえんじ色に塗られ、主要なI形梁を支える垂直管は床屋の看板式に赤と白の縞模様に塗られている。左手に小さなカウンターがあり、ちょっと便利な道具や見かけ倒しの物、プラカード、彫像、飾り棚、照明器具、ほらアレだよアレ、という物がずらりと並び、色つきガラスが作られた直後に捨てられていた。カウンターに置かれた古新聞の束こそ、この放棄の物言わぬ愚かな証である。

この窓のほぼ真下にいたのが、ジャック・アームストロングその人だった。とにかく、私は本人だと思い込んだ。ちゃんとした制服を着ているし、ちゃんと凶悪な体格をしているからだ。しかし、彼はこちらに背を向けて作業しながら、リズミカルに動き続けている。

残念でならない。彼にとって、私にとって、みんなにとって。彼は謄写版印刷機のクランクを回しているのだ。

無謀で、希望に満ちた、子供じみた、取り返しのつかない一瞬、私はアームストロングがクランクを回しに回す姿を眺め、印刷された紙が次から次へトレイに滑り出るのを眺めていると、これまで人生を捧げて求め続けたすべての夢が、すべての理想が、すべての完璧が、どれもこれも、ごくあっさりとかなうような気がした。この青年と私はなんと豊かな人間性を共有していることか！　おなじみの印刷機のクランクを無駄に回す動きは我々の絆であり、共通の献身ぶりのシンボルであり、共通の愚行である。もちろん、私がなすべきは、彼に教え、説明し、指摘して……。

地下室の奥の壁、ジャック・アームストロングの動いている背中の向こうで、アドルフ・ヒトラーの――頭と口髭と両肩だけが見える――大型カラーポスターが虚無主義は自滅的だという悲観論をたたえ、私を睨みつけた。その肖像写真の傍らに、壁に画鋲で留めてあるのは、特大のナチ党旗二枚だった。忘れようにも忘れがたい鮮烈な赤地に白丸、中心に黒の鉤十字。

彼に教える？　説明する？　指摘する？

現実が、あらゆるシンボルの崩壊が、バリバリと音を立てて迫ってきた。こんなとき、こんな場所、こんな顔ぶれでは、いきなり至福の時代に飛び込めない。だが、アームストロングと私には共通の体験がある。どちらも謄写版印刷機を動かす。ただし、私が謄写版を使うのは電動輪転機を買えないせいで、アームストロングが謄写版を使うのはサブマシンガンを買えないせいだろう。微妙な違いかもしれないが、決定的な違いである。

まあいい。当初の計画に戻ろう。私はさんざん尻込みしたくせに、へそ曲がりにもさっさと片をつけようと、左手を握り締め、中指の関節を伸ばし、幸運を祈ってその関節を舐め、舐めた関節で窓をコツコツ叩いた。

アームストロングは印刷機によじ登らんばかりだった。見るからに度肝を抜かれていて、私は彼に対する恐怖心を一挙かつ永久に失った。アームストロングは、アドルフ・ヒトラーの最凶の弟子かもしれないが、そんなことはどうでもいい。ユースタリーとタイロ――レオン・アイク（レオン・アイク、レオン・アイク、レオン・アイク。覚えとかなくっちゃ！）の組織のほかの人たち、あの組織のみんなは相変わらず怖いかもしれないし、きっと怖いだろうけれど、ジャック・アームストロングだけは怖くない。私に言わせれば、彼の牙は抜けてしまった。

もう一度窓を叩いた。哀れな青年を苦しめるためではなく、ほかにすることがなかったからだ。この音を何度も繰り返せば、アームストロングはパニック状態を脱して、音をあるがままに聞き取るはずで、そのとき彼がこの窓を見たら、我々は意思の疎通をはかれるようになるだろう。

さて、コツコツ第二弾は失敗に終わった。アームストロングはまたも印刷機から飛び出し、ボイラーの陰の薄暗い隅に逃げ込むと、そこで目をギラギラ光らせていた。

（これまた、誰もがお気に入りの武器に弱いことを示す好例でなかろうか。たとえば、あのＦＢＩ捜査官――Ａ、だったと思う――の手話説はしたり顔に駆逐された。これまでの報道によれば、宣伝戦略の最大のカモは広告マンだとわかる。そしてここでは、夜中にコツコツ音を出すものにテロリストが脅かされ《テロライズ》ている）

やんわり注意を引かないと、アームストロングは震え上がって完全に地下室から出て行きかねない。ちょっと考えて、私はおなじみのリズムを叩くことにした。チャンチャカチャンのチャンチャン。これなら、アームストロングも友好的な叩き手のしわざだと気づくに違いない。

案の定、気がついた。アームストロングはコツコツ音に応えて、ボイラーの陰から出てきた。まだ警戒しているが、もう身をすくめてはいない。私ができるだけ姿を見せている窓辺にそろそろと近づいて、ついに掛け金を外し、ほんのちょっと窓を上げた。彼のささやき声が漏れ聞こえる程度だ。

「あんた誰だい？　なんの用だ？」

「グリーンスリーヴズ」私は言った。これは例の集会で使われた合言葉なので、アームストロングの記憶を刺激するかもしれない。

刺激しなかった。アームストロングはますます気色ばんだ。「なんのこった？　酔っ払ってんのか？」

「いやいや」私は声を落とした。「僕はラクスフォードだ」

アームストロングの目が見開かれ、ささやき声はけたたましくなった。「こんなとこで何してんだ？　あんた正気かよ？」

「実はな、ユースタリーと――レオン・アイクにコンタクトを取りたい。取り次いでくれないか」

「なんで俺が？」

「電話帳に名前が載ってた」

「なあ」アームストロングはささやいた。「俺はただでさえ両親ともめてる。上の部屋で寝てるけどよ、あんたがここにいたってバレたら――」

「バレやしない」私は請け合った。「あんたはユースタリーとアイクに連絡して、僕がここにいると知らせるだけでいい」ついでに、ちょっと押しをかけた。「あの組織の会員なんだろ？」

「そりゃま、そうさ。当然じゃねえか」

「だったら、そういうことで」

「親父にバレないようにな」アームストロングは泣きついた。「この部屋の道具を捨てちまうぞって、しょっちゅう脅されてんだ。殺しで指名手配されてる連中とつきあってんのがバレたら――」

「こっちは五日も鳴りを潜めてたんだ」私は努めて居丈高に迫った。「鳴りの潜め方は心得てる。めそめそすんな」

「わかった」アームストロングはささやいた。まだ気乗りしないようだが、観念したのだ。「あんたが通用口に回ったら、鍵をあける。頼むから静かにしてくれよ」

「よし」

めっぽう静かにしながら、私は家をぐるりと回って反対側へ向かい、アスファルトの私車道を歩くと、当然ながら通用口にたどり着いた。アームストロングがドアをあけると、当然のようにキーキーときしんだ。彼はその音に合わせて縮み上がり、「地下室に来い」とささやいた。

地下室に下りると、私はヒトラーの肖像写真に見下ろされ、粛清されたも同然だと考えた。そこへアームストロングがびくびくしながらガタガタ音を立てて、ついてきた。

「そのへんに座れよ」彼は相変わらずささやいている。「ユースタリーに電話してくる」

「ああ」

謄写版印刷機のそばに古い机があり、そこに電話機が置かれていた。これが電話帳に載っていた

〈全ファ更委〉の電話だな。二階にはアームストロングの父親の電話が引かれているはずで、そちらに不穏な電話がかからないようにしているのだろう。

アームストロングが低い声で電話——超がつく長電話だった——をしているあいだ、私は地下室を歩き回り、いろいろな物を見た。謄写版で印刷された紙を眺めると、この私が量産したかもしれない内容ではなかった。アームストロングとの共通点も、もはやこれまでだ。ナチ党旗の一枚についた小さなタグを見ると、製造元はジョージア州サヴァンナの会社だった。私はスツールに腰掛けて、カウンターの上をさっと見渡した。その向こうの床に蓋があいた木箱が置かれ、満杯ではないが手榴弾が詰まっていた。

ふと、なんともやりきれなくなった。

第十五章

午前二時二十分。私は、ジャック・アームストロングの本部から数ブロック離れた、クイーンズ大通りの終夜営業のダイナーに陣取り、人影のない通りを見張っていた。そこでは、さまざまな高さの信号が八基ずらりと並んで、通りのあちらこちらでのろのろと密集教練をやっている。どこも青になった、と思ったら、いっせいに青と赤になり、やがて赤一色になって、ついには再び青一色に戻る完璧なシンメトリーで終わる。気が遠くなるほどテンポが遅いロケッツのラインダンスみたいだ。面白くもなんともない。

店内では店員と客が同点だった。二対二。店員のひとりは薄汚れた白の服を着てカウンターを仕切っていたが、立ち止まって顔を引き攣らせ、くわえたようじで口の中を探った。ふたり目の店員は、ひとり目よりずっとむさ苦しく、五日前に飲んだばかりのアル中に見えた。仕事は客の周囲の床にアンモニア水をこすりつけることだ。客一号は革のジャケットを着た四十代のがっちりした体格の男で、カウンターでコーヒーとドーナツを前にして、後者をやかましく前者に浸し、もっとやかましく両者を口に運んでいる。客二号はブース席できのうのコーヒーと先週のデニッシュに向かっている。それが私だ。

左の手首がむずむずした。驚きといらだちが混じり合い、私ははめている腕時計を睨みつけた。耳に当てると、か細い声がした。「どうなってる？」

「どうもなってない」私はむかついていた。モップを持ったアル中がこちらを見て、目をしばたたいた。私はわざとらしく咳をして、腕を下ろし、窓の外を眺め、何も言わなかったふりをした。

どうなっているのか？　それを知りたかったのか。どうなっていると思ったのだろう？　ジャック・アームストロングが電話で聞いて私に伝えた指示のとおり、私は彼の家から十ブロックあまり歩いて、午前二時までに——実際には午前二時の数分前に——このダイナーのブース席に座り、それからずっと座り続けていた。まったくどうなってるんだか！

二時三十分までに誰も現れなかったら、こんな作戦から手を引いて、誰がどうなろうとかまうもんか。そう思っていた矢先、黒のゼネラルモーターズの車——私がアンジェラに教えたとおり、どの車種もそっくりだ——がダイナーの前の縁石に停まり、ヘッドライトを消して、点けて、消して、点けて、消して、点けた。これは合図だ。

私はデニッシュより大きな塊をゴクリと呑み込んだ。相手がやって来た以上、がらりと態度を変えて喜んで待つことにした。慌てなくていいよ、どうぞごゆっくり。僕は急いでないからね。

こうなったら行くしかない。私の言い分には無理がある、以下省略。コーヒーとデニッシュをほとんど手つかずで残し、ブース席から立ち上がり、アンモニア液で濡れた床を歩いて出口に向かう。外ドアと内ドアのあいだの狭いスペースには、煙草の自動販売機があるだけだった。私はそこで足を止めてつぶやいた。「来たよ。外に出て車に近づく」

路上で車のグリルと車体の長さを見て、キャディラックだとわかった。車内に黒いカーテンが引かれていて、運転手は茫洋たる小山と化していた。ただ、手を伸ばしたりうしろにやったり、縁石に面した後部ドアをあけたりする動きは見て取れた。ドアがあいても車内灯は点かなかった。

私が車内の暗がりに滑り込み、ドアを閉めるなり車は走り出し、信号の八重奏の下でUターンして、クイーンズ大通りを突き進んでマンハッタンへ向かった。

私は座席の端で前かがみになり、運転手の人相——帽子を目深にかぶり、トップコートの襟を立てていた——を垣間見ようとして失敗し、ついに話しかけた。「僕の知ってる人かな?」

返事がない。

「おしゃべりしないの?」

絶対にしない。

肘鉄を食らわされた私は座席に深く座り、腕を組んで、ことの成り行きを見守った。

今回初めて、フロントガラス以外の窓にカーテンが引かれた車に乗ったが、乗り心地は実に変わっていた。ガタガタ揺れる——キャディラックのサスペンションは優れているが、クイーンズ大通りはポンコツ道路だ——ことを除けば、ぴくりとも動かない感じで、むしろ独房めいた暗い部屋に座って、夜のがらんとした広い通りをワイドスクリーン方式の映画で見ている雰囲気なのだ。というより、自分の動きはよく見えるので、その夜の通りを底の抜けた箱ですっ飛んでいくようなものだろうか。どんなふうであれ、車は法定速度をかなりオーバーして走っている。警察に止められたくない特殊な事情を、運転手に説明しようかと思ったが、それはやめておいた。

車はクイーンズ大通りの行き止まりまで走り、クイーンズボロ橋の外側車線を渡って、南へ向かうFDR大通りに回り込み、国連ビルの下を通り過ぎ、ハウストン通り(ちなみに、テキサス州のヒューストンとは発音が違うけど、綴りは同じHouston)でダウンタウンの外れを出て、いっときあっちこっちに曲がると、スピードを落として、くたびれた安アパートや崩れかかったぼろ家が並んだ一角に入った。その中に、どことなく教会に似た堂々たる建物がそびえていた。ピンクのレンガで建てて、金ピカの屋根を架けてある。この建物の前に、車は音もなく停まった。正面の外壁にアジアふうの文字が並んでいる。金ピカの両開きの扉の上にも、入口の幅広い階段の前の壁に掛かった大きな看板にも。

私は建物から運転手へ視線を移した。「これが目的地？　ここで降りるの？」

返事はなし。運転手は頭も動かさなかった。

胃に隠したマイクのためにも、私は言った。「この中国の教会、だかなんだか知らないけど、金ピカの扉がついてるとこ、ここは僕が行くことになってる場所？」

それでも運転手から返事はなかったが、別のところから返事が届くには届いた。さっき言った金ピカの扉があいて、懐中電灯が三回点いたり消えたりしたのだ。

「ご苦労さま」私は運転手に言った。皮肉を込めたのかどうか、自分でもよくわからなかった。私が車を降りて、ドアを閉めたとたん、車は走り去り、角を曲がった。

この界隈とジャック・アームストロング宅の界隈ときたら、切り裂きジャックとピーター・ラビットに負けないくらい対照的だった。壊れたゴミ箱というゴミ箱に鼠がうようよいそうだし、階段という階段の下にヤク中が隠れていそうだし、屋根という屋根の上に強姦魔が、通路という通路に変態が、影という影にならず者と人殺しが潜んでいそうだ。私はそのアジアふうの教会、寺院、モスク、だかなんだかに入った。この界隈で一番危険ではない場所に見えたからだ。

入口の階段はスレート敷きだった。金ピカの扉はあいていて、中は明かりがひとつも点いていない。

私が入口を通り抜けると、扉は閉まり、あたりは真っ暗になった。

指の細い蜘蛛のような手に、右の手首をつかまれた。ハイになった悪役俳優《ピーター・ローレ》のささやき声が、すぐそばで聞こえた。「どおぉぞぉぉ、こちいらぁぁへ」蜘蛛のような手が私の手首を引っ張った。

私はあとに従い、石畳のように足音の響く床を突っ切った。どんどん歩かされ、やがて右に曲がり、それから止まった。手が離れると、私は自分の急所だと思う数カ所をこっそり覆って、暗闇で瞬きした。

真ん前で細く射し込む光が太くなり、広がり、ひらいた入口から漏れている光になった。小さな細いシルエットが、どう見ても男が、その入口を通って光の中に来いと手招きした。私が従うと、案内人もついてきて扉を閉めた。そこは東洋ふうの小部屋で、壁にタペストリーが飾られ、床はモザイク模様になっていた。案内人は年齢不詳の小柄でやせた東洋人で、黒のゆったりしたチュニックと黒のズボンを身につけ、足元は裸足だった。彼がこちらを向いた。「靴を脱いで」

「ええっ？」

「しかたないんだ」案内人は言った。この〝しかたない〟の言い方では、〝し〟の音がまともに録音できない。「ここは」彼は歯から空気が漏れたような音で話し続けた。「聖地《しぇいち》だから」

「聖地だから」私が繰り返していた隙に、左の手首で腕時計がむずむずむずしていた。気もそぞろになり、不愉快な道具を耳に当てると、小さな声が何度も何度も繰り返した。「靴を脱ぐな。靴を脱ぐな」

「ばか野郎め」私は乱暴に言い捨てた。

謎めいた同伴者は自分がののしられたと思い込み、むっとしたのも謎ではない。「どうしたって靴を脱いでもらう。しつようとあらば力ずくで。たしけを呼ぶからな」殺虫スプレーのごとく〝し〟を撒いている。

「わかった」私は折れた。「あとで返してもらえるよね?」

「もちろん。それまでは、このスリッパを履いてくれ」

差し出されたスリッパは、麦藁か藤か枝編み細工だった。どんなものかおわかりだろう。夏に海辺で売られている品だ。

私はすばらしい電子仕掛けの靴を麦藁のスリッパに履き替え、新しい友人が私の靴を床の隅にきっちりと揃えるのを見た。私が戻るまで靴は絶対に安全だと、彼は請け合った。

もう腕時計はむずむずしなくなっていた。

「こっちへ」案内人が部屋の奥にある別の扉をあけた。私は新しいスリッパをぱたぱたいわせ、彼についていった。

(数ある魔法物語の中で靴がどれほど大切か、注目したことある? たとえば、『オズの魔法使い』のドロシーは、よい魔女にもらった赤い靴を履いている限り、どちらかというと悪い魔女から守られている。こうした内容が世界じゅうの童話に見られる。学者がもったいぶって説くとおり、童話は叡智に富んでいる。私はその後の数分間、魔法または防護用の靴に結びついたこの民衆の知恵から生まれた警告集と、もはやいい靴を履いていないことに付随した大惨事とをあれこれ考えていた)

しかし、それは余談、脱線であり、私が今後は厳に慎もうとしている妄動のひとつである。はい本題に戻って、戻って。

案内人は、先ほど言ったとおり、私を連れて別の扉を通り抜けた。その先にある長く狭い廊下はベージュ一色で統一され、側面には出入口がなかった。かなり歩いてから廊下は右に曲がり、私たちもそうした。薄暗い小型の天井灯がぽつぽつと床を照らしている。

　廊下の突き当たりで、大きな金属の防火扉が行く手に立ちはだかった。案内人は顔をゆがめて荒い息を繰り返し、ウンウンと扉を押した。すると、扉はつらそうにきしんだあげく、あけはなたれた。私はまた別の廊下に出るよう指示された。ひとつ目の廊下と瓜二つだ。「そこに出ろ」彼は指差して、また頑張って防火扉を閉めると、自分は向こう側に残った。

　これで私はひとりぼっちだ。試しに「もしもし？」と腕時計を耳に当ててみた。カチカチとはなんだ、能なしめ。私は正真正銘のひとりぼっちだ。

　こうなったら、ひたすら進み続けるしかない。廊下の突き当たりまで行くと、その先は左に曲がって石段が下に続いていた。右側にところどころワイヤーで頭の高さにぶら下がった裸電球が灯り、壁は雑なモルタル塗りに成り果てていた。ちょっぴり苦い、ちょっぴり塩辛い匂いがして、なんとなく海を思わせる。

　石段の下で、曲がりくねった廊下は右に逸《そ》れていき、突き出した石壁の合間を縫った。どこかで水が落ちる音がする。裸電球はまばらに取り付けてあるので、この曲がった廊下の小区画には明かりがひとつも点いていなかった。

　ようやく別の階段が現れた。今度は木の階段が上に向かっていた。電気よさらば。壁掛けのたいまつが私の行く手を照らし、タールのような匂いを放っている。

　木の階段を上り切ると、アーチ型の入口の先に狭い金属の通路があり、戻ってきた暗闇に延び、さらにその先へ続いていた。通路の端に、また別の明かりの点いた入口がある。私はそろりそろりと通路を渡り始めた。

錆びついた手すりに左右を挟まれた。足元の金属は湿っぽくてつるつるしている。私の下で大粒の雨が降っている印象を受けたが、そこは真っ暗闇で何も見えなかった。また、頭上高くに――アーチ型の？　ドーム型の？――がらんとした空間があるという印象も、やはり証明されないのである。

次の入口を入ると、そこは柔らかくてふわふわした部屋だった。ありとあらゆる強烈な色合いの厚手のカーテンとタペストリーで包まれ、床に厚いラグが散らばり、分厚く重なっていた。天井は黒く塗られている。小さなテーブルで蠟燭が燃えているが、家具はそれだけで、明かりは蠟燭だけだった。オレンジと赤の大きなクッションやピローがあちらこちらに置いてある。

色とりどりの影がゆらりと動き、背景から浮かび上がって、色っぽい東洋人の美女になった。複雑かつ包括的な伝統衣装のたぐいをまとっている。美女は私に会釈して、烏の濡れ羽色の髪とアーモンド形の目を蠟燭の光できらりと光らせ、ついてくるよう黙って私に手招きした。

おいおい、ついていかないとでも？　この子とアンジェラが揃えば、無敵の組み合わせ……。

美女は私の先に立ち、きれいに絨毯が敷かれた長い廊下を歩いた。ずらりと並んだドアはどれも閉まっていて、どこからか胸が弾む音が聞こえてくる。音楽、笑い声、などなど。ようやく美女は左手のドアの前で立ち止まり、そっとノックしてから、私に会釈して、元来たほうへ戻っていった。

私は美女にむらむらとして、後ろ姿を見送ったが、ドアがあいて、またしても東洋人の顔が現れた。この顔はすぐに思い出した。あの集会に来ていた男だ！　ＦＢＩに話すのを忘れてしまったが、顔を見たとたんに思い出した。いわゆる分裂派の共産主義組織のリーダーだったような気がするが、男の名前も組織の名前もわからない。

さっそく本人が両方とも教えてくれた。「俺はサン・クート・フー。〈ユーラシア人救済団〉の代表だ。覚えてるか?」

「もちろん」私は如才なく答えた。「集会に来てたね」

「そうだ。さあ、入れよ」

中に入ると、そこはごく普通の西洋式の事務室で、グレーの金属製の机と、グレーの金属製ファイルキャビネット、グレーの金属製ゴミ箱が置かれ、壁はよくあるケムトーンの緑色のペンキで塗られていた。サン・クート・フーは言った。「どこにでも座ってくれ。この隠れ蓑をどう思う?」

「なかなかいいね」私は茶色の革張りのソファに腰掛けた。机のうしろの回転椅子を除けば、座れるのはソファだけだった。どこにでも座れなんて、よく言うよ。

「隠れ蓑にするなら宗教団体が一番だぜ」サン・クート・フーはほくほくしている。宗教団体を隠れ蓑にしようと、自分で思いついたのだろう。「なんだかんだ妙ちきりんな真似をしても、サツに目をつけられないからな」

「どうしてか」私は言った。「あんたの話し方はあんまり東洋人らしくないね」

サン・クート・フーは吹き出した。「冗談だろ? 俺はアストリアの生まれだよ。橋を渡ったとこさ。親父はクリーニング屋をやってた。まだ現役だ」

「そりゃすごい」私は調子を合わせた。相手がまだにこにこしていたからだ。「ところで、僕の靴だけど」

「そこがミソなんだな」サン・クート・フーはぱっと顔を輝かせた。「現にサツがあんたを追ってるとしても、この寺で足を止める。あんたの靴がここにある限り、あんたもここにいると踏むんだ。安心して世界じゅうに行けるぜ」

「ほんとにすごい。でも、靴を返してほしいな」

「心配すんなって」サン・クート・フーは言った。「誰もくすねたりしない。いつまで置きっ放しにしようが、一週間かかろうが、あんたが置いた場所にちゃんとある」

「でも——」

サン・クート・フーは陽気ながらもきびきびと手を振った。「じきに迎えの者が来る。俺はほかにやることがあるんでね。また会えてよかったよ」

「どうも」

「あの金持ち女をうまく片付けたな」サン・クート・フーが言った。「俺はああいう手合いにゃ我慢できないんだ、わかるだろ？　奴らはなんの関係もないくせに戦いに首を突っ込む。ちくしょう、この世界は奴らのものなんだ！」彼は首を振り、私を見てニヤッと笑い、部屋を出てドアを閉めた。

私がそこで長いあいだ——ダイナーで待っていた時間より長く——座っていると、突然、壁の一部があいて、暗闇に縁取られ、ロボがぬーっと現れた。ふらふら入ってきて、熊のように動き回り、ガラガラ声で言った。「身体検査」

「いいよ」私は立ち上がり、両腕を広げた。

隅から隅まで、たっぷり時間をかけて、入念に、ロボは私の身体検査をした。私のネクタイを見つけ、ハンカチを見つけ、ボールペンを、シャープペンシルを、クレジットカードが入った財布を、ベルトを、二十五セント硬貨を見つけた。そして、何もかも私に返すと、壁に新しくできたブラックホールに引き返していき、振り向いて、例のばかでかい手を上げ、私を招き寄せた。

私はまた姿を消した。

第十六章

午前四時。市中に隠れた、じめじめした、窓のない、黒い壁の小部屋で、私はついにタイロン・テン＝アイクと対面した。頭上で、薄暗い天井から黒いワイヤーで吊られたまぶしい裸電球が揺れている。部屋の真ん中に、古い木のテーブルと塗装されていない木の椅子が二脚ある。

私は押し黙ったロボに引き回され、またしても廊下や階段、がらんとした部屋、土のトンネルという複雑怪奇なルートを通って、やっとこの部屋で終わり、たどり着いたら人影はなかった。中に入ると、そこは行き止まりで、背後でロボが扉を閉めて立ち去っていたのだ。

そわそわしながら二、三分待つあいだ、我々の計画は八十三箇所が失敗したのかもしれないと考えていたら、再び扉があいて男がつかつかと入ってきた。タイロン・テン＝アイクだ。（こうして向き合うと、仮名では考えられない。〝レオン・アイク〟はこの男の偽名になりそうにないのだ。若き日のオーソン・ウェルズが、憧れ続けていたタイプなのだから）

「やあ、ラクスフォードくん」テン＝アイクはきらきらしたほほえみを浮かべた。「亡きテン＝アイク嬢の一件では、手際よく片付けてくれて感謝する」

私は咳払いをした。「どうもどうも」相手に負けず劣らず冷静でいようと躍起になった。「大したことでは」

「大したことさ。おそらく、君が思った以上にね」テン＝アイクは私に鋭い目を向けた。声は朗々として美しく、どこか奇妙な響きがあった。赤ん坊の骨が砕ける音か。きらきらした笑みを口元に浮かべたまま、彼はテーブルと椅子を手で示した。「掛けてくれ。話そうじゃないか」

しかし、あの鋭い目はどういうわけだ？　それに、どうしてアンジェラ殺しはおそらく私が思った以上に意味があると言ったのだろう？　私は何かを求められているようだ――だが何を？（急に、チェスの名人と一手十秒の早指し勝負をさせられる男の気分になった。相手が考えていることなんてわかりっこない）

だがそのとき――タイムリミットぎりぎりで――相手が探り出そうとしていることに気づいた。アンジェラと私は、集会から一緒に立ち去ったときと私がアンジェラを〝殺した〟ときの合間に、しばらくふたりきりで過ごした。その際、彼女は私にレオン・アイクの正体をばらしたのか？

うん、かまうもんか。私にはテン＝アイクの本名を知っていて不思議はない理由がある。それを使ってどこが悪い。いずれにしろ、あとで口を滑らせて取り返しのつかないことにならずに済む。

もう考えている時間はない。「失礼します」私は覚悟を決めた。「テン＝アイクさん」そして椅子に手を伸ばした。

突然、部屋じゅうが静まり返った。私がコンクリートの床で椅子を引きずった音はぞっとするほどけたたましく、その後に訪れた張り詰めた静けさの中でテン＝アイクは話し出した。私が初めて聞く声。鷹の嘴《くちばし》をこする火打ち石の音で。「それはなんの名前だ？　今、私をなんと呼んだ？」

私はミスを犯したのだろうか？　致命的なミスを犯したのだろうか？　もう考えている時間はない。やり通すしかないのだ。私はしゃがれ気味の声を出した。「テン＝アイク。あんたをテン＝アイクって呼んだ。あんたはタイロン・テン＝アイク、あのアンジェラって女の兄貴だろ?」

　これは言ってもよいせりふだった。あのまだらに落ちた笑みがテン＝アイクの顔にぱっと広がり、滑らかな声も戻ってきた。「あいつがしゃべったのか。それくらい計算に入れておくべきだったな」

「まさか」私は慎重に言った。「あんたに迷惑はかからないだろうね」

　テン＝アイクのほほえみがかすかに光った。「かかるまい。さあ掛けてくれ、ラクスフォードくん。話し合うことが山ほどある」

　私たちは古いテーブルに差し向かいに座った。テン＝アイクは内ポケットから、細くて黒っぽい、イタリア製のねじれた短い葉巻を取り出した。棍棒のミニチュアそっくりだ。私もどうしても一服したくて、自分の煙草を取り出すと、彼は葉巻と煙草のどちらにも優美な金のライターでガスの火をつけた。葉巻の煙はツーンと鼻を刺激して、深みがあり、異国ふうで、じきに小部屋を満たし、苦しくはないが危険なことに変わりはないと思わせた。

　電線のように火花を散らす目でこちらを見つめ、テン＝アイクが言った。「ほかに私のどんなことを知っているのかな、ラクスフォードくん?」

「いや、何も知らない」私はテン＝アイクを安心させた。

　今度はいぶかしげな笑みが浮かんだ。「ほほう、何も?　今は亡き妹から何も聞いていないのかね?」

「そう言えば」私はテン＝アイクについて知っていることを慌ててより分けた。「ずいぶん前に国を出たことは聞いたよ。共産主義者だってことも」

「共産主義者か!」テン＝アイクは声を立てて笑った。笑止千万だと思ったらしい。「あいつはその程度しかわかっていなかった」彼は吐き捨てた。「共産主義者とはね！」

「共産主義者じゃないのか？」ああ、私の靴さえ履いていたら、今こそPと仲間たちがここから二マイル以内のどこかで受信機を取り囲み、こうした極上の情報を聞いていたら！　ええい、サン・クート・フーと彼の宗教団体という隠れ蓑め！

タイロン・テン＝アイクは口の隅にくわえた小さな葉巻を引き抜いた。「私は政治人名辞典で説明できる人間ではないよ、ラクスフォードくん。君だってそうだろう」

今度も電光石火の一手を指され、またしても電光石火の返事をするしかない。私はテン＝アイクにどう見られたいのか――あの集会の出席者の大半のような奇人変人か、彼自身のような利口なご都合主義者か？　奇人変人は役立たずだと思われかねないが、新入りの悪党は危険だと思われる。

たぶん、私は分別よりも身勝手な動機からあんな選択をしたのだろう。何がどうなったのかわからないが、こう答えた。「誰しも、自分がかわいいってことじゃないかな。ただし、僕のかわいい自分は〝ラクスフォード〟というんだ」

テン＝アイクのほほえみに宿る火打ち石が鋼を打ちつけた。「いかにも」彼は言った。「ただし、私の妹を殺してお尋ね者になったのは、どうも矛盾している気がする」

矛盾している気がするのも当然だ！　振り向くのもうつむくのもはばかられ、私はせっせと話をでっち上げた。「ときどきカッとすんだよ。それに、あれはしかたなかったってやつだ」

テン＝アイクはその点に同意して頷いた。「もっともだ。それから」彼は内輪話を漏らす心得顔で笑った。「そのラクスフォードという名前は使い捨ての偽名だろうね」

「かもね」私はテン＝アイクの笑みを真似ようとした。

テン＝アイクは思案顔で葉巻を吹かし、テーブルの疵のある天板を見つめていた。「さあ」彼はおもむろに口をひらいた。「本題に入ろう。君は我々を探し出した。そして、ここにいる。どんな目的で？」

「我々は助け合える」私は言った。「当分のあいだは」

「そうかな？」テン＝アイクの目が愉快そうに光った。「たとえば、私は君のどんな役に立てる？」

「僕は警察に追われてる。あんたはいろんな国にコネがあるから、僕を国外に逃がして、僕の仕事に金を払う人たちに紹介できるだろ」

テン＝アイクは嬉しそうに頷いた。「できるとも。では、その見返りに、君は私のどんな役に立つのかな？」

「てっきり」私は言ってみた。「あんたがそれを言いに来たのかと思ったよ」

「なるほど！　よくぞ言った、ラクスフォードくん！　我々は必ずやうまが合う！」

私はまた例のきらめく笑顔を真似してみた。「だといいなと思ってた」

テン＝アイクはふと真顔になり、身を乗り出して声を落とした。「一点だけ」彼は言った。「はっきりさせておきたい。タイロン・テン＝アイクが合衆国付近のどこかにいると知っている人間は、世界に三人しかいない。君はそのひとりだ。私は現状を維持したい」

「そりゃそうだろう」私は言った。「こっちの現状も維持してくれよ」

これ以上ないほど短い沈黙が下りた。私たちの目が合った。どちらも瞬きもせず、どちらも丁重で、どちらも隠された事実をわきまえていた。テン＝アイクは当面は私を利用するが、いざとなったら殺そうとするはずだ。単に本名を知られているという理由からでも。私はそれがわかっていて、私はそれがわかっているのを彼はわかっていて、私はそれがわかっているのを彼がわかっているのを私はわかっていて、といった具合に、向かい合わせの鏡に映る像のようにはてしなく相手のことがわかっていながら、どちらもそのことを口にするつもりはなかった。

私が本当にテン＝アイクが考えたとおりの男だったら、これからどうするだろう？　にっこりして彼の言葉を鵜呑みにしたと見せかけて、彼を見張り、もらえるものはもらい、もう何も得るものはないとわかったら自分の手で始末する計画を練る、といった具合ではなかろうか。いや、向こうは今でも、それこそ私の計画だと考えているに違いない。

なんと神経をすり減らす生き方だろう！　私が平和主義を主張する理由がほかに見当たらないとしても、これこそが理由になる。年じゅう用心深くナイフを握って同胞のまわりをぐるぐる回っていたら、ちっとも神経が休まらないじゃないか。

テン＝アイクは椅子にふんぞり返り、くつろいで、ねじれた小さな葉巻を吹かした。「ユースタリーの網で」小ばかにしたような口ぶりだ。「たいていの間抜け《フィッシュ》が引っかかった。誰も彼もテロリスト気取りさ！」

私にもひねくれたところが求められていた。私は肩をすくめた。「どんな軍隊にも兵卒が必要だぜ」

「同感だね。しかし、兵卒より専門家が必要だ。私は専門家を当てにして、ユースタリーに網を張らせた。彼も多少は専門家を引き入れたが、大半は君が言うような兵卒だ。あるいは、だった」

「どうやら」私は探りを入れた。「狙いは具体的に決めてあるらしいね」

「ああ、当然じゃないか。国連ビルだよ」

「はい？」

「国連ビルを満杯にして」テン＝アイクはうっすらとほほえんだ。「ふだんより満杯にだ。はち切れそうなほどに。それから……爆破するのさ」

第十七章

私は尋ねた。「なんで？」尋ねるのは賢明なことではないし、質問が役柄に合っていないし、答えてもらえるはずの質問ではなかった。言葉が口をついただけで、うっかり秘密が漏れたようなものだ。

しかし、テン＝アイクは私の仮面がはがれたことに気づかなかったらしい。とりあえず、独自の計画を立てる喜びに浸って、聞き手の軽率な言葉が耳に入らなかったのだ。彼の笑顔は燐のごとく光を放った。「誰しもそれなりの理由があるさ、ラクスフォードくん。ある者にとっては、理想だよ。またある者にとっては、もっと現実的に考慮した結果だ。ほかならぬ君の場合、あとで私に手を貸してもらえると考えて、参加するわけだ」

「もちろん」私は頷いた。「そのとおり」あの集会を思い返して、私は言った。「だから国連とプラスチック爆弾の話を始めたんだな」

「そういうことだ。私の目論見は双方を引き合わせることだからね」

こいつはジョークを飛ばしたぞ、ハハハ。私たちは穴に潜んだコブラの兄弟のように笑みを交わした。テン＝アイクは、コブラの着ぐるみを着た兎にほほえんでいるとは知る由もなかった！　兎はコブラの着ぐるみをしっかり着込んだ。「あの集会では、ほかにもいろいろ話が出たじゃないか。中国とか、連邦議会とか、最高裁とか」

「ああ、そうだな。連邦議会や最高裁などについては、当初からワシントンD・Cの、上院あたりに爆弾を仕掛けて、共産中国のしわざだと示す証拠を残しておく計画だった。アメリカは中国を非難しようと国連総会の臨時会議を招集して、国連ビルを満杯にするだろう。いいか、ビルを満員にしたいんだ」

テン＝アイクはすっかり頭がおかしくなったに違いないが、まずいほうにおかしくなっていた。彼が強硬症になることにして、座ったまま動かず呼びかけにも応えず、じっと壁を見つめていたら、みんながこんなに苦労しなくて済むだろうに。ただし、この男に限ってそうはいかない。タイロン・テン＝アイクは威勢よく正気を失うに決まっている。

「だけどさ、小枝じゃあるまいし、ビルをがんがん燃やせるのか？」

テン＝アイクはにこにこして、かすかに光りながら答えた。「その仕事は、使える奴だが使い捨てにしてもいいサン・クート・フーにさせる。彼と彼が率いる〈ユーラシア人救済団〉に」

「あいつらは中国共産党？」

「本人たちはそのつもりだ。共産中国は、あんな過激派と手を組むほど非常識ではない。毛《もう》と中国政府は十年以上前に〈ユーラシア人救済団〉とすっぱり縁を切ったが、それでも結果は同じだろう。上院を破壊して、サン一味を瓦礫の中で――起爆装置を持ったまま――発見させれば、アメリカ人は下すべきところへ結論を下す。汚い共産中国人どものしわざだ！　短気な連中は、即座に報復すべし、北京を核攻撃せよ、と訴える。ちなみに、北京のスラム街を一掃するには便利な手段だ。不潔な街さ。ただし、理性的なアメリカ人は抑制しろと唱え、国連に正式に抗議するよう勧める。とかなんとか」

テン＝アイクは無造作に手を振った。「しかしだ、今となっては事情が一変した」

「新しい計画を立てたな」私はほのめかした。

「どの点から見ても、明らかに改善した計画をな」テン＝アイクはねじれた葉巻から白い灰を叩き落とした。にこにこして、かすかに光りながら言った。「それもこれも君のおかげで。奇妙じゃないか？」

「僕のおかげ――」

背後で扉が勢いよくあいた。テン＝アイクがぱっと立ち上がるや、私の膝にテーブルを倒し、椅子をサイドスローで戸口に放り投げ、壁際に飛びすさって黒い上着から黒のルガーを取り出した。合計一秒、いや一秒足らずの早業だ。彼はこうした神経のすり減る生活を長らく送り、生き延び方をとくと学んできたと見える。

テーブルにのしかかられ、私は椅子から湿ったコンクリートの床に落ちた。起き上がろうともがき、テーブル――今では横向きに倒れている――越しに入口が見えた。サン・クート・フーがぶるぶる震え、両手を高く上げている。「う、撃たないで」彼は口ごもった。「俺です」

「この間抜け」テン＝アイクの声はかすれている。どんな犠牲を払って生存テクニックを身につけたのやら。彼は叫んだ。「ロボ！」

ロボは入口に現れると、あのバナナ顔でしゅんとした表情を作った。「こいつが走って追い越した」

彼はもごもごと答えた。

サン・クート・フーは両手を上げたままだ。「話があってさ、アイクさん、話があるんですよ。FBIです！　奴ら、寺をガサ入れしやがって！」

なんたること！　二時間私の姿が見えず、連絡がなかったので、Pと部下たちは救出に駆けつけたのだ。私はもうそこにいやしなかったのに！

テン＝アイクは早くもルガーをそっと懐に戻していた。「反対の方向から逃げよう。行くぞ、ラクスフォード」

「僕の靴！」

「別の靴をやるよ」彼は言った。「ついてこい」

第十八章

「この魔法の赤い靴を履けば」北のよい魔女《ビリー・バーク》がやたらと優しそうにほほえみながら、私に語りかけた。「あなたの身に悪いことは起こらないわ。風のように走り、バレエもジルバもスイングもツイストもお手のもの、空中を歩き、水面を歩き、燃える石炭の上を渡れるの。足指が疲れたり痛んだりしないから、夜明けまで踊れるようになる。ただし、くれぐれも靴を脱がないこと。悪い魔女タイロンの手に渡してはだめよ」

「よせやい、ビリー」私は言った。「そんな話を真に受けたの?」

私はぎょっとした。ビリーの顔が、金属のきらめきと輝きを放つタイロン・テン＝アイクの顔になった。彼はにこにこして言った。「真に受けるものか。どんな靴だろうと、君が履く靴を手に入れてやるよ」

これで眠気が吹き飛んだ。不安な眠りから覚め、はじかれたように起き上がると、私は見慣れない部屋で見慣れないベッドに座っていた。だが、部屋はどこにでもありそうな、飾り気のない寝室だ。ダブルベッド、鏡付きの化粧だんす、電気スタンドが置かれたナイトテーブル、私の服が一応きちんと掛けてある椅子。ひとつきりの窓には陽射しで温まったブラインドが下りていて、オレンジ色の水槽の景色を作っている。昼寝をむさぼった寝室でしか見られない眺めだ。

しかし、さっきは昼寝よりずうっと長く眠った。寝たのは……。はて、何時だっけ？　私は覚えていることを思い起こした。あれは朝の四時半頃、テン＝アイクと私は市中に隠れた小部屋を飛び出して、曲がりくねったトンネルを、いきなり現れた部屋を、廊下を駆け抜け、がらんとした、埃っぽい、忘れられた広間で足音を響かせた。先を行くテン＝アイクは黒ずくめで、上着をはためかせて突進していった。私はスリッパ――ああ、スリッパめ！――に足を引っ張られながらついていき、ロボがしんがりを務め、のっそりと、ドシンドシンと、ガタガタと追ってきた。サン・クート・フーはあたふたと別方向へ逃げ去った。別の行き先へ。

では、我々三人はどこに行ったのか？　ようやく脱出した先は、信じがたいことに、地下鉄のホームだったが、もう使われていないので暗く薄汚れていた。後年の計画で取り替えられた古い引き込み線だ。汚れた緑色のドアは施錠されていると見えて、されていなかった。私たちはそこを通り抜け、コンクリートの狭い階段を上り、また別のドアを抜けて路地に出た。やっとこさ、空の下に戻ってきたのだ。

路地に車が一台停まっていた。私がクイーンズで乗せられたキャディラックか、よく似た別の車だろうか。三人で乗り込み、テン＝アイクがハンドルを握り、私がこれまで知らなかった危険地域を切り裂いて走り、カナル通りに飛び出した。私が嫌というほど知っている危険な通りだ。私とテン＝アイクが前の席に、ロボがうしろの席にのっそりと座って、この通りを突っ切り、ホランド・トンネルに入り、トンネルを抜けてニュージャージー州に入った。（ちなみに、これは別のキャディラックだ。カーテンが付いていなかった）

ジャージーを北へ向かっていくと、右手で空がしらじら明るくなってくるようだ。単調なドライブだったし、私は一睡もしていない——かれこれ二十四時間になりそう——せいで、あたりをはばからず、頭がぼうっとして、眠気を催した。そういえば、車が——どこかで——停まり、テン＝アイクから陽気なのに凄みを利かせた声で何やら言われ、誰かにこの寝室へ案内されたような気がする。朝の六時頃だった？　そんなところだろう。

そのとき私の腕時計——ただの時計と化し、悲しいかな、もはやうんともすんとも言わない——が現在の時刻は午後四時十分だと告げた。暗殺者や変人や破壊者どもに囲まれて、ガチョウの雛みたいに十時間も爆睡したとは！

私はベッドを飛び出した。自分のパンツとTシャツを身につけていたので、ほかの衣類が掛けてある椅子に駆け寄り、すばやく身支度を整えた。履き物といえば、例のいまいましいスリッパがベッドの下にきちんと揃えてあるだけだ。それをつっかけて、ポケットの武器庫を調べ、無事を確認して、部屋を出た。

次に私はアメリカ式住宅建築のあの異様な部分に入った。それは〝階段のてっぺんにあるもの〟だ。恐ろしく真四角で廊下になれず、狭すぎて部屋にはなれない。たいてい家具がひとつもなければ、せいぜい余ったテーブルが捨てられずに取り残されているところで、四方がドアに囲まれている。二階のどの部屋にも、このスペースに通じるドアがあるからだ。階段のてっぺんにあるものは、中心《ハブ》、もしくは中枢《コア》と呼ばれそうだが、私の知る限りにおいては一度もそう呼ばれていない。あくまで階段のてっぺんにあるもの、なのだ。

私はそこに立っていた。何はさておき、今は顔を洗って歯を磨きたい。『女か虎か』に登場する青年になった気分で、私はこのドアの並んだルーレット盤をじっと見つめ、どれがバスルームのドアか当てようとした。

最初は当てずっぽうが外れてしまった。ドアをあけたら、テーブル二台と椅子数脚しかない、殺風景とも言える部屋で、黒っぽい服を着た六人の東洋人が床の大きな木箱に入ったマシンガンを組み立てていた。私が戸口に立ったとたんに視線が飛んできた。「へへっ」私は消え入りそうな声で笑いつつあとずさった。「間違えちゃった。てへっ」そして、彼らの目の前で再びドアを閉めた。

二度目の当てずっぽうはずばり的中した。私は顔を洗い、指で歯を磨き、バスルームを出て、残りのドアの向こうに何があるのか見たいという衝動に駆られず、階段のてっぺんにあるものを通り抜けた。階下に下りると、居間でテン＝アイクがくつろいで座り、フランス印象派の複製画を集めた高価な大型本をめくっていた。ページの色また色が彼の顔に照り映えて、内側で悪魔のカーニバルが始まっている気配だった。私を見て、彼はにっこりした。「やれやれ。寝坊助が起きたか」

「一週間ぶりによく寝たぜ」私は努めてすさんだ口調で話して、指名手配中の殺人犯であり、頭の切れる血迷い男であり、やけっぱちになった策士という役割に戻っていった。

「そうだろうとも」テン＝アイクのほほえみは見せかけの思いやりできらめいた。「台所に行くといい」彼が指示した。「ここのおかみさんが食事を出してくれるぞ」

「助かる」

「あとで話そう」テン＝アイクは、私が通り過ぎる際に声をかけた。「頼みたい仕事がある」

私は青くなったかもしれず、よく覚えていないが、力強い声を絞り出した。「そりゃあよかった。ぶらぶらしてるのはごめんだ」

「同感だね」テン＝アイクは本をめくった。ページが破れ、彼はしゃがれた声で何やら言った。それは英語ではなかった。
台所に行くと、この家のおかみさんはセルマ・ボドキン夫人だとわかった。ご機嫌の様子で、お母さん女優《マージョリー・メイン》が家をお客だらけにするシーンを髣髴させた。夫人はパンケーキを勧め、私がこっくり頷くと、私をテーブルに着かせ、ひとまずオレンジジュースとコーヒーを注いで、パンケーキを作り始めた。

意外にも、夫人は絶品のパンケーキを焼いた。また、ひっきりなしにしゃべった。そのところどころしか私の耳に入らなかった。テン＝アイクは私にどんな凶悪な仕事をさせる気だろうと、くよくよくよくよ悩んでいたからだ。どんな仕事であれ、私の手に負えるわけがない。では、どうすればいい？

ボドキン夫人のおしゃべりはおおむね自伝形式で、本人とこの家の両方にまつわるものだった。家は古い建物で、農場を失った農家の母屋だ。周囲の、背の高い木々で目隠しされているのは、墓地の名がついた住宅団地だった。〈フェア・オークス〉、〈グリーンヒルズ〉、〈ファー・ヴィスタ〉。ボドキン夫人は花嫁姿で――想像もつかない！――ここに連れて来られ、子供たちが独立して、夫が死んだあとも住み続けている。〈平和を望む異教徒の母連合〉の集会はたびたびここでひらかれ、幼年ガールスカウト団も地下のプレイルームで月例会をひらく。この家は、おしゃれにとは言わないまでも、居心地よく家具が置かれ、すこぶる清潔なのだ。

私が二枚目のパンケーキを――ボドキン夫人からぜひにと勧められて――食べ始めたとき、裏口のドアがバタンとあいた。革ジャケットを着た五人のがっしりした男がどやどや入ってきて、ハアハアあえいだり悪態をついたり、リボルバーと現金袋をテーブルにどさどさ落としたりした。今の今まで私がパンケーキを食べていたところに。血と悪事の匂いまで吹き込んできたような気がする。五人組のひとりはP・J・マリガンという〈アイルランド人遠征軍〉のリーダーであり、連れの四人がアイルランドの四人組でないことはありえない。

「どうだった、あんたたち?」ちょうどボドキン夫人が尋ねたとき、テン＝アイクが居間を出てきた。

「ヤバいことでも?」

「客を二、三人撃つはめになって」P・J・マリガンは革のジャケットを脱ぎ、ポケットからハロウィーンの仮装用マスク——ネアンデルタール人だった——を取り出して、私のパンケーキの皿の横に放った。「ぶっ殺した、と思う」

「まずいな」テン＝アイクが言った。「流血沙汰は避けろと言ったじゃないか」

「しょうがなかったんすよ」マリガンはぽつりと答えた。

「そだ、そだ」別の〈遠征軍〉も同調した。「奴ら飛びかかってきたんでさ。英雄気取りでよ」

「退役軍人じゃねえか」三人目が言った。「ジュードー・チョップとかキメようとしやがって」

「奴らを撃たなかったら」マリガンが締めくくった。「俺たち、逃げらんなかったです」

「やむを得なかったならな」テン＝アイクは納得いかない口ぶりだ。

「撃つっきゃなかった」マリガンは私のほうをちらっと見た。「ラクスフォード、そうだろ?」

「あの女スパイをうまいこと片付けたな」マリガンは言った。

「そうさ」私は言った。

「どうも」私は言った。

「ひとつ報告が」また別の〈遠征軍〉がテン＝アイクに言った。「現ナマを手に入れました」

「二階に運べ」テン＝アイクは五人に命じた。「全部まとめてしまっておけ。終わったら、しばらくのんびりして、明るいうちは外を出歩くな」

五人は自分の拳銃と、マスクと、盗品をつかんで、ぞろぞろと台所から出て行った。テン＝アイクは彼らを見送り、私の向かいに座った。「まったく困ったものだ」

「よくあることさ」私はさりげなく話そうとした。

「まあな」テン＝アイクは思案顔で話を続けた。「とにかく、事故に見せかける必要がある。あいつらの荷物に盗んだ金をいくらか隠す。車で逃走中にスピードを出し過ぎて、死亡事故を起こすんだ。ご愁傷さま」

「あんまりだ」私はかすれた声で言った。遅まきながら理解したのだ。

「こうすれば警察も騒ぐまい」

ボドキン夫人がテン＝アイクに声をかけた。「レオン、あんたもコーヒー飲む？」

「いやけっこう、セルマ」彼は私にはこう言った。「それでも、この作戦はけっこう長続きしたものだ。すでに現金はたんまり手に入った」

「組織に活動資金を提供するために銀行強盗をしてたのか」

「そうとも」テン＝アイクはほほえんだ。「あれでもうちのお抱え専門家だよ」彼は腕時計に目をやった。「車に細工する件で、ズロットに相談しなくては」

「ズロット？　あのドイツ人嫌いの小男か？　あいつも専門家？」

「イーライ・ズロットはな」テン＝アイクが説明した。「世界でも指折りの天才的な爆破装置の発明家であり職人だ。いつ、どこで、どのくらいの規模で、どんなリモコンや時限装置や起爆装置を使って爆破したいのか、それをズロットに伝え、材料を渡せば、欲しい物を作ってくれる。あっという間に、独創的に。成功は保証付き」テン＝アイクは、独特のゆがんだ、きらきらした笑顔を見せた。「私が知っているだけでも数カ国は、イーライ・ズロットがすぐ呼び出しに応じるだけで年収二十五万ドルを支払うはずだ。そりゃまあ、彼の頭がおかしくなければ、の話だが」

「そりゃまあね」

「うちの組織は専門家を何人も養成した」テン＝アイクは満足そうだ。「たとえば、ここにいるセルマだ」（夫人は顔をほころばせて［台所の水切り台でにんじんを薄切りしている］自分の名前を聞いた）「我々に本部と立派な隠れ家を提供して、私がこれまで食べた中でも最高の部類に入る料理を出してくれた。これぞ彼女の特技だよ」

最後のくだりは、私にではなくボドキン夫人にじかに向けられていた。テン＝アイクからこんなふうに褒められて、夫人は身悶えして喜んでいた。よもやこの男が、これまでは超危険人物に見えた男が、こんな軽口を叩くとは思わなかった。なるほど、魅力は彼の武器庫に常備してある武器なのだ。ボドキン夫人のような年配の女性はおだてまくり、若くてすてきな女性には酔わせるせりふをささやくのだろう。

「ほかの人たちはどうだった？」私は訊いた。「たとえば、ババ夫人にはどんな特技があった？」

テン＝アイクは取り澄ました顔をした。「創設メンバーの何人かは」さっきより慎重に話している。「我々には役に立つとも生産性が高いとも思えなかった。たとえば、ババ夫人などは」

「それにウェルプ夫婦も？」

「そうだ。それにハイマン・マイアーバーグも」

「何者だっけ?」

「スターリン主義者だ」

「ああ、思い出した。あいつらはもう仲間じゃないのか?」

「違う」そう言って、テン=アイクはボドキン夫人の背中をさっと示した。そのしぐさでぴんと来た。この話題に深入りしてはいけない。なぜなら、ハイマン・マイアーバーグとババ夫人とウェルプ夫婦はもうこの世にいないが、ボドキン夫人はそれを知らないからだ。彼らがこの世にいないのは、役立たずなのに、組織の内幕を知り過ぎていたからだ。そしてボドキン夫人がその事情を知らないのは、彼女もそのうち役立たずになるからだ。

そこで私は話題を変えた。「僕に仕事があるとか言ってたな」

「ああ。モーティマーが――ユースタリーのことだ、わかるだろう。日が暮れた頃に来る。君と彼とアームストロングとで、北へ小旅行に出るんだ」

「というと?」

「私のカナダ人の友人から爆薬を仕入れる。先方が国境を越えてくれるが、そこから荷物を持ち帰らねばならない」

「ふーむ」

「実は」テン=アイクは言った。「国境からトラックを運転するだけなら、ひとりでできる。君たち三人の重要な仕事は、運んでいく現金を守ることだ。大金だぞ。ひとりきりならハイジャックされかねないし、北へ行かずに南へ行く気になるかもしれない。ふたりなら、ひとりが相手をねじ伏せる可能性もある。だから、三人必要になるわけだ」

(テン＝アイクは、おわかりだろうが、自分を基準にして他人を判断した。自分の動機は卑しいと承知の上で、一同に深い疑念を向けてばかりいた。国境行きの計画とその裏にある考え方は、いかにも彼らしいものだった)

「すると、こういうことか。僕はユースタリーとアームストロングと一緒に出かけて、カナダに運ぶ大量の現金を護送したら、帰りは大量の爆薬を持ち帰ると」

「そのとおり。出発前に拳銃を渡すよう言ってくれ」テン＝アイクは立ち上がった。「そろそろズロットと相談しないと、車の細工に何時間かかるのか、わからないからな」彼が愛想よくボドキン夫人を見ると、夫人は真っ赤になった。彼は台所を出て行った。

私は座ったまま、テン＝アイクとのやりとりを思い返し、うんざりしながら回想にふけっていた。

「食べちゃいなさいよ」ボドキン夫人は私をたしなめた。「あんた、ちっとも食べてないじゃない」

第十九章

つまりそれが、テン＝アイクから見ると、私の特技だった。私は殺し屋《ガンマン》である。世界史上唯一の平和主義者の殺し屋ではなかろうか。

ユースタリーは日が落ちてほどなくしてやって来た。その数分前には、実を言うと、Ｐ・Ｊ・マリガンと部下たちが忘却の彼方へ走り去っていた。イーライ・ズロットは居間の窓からこっそり外を覗き、自分が細工した車がどこかで爆発しに行くのを見送った。ズロットの細工に対する考え方は、ケルト人やチュートン人となんら変わるところはなさそうだった。

アームストロングはもう家に入っていて、とりあえず特技のひとつは腕力だと判明した。ユースタリーが二年もののマーキュリーを家の裏手に回して、アームストロングは黒のスーツケースを二個引きずって一階へ下りてきた。私はどちらも持ち上げたとたんに下ろしてしまった。アームストロングはスーツケースをトラックに積み、ユースタリーとテン＝アイクは居間の片隅でちょっと話し込んで、ユースタリーがボドキン夫人のミンスパイとコーヒーの勧めを断り、テン＝アイクはついてこいと私に手招きして二階に行った。

私たちは階段のてっぺんにあるものに着き、左に曲がり、東洋人たちがマシンガンを組み立てていた部屋に入った。組み立て工は消えていたが、マシンガンはまだ残っていて、テーブルに重なっていたり、倒れていたりして、その大半が私に狙いを定めていた。

テン＝アイクは私の手に拳銃を滑り込ませて、小声で言った。「道中、アームストロングは気にしなくていい。奴は間抜けで活動に身を入れている。だが、ユースタリーから目を離すなよ。私はモーティマーをこれ以上信用できないし、遠くにもやれないからな」

拳銃は思っていたより重かった。（生まれて初めて持ったと言う必要ある？）銃が手からだらりと下がり、その手が手首からだらりと下がった。私は頷いた。「奴を見張る。わかった」そう言いつつも、ユースタリーが本当に何か手を打ったらどうしよう、と考えていた。

「行きだけ用心していればいいのさ」テン＝アイクは続けた。「現金を運んでいるうちだ。プラスチック爆弾はそうやすやすと質入れできないから、モーティマーは帰り道には動かない」

「そりゃいいや。アームストロングはどうだ？　武器を持ってるのか？」

「ああ」テン＝アイクはそう答えておいて、私の芽生えかけた希望を摘んだ。「ただし、あいつを当てにするな。この手の取引の場に出るのは初めてだ」

「で、僕の出番ってことか」

「君はこの計画における私の右腕だよ、ラクスフォード」テン＝アイクは私にきらきらとほほえみかけ、歯を見せた。「我々は同じ穴の狢《むじな》だ」彼は私の肩をぽんぽんと叩いた。「理解し合っている」

その事実に反する考えを頭に入れて、私はテン＝アイクのあとから階下に戻ると、ボドキン夫人が赤と黒の狩猟用ジャケットを持ってきた。亡夫の形見をぜひ着てくれというのだ。「まだ夜は冷えるのに」夫人は言った。「あんたは薄手のコートも持ってないし」

コートを持っていないのはユースタリーも同じことで、光を反射しているようなパールグレーのスーツを着て恰幅がよく小粋に見えるが、ボドキン夫人は彼にお古の馬用毛布を押しつけなかった。なぜか夫人は私に好意を抱き、ユースタリーには嫌悪感を抱いていた。もしかして、私は夫人お手製のパンケーキを食べ、ユースタリーはミンスパイを食べようとしなかったせいだろうか。

いずれにせよ、変てこなジャケットを突っ返すわけにもいかず、結局のところ身につけて、夫人の思いやりに感謝した。それから、チェッカー盤と熊のスモーキーが合体したような格好で、のたのた歩いて外に出た。勝手口で夫人が声をかけた。「ちゃんと着てなさいよ、これから」

「そうするよ」私は約束した。すると、夫人の肩の向こうでテン＝アイクが一部始終を見届けて、ほくそ笑んでいるではないか。テン＝アイクという男は主導権に興味があって、それを得たり失ったりするいきさつにも興味津々なのだ。この比較的どうでもいい状況、狩猟用ジャケットの問題で、私は主導権を失っていて――死んでも着たくないジャケットを着ている――テン＝アイクは私が狼狽してジャケットを着せられた顚末を眺めて、ひねくれた喜びを味わったのだ。（また、彼は私を自分の分身だと考え、控え目な敬意を抱いていて、どうでもいい、自分だったら失敗しないであろう状況で、私が失敗したのを見て喜んだのではないか）

ジャケットを着るよ、着るよ、となおも律儀に約束しつつ、私はマーキュリーの後部座席に乗り込んだ。妙な話だが、この車の外装はジャケットと同じく赤と黒だった。ただし、車の赤は薄く、オレンジ色に近い。ユースタリーは助手席に座り、まずアームストロングがハンドルを握った。

ボドキン家の私車道は、木立のそばで砂利道に出て、その道は木立を抜けた向こうでアスファルト舗装された郡道につながっていた。次に郡道は幹線道路に通じ、それがガーデン・ステート・パークウェイに通じ、それがニューヨーク州高速道路に続き、それが北に続いていた。

私たち三人は黙ったまま、アームストロングが運転する車は家を回って私車道を出て、砂利道を走った。ところが、郡道に出ると、ユースタリーがアームストロングに釘を刺した。「交通法規を無視するなよ。この車で停められてはまずい。盗難車なんだ」

私は目をつぶった。

第二十章

いろいろあったわりに、私たちは順調に走って待ち合わせ場所に到着した。カナダ国境から八マイル離れたチェイズィーを走るルート9の路上だった。ちょうど右手から朝日が射してきて、シャンプレーン湖を横切った。私は二番目に運転を、主に高速道路で担当して、ユースタリーが最後の百マイルを受け持った。彼は風邪を引いていて私は引いていないので、運転を交代しようと車を停めたとき、私はハンドルと一緒に狩猟用ジャケットも渡した。「家に帰る前に返してくれよ」私は言った。「ボドキン夫人に脱いだと思われたくないんだ」

「あのババアめ」ユースタリーは恩知らずにも吐き捨て、パールグレーのスーツの上から無理やりジャケットに袖を通した。彼が着ると、あの狩猟用ジャケットでさえなかなか上品に見えた。ある者はそうした性質を備えているし、ある者は備えていない。

この最終コーナーで、アームストロングはずっとうつらうつらしていたが、私には眠気などみじんもなかった。ユースタリーに何か魂胆があるといけないので、お前はしゃきっとした敵ふたりと戦うんだぞ、と思い知らせたかった。そこで、アームストロングが後部座席でだるそうに寝そべっているあいだも、私はユースタリーの隣で背筋を伸ばし、ふたりに――といっても、もっぱらアームストロングに――なんでも思いついたことを話しかけた。私がどこかでずるずると平和主義のスピーチを始めなかったのは、不幸中の幸いである。

しかし、ユースタリーは現金の詰まったスーツケースを持ち逃げする構想を練っていたとしても、そんなそぶりを見せなかった。運転に集中して、私がぺらぺらしゃべり続けて冗談を飛ばすうちは、いつも愛想よく笑い、要するに模範的な態度を取ったのだ。

待ち合わせ場所はルート9の東側にある壊れた果物屋だった。この店がすたれたのは、かつてこの道路に押し寄せたモントリオール行きの観光客が、新しい州間高速道路八十七号線に奪われたせいだった。多車線道路は目の前にある物すべてを迂回するのだ。

私たちは先に果物屋に着き、裏手に車を停め、外に出て脚を伸ばした。「ちゃんと指紋を拭き取れよ」ユースタリーは私たちに命じて、ハンカチでハンドルを拭った。「この車はここに置いていく」そんなわけで、私たちは車内の指紋を拭き取った。

十五分後にトラックが到着して、すぐうしろから黒の薄汚れた小型車サンビームがついてきた。トラックは古くてくたびれていて頭でっかちで、労働者俳優のジョン・ガーフィールドとリチャード・コンテが大恐慌の際に乗っていたタイプだが、あちらの車にはカリフォルニア州のナンバープレートが付いていて、こちらにはカナダのオンタリオ州のプレートが付いている。(これまたちょっとした違い。あちらのおんぼろトラックはたいていトマトを積んでいて、こちらのトラックは八十七号線をまた地図から消せるほどの爆薬を積んでいた)

格子縞のウールのジャケットを着た髭男がトラックから降り、黒のレインコートを着たイタチ男がサンビームから降りた。ふたりはこちらに近づいてきて、イタチ男が言った。「どこにある?」

アームストロングが答えた。「トランクの中だ。取ってくる」彼がスーツケースを二個運んでくると、髭男が受け取り、アームストロングのように軽々と運んでいき、サンビームに乗せた。

「これでよし」イタチ男は言った。「このトラックは今夜回収する。あんたらはブツを手に入れて、俺らはどっちの仕事も報酬をもらう」

ユースタリーが訊いた。「どっちの仕事も？」

「ああ」イタチ男は答えた。「あんたらが出発したあとで親分から電話があってよ、そこに割増金が入ってっから、ちょびっと仕事してくれと言われてよ」彼はイタチそっくりの顔でにやりとして、レインコートのポケットから拳銃を取り出し、ユースタリーを三回撃った。

アームストロングと私はその場に棒立ちになった。次は私の番だと覚悟した。アームストロングもやはり悲観的な顔をしているはずだ。喉がカラカラになり、指と指とが離れていき、まるで隙間に蜘蛛が巣を張ろうとしているようだし、なんらかのくだらない理由で下唇がずしりと重くなった。

ところが、それきり発砲はなかった。ユースタリーは果物屋のそばの砂利道に倒れ、イタチ男は拳銃をしまい、髭男は相棒に近づいて声をかけた。「粋がっただけだな、そりゃ。まあ、無理もねえだろうが」

「にぎやかにしたかったのよ」イタチ男はまたにやりとした。

髭男はユースタリーを抱え上げてマーキュリーに運び、ハンドルに寄りかからせた。イタチ男は朝の小鳥のように晴れやかな声で、私たちに言った。「奴はお尋ね者《ワンテッド》でよ、車は盗難車《ワンテッド》だろ、問題にゃならねえ。どうせ、このへんのサツは間抜けもいいとこだ」

ふたりはサンビームに乗り込んで走り去った。

ここで初めて私はアームストロングに注目した。彼は真っ青だった。青白色に近く、特に目のまわりはひどい。顔が引き攣っていて、目がいつもより大きく見え、頭に卵を載せてバランスを取っているようだ。

おかげで私自身のバランスが戻ったのかもしれない。アームストロングがなんとも危なっかしくバランスを取っている姿を見ていたからだ。そして、彼が「俺、ちょっと――」と言って、よろよろと売店の裏に消えて吐いたとき、私はもう大丈夫だと自信を持った。

逃げ出すには絶好の機会だ。トラックに乗っても乗らなくても、どっちでもいい。一番近い町に行って、最寄りの公衆電話にも行ける。表向きはアンジェラ殺しで指名手配されているから、最初のうちは厄介な目に遭うだろうが、すぐに釈明して、入手した情報をPと部下たちに伝えられる。

はて、どんな情報を入手したっけ？　テン＝アイクは国連ビルを吹っ飛ばす計画を立てている。はっきりしているのはそれだけだ。私は計画の日時を知らないし、目的を知らないし、彼の黒幕を知らないし、犯行の手口も知らない。おまけに、上院に爆弾を仕掛ける件もある。彼は上院案を断念して別の案を選んだわけだが、どの案かわからない。これではPにろくな情報を伝えられない。何しろテン＝アイクが組織の集会で爆弾のことも国連のことも取り上げていたのを、Pはとっくに知っているのだ。国連ビルを爆破すると宣言した話だって、青天の霹靂ではあるまい。

ここを抜け出して、ちょこっと電話して戻ってこられたらいいのに。もっとも、アームストロングがそばにいては、無理な相談だ。誰にも怪しまれずにしばらくアームストロングを撒く方法を思いつかない。道はふたつにひとつ、ここで作戦そのものを諦めるか、もう一踏ん張りしてみるか。

もちろん、今私が退散すれば、テン＝アイクは一気に大量の情報をつかむはずだ。たとえば、アンジェラが死んでいないこと。私が二重スパイであること。彼がここアメリカ合衆国にいる事実を当局に知られていること。なんだかんだで、今私がここを去れば、タイロン・テン＝アイクのひとり勝ちじゃないか。

ただし、私は別だ。言うまでもなく。私はすぐに立ち去ったほうが長生きできそうだ。

いや待てよ、本当にそうだろうか？　まだタイロン・テン＝アイクが大手を振って歩いているのに？　ＦＢＩは、テン＝アイクが逃亡しない限りボドキン家に行こうとしない。行きっこない。だから、私がここを去ればテン＝アイクは自由の身となり、すべてを知り、私とアンジェラの両方に復讐を求めるようになる。かたや、ＦＢＩは何も得られない。それなら私は何もしなかったほうがましだろう。

その場に立っていると、拳銃の重みでポケットがずり下がり、ズボンまで垂れ下がっていった。私のナチスの相棒が果物屋に吐いていたあいだ、私はのろのろと、不本意ながらも、苦痛を伴いつつも避けられない結論にたどり着いた。この小さな蠅は蜘蛛が待ち受ける居間に引き返すしかないのだと。

アームストロングが戻ってきた。さっきより青白いが、生気が増している。「もう大丈夫だ」としゃがれた声で言った。それは比較的に言う限りでは事実であった。

「また運転したいか？　それとも寝たい？」

「眠れやしないよ」アームストロングはショックを受けていた。「かといって、運転もできない。この手を見てくれよ」彼は両手を差し出した。わなわな震えている。

「わかった」私は納得した。「運転は任せろ。あんたはそこに座ってりゃいい」

「こういうのは慣れてないんだ」アームストロングは弁解じみた調子になった。「悪いけどさ、俺はまだ慣れてない。あんたたちと違って。だけど、俺はちゃんとやってける」

「大丈夫だよ」あれこれ経験を積んだ私は、偉そうに彼を励ました。

人間、何も考えなければ、なんだってできる。私は殺人容疑で広域指名手配されている。これから奇人変人一味でいっぱいの家に戻っていく。ついさっき、すぐそばで男が撃ち殺される現場を目撃した。今は高性能爆薬で満杯のトラックを運転している。しかし、私は爆薬のことを考えなかった。考えたのは景色のこと、走りやすい道路のこと、トラックのエンジンが驚くほど快調なこと、スプリングは驚くに当たらないが質が悪いこと、FBIにしじゅう嗅ぎ回られずに済んだら好都合だろうということ、だがいっぽう、自宅のゴミ箱を再び空けるはめになったら都合が悪いこと……。

……そして、あの三発の銃弾は私を狙ったものだったこと。

車を南へ走らせ、私は新しい高速道路をほとんど独り占めしていた。隣ではジャック・アームストロングがドアにもたれて、結局は眠りこけ、ときおり額を窓にゴツンとぶつけている。かたや私は、イタチ男が赤と黒の狩猟用ジャケットを着た男に弾を三発撃ったことを考えた。

テン＝アイクは私たちが出発してから電話したと、イタチ男は言っていた。スーツケースに割増金が入っているから、会いに来た男のひとりを撃て、とテン＝アイクはイタチ男に指図した。警察に指名手配されている男。赤と黒の狩猟用ジャケットを着ている男。

イタチ男は誰の名前も尋ねなかった。彼もユースタリーも、知り合いだという感じがしなかった。イタチ男にはあのジャケットしか手がかりがなかったのだ。あのくそったれジャケット！

だからボドキン夫人はあれを着ろと私にしつこく勧めたのか？

いいや、夫人は片棒を担いでいない。ユースタリーでさえ、テン＝アイクが私に仕組んだ罠を聞いていなかった。それがテン＝アイクのやり口だ。誰であろうと、なるべく情報を与えない。だからイタチ男にも、赤と黒のジャケットを着た男を殺せと命じた。誰も赤と黒のジャケットを着ていなくても、私が着るはずだ、などと言い、私がジャケットの下に着ているスーツも教えた。残るふたりのどちらかがあのジャケットを着て死ぬとは、テン＝アイクは考えもしなかった。というのも、筋肉もりもりのアームストロングは厚着をしないし、潔癖症のユースタリーは他人の服を着そうもないからだ。

いや、ユースタリーは風邪《コールド》を引いていた。

そりゃまあ、今ほど冷たく《コールド》はないが。

南を目指し、私は新しく快適な高速道路を走った。テン＝アイクが私を始末させようとしたのはわかった。その理由もわかった。なぜなら、私は彼の正体を知っているからだ。まだわからないのは、自分がこれからどんな手を打つかということだ。

ただ、ボドキン家に戻ることだけは間違いない。そりゃそうだ。何があろうと、あの男の顔を見逃してなるものか。

第二十一章

テン＝アイクはヘマをうまくごまかした。私たちは夕方に戻ってきた。乗用車で行くよりトラックで帰るほうが時間がかかった。私がボドキン家の裏にトラックを停めると、テン＝アイクは勝手口を出てきて、歓迎の笑みをきらめかせ、私がトラックを降りても笑みを消さなかった。彼はジャック・アームストロングが助手席側に降りるのを見て、私たちふたりが長時間の窮屈なドライブのあとでよくやるように背伸びをして歩き回る姿を見て、それからさりげなく言った。「モーティマーはどうした？」

「死んだ」私は言った。「国境の近くで。マーキュリーの中で。ボドキンのジャケットを着て」

「そうか。まさか、あいつがあれを着てもいいと思うとはな」

「風邪を引いてたんだ」

「ほう」テン＝アイクはちょっぴり肩をすくめた。「それはどうだかね」

アームストロングが私たちのそばを通り過ぎ、だるそうに言った。「もうヘトヘトで、俺もくたばりそうだ」彼はテン＝アイクの前で立ち止まった。「ラクスフォードの話じゃ、あんたはユースタリーが殺《や》られることを知ってたそうじゃないすか。教えてくれりゃよかったのに。怖くて腰が抜けるかと思いました」

「次回はな」テン＝アイクはアームストロングに約束して、頭の悪い子にほほえみかけるようにほほえんだ。「必ず知らせよう」

「よかったあ」アームストロングは言い、大儀そうに家に入っていった。

テン＝アイクは私に警戒の目を向けた。（私もアームストロングに負けないくらい疲れてぼうっとしているとは、当然ながら、彼には知る由もなかった。帰路の運転は、私が半分よりちょっと多めに受け持ち、最初の長い行程と最後の短い行程でハンドルを握り、中間部分は気が休まらないうたた寝をした。私自身、寝不足でふらふらしていて、テン＝アイクをせっせと怖がることができず、どうかすると気にすることさえできず、見た目には自信にあふれた態度が［あとでわかったが］彼をすっかり感心させた。おかげで、私がこの状況では最善だと思った態度を取っていられるようにもなった。私は南へ向かいながら、このテン＝アイクとの対面のことばかり考えていたと言っても過言ではない。なんと言えばいいのか、どう振る舞えばいいのか。頭の中で何度も練習して完全に麻痺してしまい、タイロン・テン＝アイクを脅して引き分けに持ち込もうとしていた）

そのとき、テン＝アイクがくだけた調子で言った。「なぜ戻ってきたんだよ、ラクスフォード？」

「あんたはミスを犯した」私は言った。「誰だって一度はミスをする。一度なら、なかったことにするもんだろ」

テン＝アイクは眉を吊り上げた。「それはどんなミスだ？　はっきり言って」

「僕があんたにとって危険だと考えたこと。危険じゃなかった。今でも危険じゃない。だが、ミスを重ねないことだ」

テン＝アイクは目をすがめて私をじろじろ見た。「君が私にとって危険人物になるつもりはないと、なぜわかる？」

私はトラックの運転台を身振りで示した。「さっき、あそこからあんたを撃ち殺してもよかった。あんたが家を出てきたときにな。あんたは戸口で罠にはまったんだ」

テン＝アイクは振り向いて勝手口を見ると、私に向き直った。「なるほど。では、今後はどうなる？」

「僕はあんたに手を貸すことになる。あんたはこっちに手を貸す。それで五分五分だ」

テン＝アイクの目の奥で小さな光が揺れた。夜に地平線の彼方で大砲が火を吹いたように。「しかし、君は私の本名を知っているじゃないか」彼は私にずけずけ口を利くようになっていた。もはや遠慮する理由がないのだ。

「危険性は小さいね。それをいうなら、僕を相手にまたミスを犯すことだって危険を招く。どっちの危険が大きいか、自分で決めろよ」

「ああ」テン＝アイクは思案顔で答えた。「ああ、そうする」

私はポケットから拳銃を取り出して、テン＝アイクをぎくりとさせたが、武器を彼に手渡した。

「これはもう必要ない」

テン＝アイクは手のひらの拳銃を眺め、それから言った。「君には恐れ入ったよ、ラクスフォードくん」

「僕は暴力より理性が好きなんでね」私は言った。これは紛れもない真実だ。この頭がぼうっとした状態で、私の本物の人格と偽の人格とが合併の条件を見つけていた。（私が本来の自分のままテン＝アイクのところに来て、平和主義を熱く、熱く説いていたら、反論代わりに殺されていたかもしれない。だが、彼によく似た凶暴な男のふりをして、中身は同じ平和主義を説いたら、私は危険かつ有能な男、恐ろしい敵に見え、彼は私の理想を［この期限付きで局所的な利用において］喜んで受け入れた）

「理性は」テン＝アイクは言った。きらきらしたほほえみが私をかすめ、次は拳銃をかすめた。「いついかなるときでも、暴力よりずっとましだ」

「もちろん」私は言った。「じゃ、これで失礼しても……」

「いいとも」

家に入ると、ボドキン夫人からしきりにスパゲティを勧められた。明日は朝食を六人前食べると約束したら、夫人はしぶしぶ解放してくれた。

二階に上がり、私は自分の部屋を一発で見つけた。ドアの内側の鍵穴に鍵が差し込まれていた。ドアを閉めながら、その鍵をしげしげと眺めた。いやいや、ドアに鍵を掛けないでおくほうが私らしいじゃないか。ビックリさせてみろよと挑発しているみたいでさ。

翌朝目覚めたとき、私は無傷のまま、まだ血は一滴残らず愛用の静脈と動脈を流れ、体のどこにもボルトやプレートは入っていなかった。思い返せば、昨夜の帰宅場面には何から何まで動揺したが、あの鍵の掛かっていないドアほど動揺した眺めはなかった。

寝ぼけた間抜けを見くびってもらっちゃ困る。

第二十二章

あれから二日過ぎた。日にちが過ぎるという言葉は——慌ただしく動いたあとだけに——大げさである。私は室内にこもりきりで（私が〝散歩〟に出ようとするたび、お前は指名手配されているから外出しては危険だと、誰も彼もに言われた。爆薬を受け取りに行くときは誰も注意してくれなかったのに）、いっぺんも安全につつがなく役に立つようひとりきりになれなかった。電話を使うわけにもいかない。ボドキン家は暴徒の巣窟ともいうべきありさまで、暴徒の大半が家じゅうをうろうろしている。ＦＢＩとは連絡を取れなかった。

それでも、差し迫った危険はなさそうだ。これは休暇みたいなもの。個室はあるし、食事はおいしいし、何もすることがない。テン＝アイクは顔を合わせるたびに愛想よく会釈するが、あれ以上何も言わず、私からも何も言うことはなかった。疲れが取れて五感が元どおり働くようになったら、出張から戻った直後と違ってテン＝アイクの前でハッタリをかませなくなったのだ。

金曜日の午後、休養したアームストロングとごろつき数人はレンタカーのトラックで出かけた。その朝ブルックリンのフラットブッシュ大通りで盗んできたと、意気揚々と報告していた車だ。カナダのトラックは、私が木曜の夜に眠っていたあいだに引き取られ、とっくに姿を消し、大量の爆薬は家の裏手にある壊れかけた納屋に保管されていた。今度は盗まれたトラックがそこに隠され、調べられたところ、トイレットペーパーが入った特大の段ボール箱が詰まっていた。それから三十分、台所の窓から眺めていると、〈全米ファシスト更生委員会〉のメンバーがトイレットペーパーの箱を下ろし、納屋から家の裏手にある地下室に続く階段に運び、そこで〈アメリカ青年民兵団〉の、ルイス・ラボツキが率いるアメリカ生まれの白人労働者何人かに預けた。〈ア青団〉は、段ボール箱をもう使われていない石炭入れにしまった。ボドキン夫人は喜んだ。しかし、作業が終わる頃、一部のファシストがだんだん陽気になり、裏庭を笑ったり走ったりしながらトイレットペーパーをぶつけ合った。ペーパーがほどけて飛行機雲のように宙を飛び、さらには長い白のリボンとなって裏庭で跳びはねた。ボドキン夫人が外に出て、いいかげんにしな、みっともない、と注意するしかなかった。叱られた連中はしゅんとして、後片付けを済ませ、さっきより真面目に作業を終わらせた。

〈私はタイロン・テン＝アイクの冷たい怒りを思い浮かべていた。二階に隠れて、部屋の窓から裏庭を見張っていたに違いない［彼は下々の前に姿を現わさず、〈新たなる始まり連盟〉の初回の集会に出席した代表たちだけに会った。顔を見られていて、いずれ始末するしかない人数を絞っていたのだ。これは考え抜かれた結論か、過密なスケジュールを逃れたい気持ちに過ぎないのか、今もって定かではない］。とまれ、テン＝アイクはけっして愉快な人物ではなく、ナチスの若造たちに対する反応は見物《みもの》だったはずだ。見なくてよかった〉

トラックが空になると、〈全ファ更委〉と〈ア青団〉が協力して、今度はそこに、我々の爆破専門家イーライ・ズロットと助手を務めるサン・クート・フーの口うるさい指図のもと、爆薬を詰めた。作業が終わらないうちに日が暮れてしまい、納屋には明かりがないので、仕上げは翌日に回すことになった。

この間に一度か二度、私はうちの組織の会員を呼び寄せようかと思ったが（十名ばかり潜入捜査官がいたでしょ？）、それは危険が大きすぎると断念した。警察はまだ私の捜索を続けていて、会員たちの動きを見張っているはずだと。それに、ボドキン夫人がずばりと指摘したとおり、もうここには必要以上の人員が集まっている。なるほど、それは事実だと認めるほかない。家と納屋を隔てる裏庭はテロリストがうようよしていた。ときに、そこは失職した軍人が特別支給金を求めてデモ行進に向かう部隊集結地に見えた。

金曜日の晩、ボドキン夫人とイーライ・ズロットは食堂のテーブルで、ふたりで遊ぶソリテアふうのゲームに興じ、タイロン・テン＝アイクはボドキン夫人が所蔵する良書選定会の美術書をめくりにめくり、サン・クート・フーはたくさんの——爆弾と何やら関係のある——ケーブルと小型の電機部品を抱えて引きこもったため中国人というより日本人という感じがしたし、私がほっつき歩いている姿は足がむずむずしてしかたがない男のようだが、たしかにそのとおりだった。

足がむずむずするだけでなく、二十五セント硬貨までむずむずした。私はときどきポケットからダフに渡された硬貨を取り出してみた。水に漬けると、そのへんをウロチョロしているＦＢＩ捜査官に方向指示信号を送るはず。私は首をひねった。今こそ使うべきか？　しかし、まだ有力な情報を入手していない。そう、ＦＢＩがひそかにここに到着し、奴らを一網打尽にして、爆薬類も押収する見込みは十分にある。さりとて、テン＝アイク本人が捕まるという保証はどこにもないのだ。彼はこれまで何度も間一髪で逃げ延びてきた。誰かが網の目をかいくぐるとしたら、それは彼ではなかろうか。

そんなわけで、私は魔法の二十五セント硬貨を握るたび、今しばらく待つという結論に達した。今しばらく。

土曜日、イーライ・ズロットとサンは納屋に引きこもり、トラックを大型の移動爆弾に改造するべく、本格的に取り組んだ。テロリストの一団は姿を消して、我々指導者だけが残った。すると、タイロン・テン＝アイクは気ままに歩き回り、ねじれた小さな葉巻を一本吹かしては、いい香りのする青い煙を誰彼かまわず吸わせ、例のきらきらした自信満々の笑みを振りまいた。

ズロットとサンは日暮れの少し前に納屋から出てきて、ぎりぎり夕食に間に合った。ボドキン夫人が作った料理を見たら、まるで私たちは一部隊で、これから大移動するかのようだった。この夕食のために焼いた特大のローストビーフ、軸付きトウモロコシ、エンドウ豆、マッシュポテト、ロールパン。そして、コクがある茶色のグレーヴィーソースっぽいもの。これぞアングロサクソンが真に世界の料理に貢献したあかし。ズロットとサンとテン＝アイクと私がテーブルに着いた。ボドキン夫人は食堂と台所をしょっちゅう行ったり来たりして、自分の椅子にめったに座らず、誰かにボウルを回すときだけ座って、古き良きアメリカの伝統を守った。

テーブルでは会話が弾まなかったが、テン＝アイクがトラックの改造作業は万事順調かと、我らが爆破作業班に尋ねた。〝タイマー〟のことを何やら言われ、ズロットは突然いらいらした口調で答えた。「あれには近づけない。そこにいるフーがなんでもかんでもひとりでやりたがって、ちっとも手伝わせないんだ」

「サンだ」サンは穏やかに訂正した。

「あんたをよく知らないうちは名前じゃ呼ばない」ズロットはぴしりと言った。テン＝アイクに向かっては、こう言った。「あのタイマーがいかれても知らないぞ。俺はあれに近づけないからな」

「万事滞りなく進むと思う」テン＝アイクはちょっぴりお世辞を使った。「同様に、君は自分の貢献を鼻にかけていないと思っている」

ところが、ズロットにはお世辞が通じなかった。「フーの野郎、なんでもひとりでやりたがった」彼はねちねちと言った。「だからやらせたのさ。全部やりたいんなら、やりゃあいい、俺はかまわないね」

「君はすばらしい仕事をしてくれた、ズロットくん」テン＝アイクは物静かな口調を崩さず、ズロットに請け合った。「君の働きには我々がこぞって感謝するとも」

ちょうどそのとき、ボドキン夫人がロールパンのお代わりを持って台所を出てきた。「あらやだ、当たり前じゃないの、イーライ。あんただってわかってるでしょ」

ズロットの怒りはいくらか和らいだと見え、彼はローストビーフを食べ始めた。もっとも、〈平和を望む異教徒の母連合〉の代表が〈真のユダヤ民族救出作戦〉の代表にこうした思いやりを示すとは、私はいささか面食らった。とにかく、それから夕食はなごやかに進み、ミンスパイとバニラアイスクリームとコーヒーで締めくくられた。食後はみんなでよろよろと居間に移って腰を下ろし、食事がこなれる過程を楽しんだ。

ジャック・アームストロングは八時半頃に戻ってくると、すかさずテン＝アイクに部屋の片隅に呼ばれて最終打ち合わせをした。私は呼ばれていないが咎められず、ふたりに近づいて、特に面白いことを聞いてはいないがほかにすることがない男に見えるよう、そばでボサッと突っ立っていた。

「あのトラックは隠しておけ」テン＝アイクはアームストロングに命じた。「火曜日までだ。新しいナンバープレートを用意したから乗っても大丈夫だが、三日間は路上駐車してもらっては困る」

「隠すにゃもってこいの場所があります」アームストロングが勢い込んで言った。「うちの会員の親父が——」

「人目につかないようにだ」テン＝アイクが釘を刺した。「いいか、今はタイミングが肝心だ。ラボツキは二時かっきりに現場に着く。君もその時間にそこにいなければダメなんだ」

「了解」アームストロングが言った。何度も何度も頷いている。「ちゃんと行きます」

「トラックはＦＤＲ大通りを通行できない決まりだ」テン＝アイクはアームストロングに説明した。「もたもたするなよ。国連ビルのすぐ左手に大通りの入口がある。そこを入って北行きの車線に乗り、ビルの地下を走って、右車線で停まったら、ラボツキが真ん前に車を停める。トラックのダッシュボードに新しいスイッチがあって、見ればわかるが、スピード計のすぐ左だ。それを押して〝オン〟にしたら、あとは五分しかないから、もたもたするな。トラックを降りて、ラボツキの車で現場を離れろ」

アームストロングは最初から何度も何度も頷いていたが、しまいに頭を抱えてしまった。「もしサツが来たら？　トラックを片付けちまいますよ」

「いいや。そのスイッチを押すと小さな電荷がかかり、トラックの前車軸が壊れる。五分以内にトラックを移動させるのは無理だ。もうひとつ、後部ドアをあけようとするな。仕掛けがしてあるんだ。警察がロックを解除してドアをあけたとたん、トラックは爆発する」

アームストロングはまたしても頷いている。「そっか」彼は言った。「了解」

テン＝アイクはアームストロングの肩をぽんと叩いて、声をかけた。ジャック・アームストロングのような人物に一番通じそうな、男の誠意みたいなものを込めて。「よくぞ言った。みんな、君を頼りにしているからな」

そのへんで私は離れていき、食堂（そこではズロットとボドキン夫人が再びトランプを並べ、ゲームのトーナメントに戻っていた）を通り抜け、プライバシーとミンスパイのお代わりを求めて台所に入った。水切り台にもたれ、パイを嚙みながらつかんだ情報を咀嚼していると、サンが地下室からやってきて、いわくありげなウインクをしたが、私にはさっぱり意味が通じないまま、本人は居間へ姿を消した。

それから一、二分、さっきのウインクの意味をあれこれ考えていたら、今度はトラックのエンジンがかかる音に気を取られた。台所の窓から外を見ると、トラックが納屋を出て勢いよく走り去った。運転していたのはアームストロングだった。（積み荷を思えば、でこぼこ道を勢いよく走りすぎだという気もしたが、尻ポケットに爆発するクレジットカードを忍ばせた男として、私には真っ先に非難する資格はあるまい）

かれこれ九時になるところだ。家じゅうに倦怠感が漂っていた。準備が終わり、賽は投げられ、結末は神のみぞ知るとなれば、どこの本部でもそうなるように。私もできるだけ同じ倦怠感に襲われたふりをして、指についたミンスパイを舐めとり、誰にも見られていないと踏んで、階段に向かった。

ついに、私の二十五セント硬貨を水に浸しても許されるだけの情報をつかんだ。たしかに、タイロン・テン＝アイクが国連ビルの爆破を計画している理由も、黒幕の正体もわからないが、日時と手口だけはわかっている。FDR大通り（FDRは民主党選出の元大統領フランクリン・デラノ・ルーズベルトの頭文字）は、マンハッタンの東岸を南北に走る（そのため、ときに［おそらく共和党員から］イーストサイド大通りと呼ばれる）高速高架道路で、国連ビルの地下を通る。地下でトラック一台分の高性能爆薬を爆発させれば、ビルの基礎を破壊して——踵で切り離す、と言うべきか——建物ごと屈辱的にもイーストリヴァーにがらがらと落とすることができるかもしれない。テン＝アイクに言わせると、ビルがふだんよりいっそう人であふれているときに。

そこで考え出されたのは、事前にあれこれ破壊活動を行って、火曜日の午後に国連ビルを満杯にする作戦だが、上院に爆弾を仕掛けるという古臭い計画を除けば、まだ私は何ひとつ知らなかった。だが、どんな計画であれ、月曜日までに実行されるのは確実だ。つまり、こちらはもうすぐ時間切れになる。おまけの計画を探り出そうと、私があたりをほっつき歩くわけにもいかない。今こそＦＢＩに連絡するべきだ。

私はのんびり歩いて二階に行き、バスルームに入り、歯磨き用のコップに半分くらい水を注いで、自分の部屋に運んだ。

ああ、これからどうしたものか。コップに水を半分入れて、底に硬貨を沈め、タンスの上の人目につく場所に置いておけない。誰かが入ってきたら、これを見て変だと思うだろう。私は室内を見回して、クローゼットの扉をあけ、コップの格好の隠し場所を見つけた。棚に置かれたつば広の中折れ帽のうしろだ。硬貨――まだ新しくてピカピカしている一枚――を取り出して、水にポチャンと入れ、コップを棚の見えにくい場所に置いた。クローゼットの扉を閉め、背を向けた折りも折り、廊下のドアがあいた。

サンだった。彼は足早に入ってきてドアを閉めた。

このとき私は違法な煙草を隠していた少年みたいにやましい顔をしていたはずだが、サンにはほかに気がかりなことがあって、異変に気づかなかった。「来いよ」彼は焦って小声でせきたてた。「そろそろここを出る」

「はあ？　なんで？　どこに行く？」

「よそにな」サンは腕時計を見ると、焦りまくった。「早くしろ、ラクスフォード」彼は言った。「今、すぐ」

どうにもお手上げだった。私はクローゼット――隠れているピカピカの二十五セント硬貨は、今頃無駄な信号を送っているだろう――を振り向きもせず、サンのあとから部屋を出た。

第二十三章

ボドキン夫人とズロットはゲームに熱中していて、私たちが立ち去るところに気づかなかった。私車道を出て、砂利道から木立に入り、そこに停まっていた黒のキャディラックに――初めてか再度かわからないが――乗り込むと、運転席にテン＝アイクが座り、後部座席にロボが座っていた。サンは後部に、私はテン＝アイクの隣の助手席に座った。

テン＝アイクは低い声でぶっきらぼうに言った。「何時だ」

サンの腕時計には蛍光文字盤がついているに違いない。「九時五分」彼は言った。「いや違った、七分くらい」

「三分か。上出来だ」

車が動き出し、ライトを点けずに夜の闇を滑らかに進んだ。黒々とした周囲の木々に比べれば、道路はほのかに白っぽかった。ボドキン家の明かりは遠ざかり、住宅団地の小さな光が木立を透かして見えたが、私たちは地面に伸びる暗黒の溝を走っていた。

郡道に入ると、テン＝アイクはヘッドライトを点けた。車が右に曲がり、私はやっとの思いで尋ねた。「どうして計画を変えたんだ？」

「変えてない」テン＝アイクは無造作に答えた。「あの雑魚どもはもう用済みだ」

後部座席からサンが言った。「あとのふたりに事情を話したんすか？　アームストロングとラボツキに？」

「奴らは四の五の言わなかった」テン＝アイクはサンに話した。「実際に死ぬことが想像もつかないんだ。殺人も抽象的なものさ」

そのとたん、私はサンが地下室にこもっていた理由がわかった。〈新たなる始まり連盟〉はまたしても雑草を抜いて《ウィードアウト》いる。というより爆破《ボムアウト》で追い出すのか。

なぜ今回私は助かったのだろう？　テン＝アイクは一度私を、人を使って殺そうとしたが、あのとき失敗してから、つべこべ言わずに私を受け入れたかに見えた。また、テン＝アイクはアームストロングとラボツキの尻を叩いて、ズロットとボドキン夫人を――その前にマリガンを、もっと前にババ夫人とハイマン・マイアーバーグとウェルプ夫婦を――粛清する覚悟をさせたようだが、私には同様の覚悟をさせなくてもいいと考えたらしい。

それにはひとつの説明しか思いつかない。テン＝アイクは私を対等の仲間として受け入れ、自分のように凶暴な男だと考え、私の行動や反応はいつも――彼の行動や反応がいつもそうなるように――あらゆるものに対する冷たい私利私欲で決まると見なした。私は間抜けより上で、専門家よりなお上のランクに格付けされる、彼にとっては使い捨てできる自分なのだ！　ああ、当分は手元に置いておくだろうな。

つまり、テン＝アイクの目から見て、私が危険になりそうだと思うまでは。

私がこのシナリオを反芻する傍ら、テン＝アイクはニュージャージー州の奥地を車で突き進んだ。三十分ほどしてジャージーシティに入り、テン＝アイクは車を停めてサンを降ろした。「午前零時だぞ」テン＝アイクが別れ際に告げた。サンは頷き、足早に立ち去った。

さて、私たちが事実上車内にふたりきりになると――ロボを人間とは考えにくい――テン＝アイクはくつろいで打ち解けて、上機嫌になった。北へ向かう道中は世間話――彼がしゃべると、実に嘘っぽく聞こえる！――をして、ニューヨーク市内かタリータウンの屋敷（そこにアンジェラが隠れている。タイロンがめでたく刑務所にぶちこまれるまでの辛抱だ）で大半を過ごした子供時代の四方山話を聞かせた。こうした回想には彼の残酷さがあふれ、父親を憎んで妹を軽蔑する心情に満ち満ちていた。母親については――さっさと離婚したそうで、彼女の行方を私は知らない（たぶん、アンジェラも知らないだろう）――子供時代に一度だけ、スイスの住まいをしかたなく訪問したという。そこで何度か〝悪ふざけ〟を、例えばメイドの脚を折るとか、したところ、予定を切り上げて、二度と行かなくて済むことになった。まさに思う壺にはまったわけだ。

車はサファーンでニューヨーク州に渡った。その町の少し手前で田舎ふうのレストラン――たいてい、なんとかコーチとかコーチなんとかという名前の、値のはる郊外の店――に立ち寄り、夕食中もテン＝アイクの子供時代の回想がとめどなく続いていた。私たちは向かい合って座り、私は彼の披露するむごたらしい話にことごとく相槌を打ち、その左側でロボはショーウィンドウに飾られた関節だらけのマネキンよろしく、しょっちゅう右手を上げたり下げたりしていた。

食事が終わる頃、それまでほとばしっていた回想とエピソードも停滞気味になってきた。テン＝アイクは食前にウィスキーソーダを二杯飲み、食事中にモーゼルワインをハーフボトル飲み、食後にブランデーを飲んだが、彼が酔っていたとも、まして陽気になっていたとも私は思わない。テン＝アイクの脳裏にどっとよみがえってきた記憶は、どうしても不愉快なものになったのだ。彼は父親とアンジェラのことをいよいよ厳しい口調で話し出し、あらゆる子供時代の出来事を憎しみと押し殺した怒りを込めてしゃべった。ニューヨーク市内のアパートメント、タリータウンの豪邸、彼の人格形成に失敗した、さまざまな寄宿学校。

夕食はゆったりと、少なくともゆっくりと進んでいた。私たちは最後の客であり、背後を担当のウェイトレスがそわそわと行き来して、どう見ても早く帰りたそうだった。十一時十分、テン＝アイクは父親がかつて政界に入り損ねたことを低い声だが口汚い言葉で話してから、ふと腕時計を見て、急にてきぱきした態度になった。「よし。そろそろ出発だ」そして、勘定書きを持ってこいと手を振った。

車に戻ると、私は訊いてみた。「どこに行くのか知らないが、新しい計画と多少は関係あるんだろ。上院を吹き飛ばすのはやめて、別のことをする計画だよ」

テン＝アイクは上機嫌に戻り、悦に入り、再びあのきらきらしたほほえみで顔を輝かせていた。

「多少は関係ある」彼は私の言葉を繰り返して、笑い出した。「ラクスフォードくん、大いに関係あるのさ。大いにね！」彼は私をちらりと見た。漆黒の瞳はいかにもなごやかだ。それから道路に目を戻した。「そのあたりを聞きたいのか」

「ああ」

「もう教えてもいいだろう」テン＝アイクは頷いた。私に言わせれば、とっくに潮時は過ぎたとも知らず。とにかく、彼は言った。「我々は世界から手をつけて、個々の国へ進んでいく」

「はいはい」

「毎年」テン＝アイクは熱弁を振るった。「東欧圏諸国のいずれかが、共産中国を国連に加盟させようとする。毎年それが阻止されるのは、主にアメリカの根回しのせいだ。使い物にならない義兄弟、蔣介石が総統を務める中華民国が加盟しているからな。あと二週間足らずで、また国連で年に一度の騒動が起こる。面白いだろう？」

「ここまでは別に」

テン＝アイクはまた笑った。私がぶっきらぼうで怒りっぽいときが一番好きなのだ。「面白くなるさ。今年こそ、変化が起こるんだ。今年は共産中国が、アメリカ人スパイのサン・クート・フーと〈ユーラシア人救済団〉を使い、アメリカの著名人を誘拐して身代金を要求する。つまり、今年アメリカ合衆国が共産中国の国連加盟を認めない限り、人質を殺すと脅迫するんだ」ほほえみが青白い火を放った。「お互い想像がつくな」彼は言った。「そうなったら、どんな会合がひらかれるか」

「共産中国がそんな無茶をしでかすとは誰も信じないね」

「それはそうだ。信じるのはアメリカ国民だけさ。《ニューヨーク・デイリーニューズ》紙を読んだことはあるか？」

「ある」

「その新聞の愛読者は、ごまんといそうだが、こうは考えないだろうか？　悪辣な中国のアカどもが、国連に加盟したいばかりにアメリカの著名人を誘拐すると」

テン＝アイクの言い分は正しいとわかった。「で、向こうにサン・クート・フーを置いていくのか」

「サンと彼の組織まるごとだ」テン＝アイクはほほえんだ。「それに、当然ながら殺された人質も」彼のほほえみが大きくなった。「人質は察しがつくな？」

だから私はばかなのだ。察しをつけなかったし、つけなかったと白状した。

「ラクスフォードくん」テン＝アイクは大きな声をあげた。「ちょっと考えてみろよ！　君がかわいい妹のアンジェラを始末してくれたから、今や私はテン＝アイク家の莫大な財産の唯一の相続人だ。誘拐されて、残念ながら、無事に帰されない著名人は我が父上、マーセラス・テン＝アイクだよ」耳障りな声で父親の名を呼んだ。「あのじじいは今、タリータウンの屋敷にいる」彼は言った。「我々はそこに向かっているのさ」

アンジェラ！

第二十四章

「私は悪評を買っているからね」テン＝アイクは言った。「この手であいつらを片付けるわけにいかなかった。だが、君がアンジェラを始末したから、親父はサンに殺《や》らせるつもりだ。名案だろ？」

なんたる言い草だ。私はどうにかこうにか繰り返した。「名案だ」

私の口ぶりにどこかおかしなところがあったらしく（あって当然でしょ？）、テン＝アイクがぎろりと睨みつけた。「おかしなところがあるのか？　どこだ？」

「あー」私は理路整然と考えようとして、言うことを思いついた。「どうやって遺産を受け取る？あんたは自分のこと、悪評のことを話した。今更おめおめ顔を出せないじゃないか」

テン＝アイクはきらきらしたりてらてらしたりする笑みを浮かべ、いい気になっていた。夕食の席で家族の話と子供時代の話をしながら、ある種の驕りが生まれていて、それが今でも膨らみつつあった。彼は火花を放ちそうになっている。「君はいい質問をするな」嬉しさと自尊心と驕りからの言葉だった。「しかし、私はいい答えを用意している」

「ぜひ聞かせてほしいね」

「聞かせるとも」にこにこして、道路を見つめ、猛スピードを出しても無難にハンドルをさばきつつ、テン＝アイクは言った。「私が現在――というか、まさにこの瞬間に――住んでいるのはモンゴルで、ウランバートルのトール川のほとりに立つ快適な家だ。そこに家族の二重の悲劇が起こった知らせが届いたら、私はアカと過激派が大事な妹と父親に与えた仕打ちに衝撃を受け、危険もかえりみず、故国に舞い戻るのさ。そして過去の罪状をどんどん自供して」彼は笑い、低い声でひそひそ話した。「報いを受けさせたい数人に濡れ衣を着せる」パチンと指を鳴らし、敵が消されるところを示す。「それから当局に全面的に協力して、母国に、自由の国に、勇者の故郷に、この世界でちょっと古い大国に、新たに永遠の忠誠を誓う。全米一優秀な弁護士を雇い、必ずや巻き起こる議論の嵐がやむまで待ち、昔の罪状を潰したら、いよいよ引退するわけだ。金持ちで、一生安泰の、満足した男としてね」

テン＝アイクはまたこちらをちらりと見た。「どうだ？　きれいに決まるだろう？」

その計画は、ある種の蛇がきれいであるようにきれいではある。とはいえ、本当に説明どおり、万事がとんとん拍子に進むだろうか？　資金は潤沢にあるはずだし、たしかに金を使えば物事ははかどるが……。

もっとも、それはどうでもいい。テン＝アイクはこの計画が、是非はさておき、成功すると思っている。自信があるから、アンジェラを見つけて私の正体を暴こうと、タリータウンへ向かっているのだ。思いとどまらせる手立てはあるだろうか？

「あんたがずっとアメリカにいたと誰かに気づかれたら、どうするんだ？」

「誰も気づかない」テン＝アイクは答えた。「何人かは私の顔を見ているが、次の火曜日にはみんな死んでいる。もちろん、君は別だが」

「もちろん」

「君だって国外に脱出する」テン＝アイクは言った。「私に迷惑をかけたくないだろう。ひょっとすると」彼はあれこれと想像しながら、思案ありげに続けた。「私の現在の雇い主のもとに送るかもしれないな」

「国連ビルを爆破したい人たちか」

「まあな」またテン＝アイクはよしよしという顔で私を見た。「先方は君を気に入るはずだ」

テン＝アイクはいずれ私を殺そうとしていて、彼の現在の雇い主は私の噂を聞くこともない。私たちはその事実をざっと確認したが、私にそれを考えている暇はなかった。テン＝アイクに父親の誘拐を断念させる理由が必要なので、漂ってくる藁という藁をつかもうとしていた。「その雇い主だが」私は切り出した。「その人たちはあんたがここにいると知ってる。ほんとに信用できるのか？」

「信用できるかだと？」改めてそう訊かれ、テン＝アイクは仰天したようだった。「できるものか」答えてから、一瞬何か考える顔になった。「手を打つつもりはなかった」彼は言葉を選びながら言った。「すぐにはな。しかし、君の言うとおりかもしれん」

私の胸で、希望が鳥のように舞い上がった。

テン＝アイクはすかさず鳥を撃ち落とした。「おそらく、さっさと始末するべきだろう。報酬を受け取る際に」

「あんたの雇い主はどこかの国じゃないのか？　政府とか？」

「いいや」テン＝アイクはにこにこした。「そんなふうに思わせたか？　実は、ふたりの人物がいて……」爪がハンドルを叩いた。「おそらく」彼は言った。「おそらくは」

「やりかけの仕事を片付けたほうがいいんじゃないか」私は最後にもう一度持ちかけた。「親父を殺す前に」

「とんでもない」テン＝アイクは首を振った。「こんなチャンスは二度とない。ほかの仕事なら、あとでいくらでも時間を作れる」

では、もうお手上げだ。つまり、テン＝アイクを思いとどまらせることができなかった以上、彼から逃げ出して、警報を出すしかない。今は幹線道路を時速五十マイル以上で走っていて、このスピードでは車を飛び降りられないが、いずれ町を通り抜ける際、信号か何かで停まる。そのときこそ、脱兎のごとく飛び出すのだ。

それまでに、まだひとつできそうなことがある。ようやくテン＝アイクの雇い主が話題に上った。彼らは何者か、なぜ国連ビルの破壊を望むのかを突き止められるかもしれない。私は咳払いをして、唇を舐め、右の頬をハンフリー・ボガートふうにぴくぴくさせた。「ひとつわからないことがある。そのふたりは、どうして国連ビルを爆破したがってるんだ?」

「先方の意向ではない」テン＝アイクは私を見てほほえんだ。「私の思いつきだった」

「でも、さっき――」

「知りたいか?」テン＝アイクは肩をすくめた。「いいだろう」彼は言った。(私は彼の〝ニヤリ〟の意味はわかっていた。しかるべきときを選んで質問したのもわかっていた。彼はふだん無口で、頭にくるほど無口だが、夕食時に神経が張り詰めていき、極度の緊張感が募りに募っていたので、おしゃべりで緊張をほぐそうとしていたようだ。でなければ、この話題に答えるわけがない。来たるべき父親との対決を思い、自制心を振り絞っていたのだ)

「雇い主たちの要望は」テン＝アイクは言った。「七人の男を抹殺して、自分たちに疑惑の目が向かないようにすることだ。その七人は自然死に見えるか、または私の雇い主にも彼らの目的にも関係ない理由で殺されたように見えなければならない。そんな自然死が七件続いたら、偶然の一致と片付けられなくなるだろう。ならば、殺人が正解になる。誤った動機に基づく殺人だ」

「簡単な話じゃないな」もっと話せ、と私は内心でテン＝アイクをけしかけた。

テン＝アイクのほほえみが燐光を発した。「何事も簡単だよ。しかるべき方法が見つかればね。その七人には共通点がひとつある。ときおり国連で姿を見られていることだ。国連ビルが破壊され、私のどの標的よりはるかに大物の要人を始めとする、数百人が死亡したら、特定の七人の死はほぼ注目されないだろう」

車内が薄暗くて助かった。このとき、私の本心がちらっと顔に出たに違いないからだ。七人を巧妙に——金目当てで！——殺すために、タイロン・テン＝アイクは数百人の男女を平然と殺そうとしている。自分にとって毒にも薬にもならず、損にも得にもならない、犯行現場のエキストラに過ぎない人たちを。

幸い、テン＝アイクがさらに言葉を重ねて私の沈黙を満たした。「そればかりか、爆破はアメリカの過激派同盟のしわざだと明らかになれば、雇い主に容疑がかかるわけがない」彼は私にほほえみかけ、得々として言った。「気に入ったか？」

「うん——想像力に富んだ計画だな」

「想像力は万事を成功に導く秘訣さ」テン＝アイクの声は緊張でうなりをあげていた。

「だけど、国連ビルを満杯にしたい、だから上院を爆破すると言ったじゃないか。どうしてあんたの親父を誘拐するんだ？」

「ああ、その話か」テン＝アイクは言った。「何しろ、標的七人のうち三人は定期的に国連に現れない。全員が集まる特別な事情が必要だ」彼は満足げに頷いた。「こちらでその特別な事情を提供する」

私は指の関節を噛み始めた。

第二十五章

車は一回も停まらずにタリータウンを通過した。町には車が走っていないも同然で、条例で私たちの有利に可決されていたかのように、信号という信号が目の前で青に変わった。こんなことって、そうそうあるものじゃない。

再び町を出て、私は助手席にむっつりと座って自分を噛んでいた。車を降りられないなら——時速三、四十マイルでも無理だ——どうすればいい？　もうアンジェラが屋敷にいませんように、とひたすら祈るのみだ。あの気まぐれな性分だし、父親とは折り合いが悪いし（言うまでもなく、タイロンとも悪い）、今頃は別の場所に隠れているとも考えられる。

ふむ、そうとも考えられる。

車はがくんと速度を落とした。どういうことだろう。ここはタリータウンの北にある起伏の多い二車線の道路で、テン＝アイク邸に続いているが、幹線道路の出口はまだ一マイルほど先だ。それでもテン＝アイクは速度を緩めていき、ハンドルを路肩に切り、ブレーキを踏んでいく。

私がドアの取っ手に手をかけると、トラックが目に入った。その傍らに男たちが立っていた。ここで〈ユーラシア人救済団〉と落ち合う手はずになっていたのだ。

車が停まったとたん、テン＝アイクはライトを消した。すぐにサンが私の窓のそばに現れ、私を無視してテン＝アイクに話しかけた。「準備万端です」

テン＝アイクが言った。「よし。忘れるなよ。侵入したら電話線を切れ」

「了解。武装した警備員の話はほんとですか？　門には誰もいませんぜ」

「あのじじいは臆病神に憑かれてる」テン＝アイクは言った。「しょっちゅう、いや年じゅう警備員を雇っては、そいつらを家の中に、自分のそばに置く。五、六人か、もっといるかもな」

「そっちは引き受けます」

「頼む。終わったら知らせろ」

「了解。それじゃあ」

車はライトを消したまま走り出した。〈救済団〉のメンバーがトラックの荷台に乗り込むのがかろうじて見えた。あれは大型の貨物トラックだ。なんでも積めるし、戦車だって収まりそうだ。

いやいや。さすがに戦車は必要ない。

道路に出るなり、テン＝アイクはまたヘッドライトを点けた。私たちは押し黙ったまま車に乗り──隣から緊張感が電波信号のように伝わってくる──半マイルほど走ったのち、左側に上っていく険しい脇道に入った。長時間に思えるほどのあいだ、ガタガタ揺れながら上っていくと、とうとう荒涼たる丘の頂か尾根が現れ、道は曲がりくねった未舗装道路に成り果てた。テン＝アイクはそこで車を停めて、ライトを消した。「こっちに来て見ろ」生気のない、機械的なしゃべり方だった。

ロボは、これから起ころうとしている一大事に興味がなさそうだった。ロボは車内に残り（彼がうしろでのっそりしていることを、私は忘れかけていた）、テン＝アイクと私が崖っぷち（本当は崖ではなく、急角度の下り坂で、あちこちに木が危なっかしく生えていた）に近寄ると、テン＝アイクは崖下の目立つ風景を指差した。「あそこがハドソン川で」さっきとまた違う、妙に人間味のない声で言った。「家は向こうだ。明かりが見えるな?」

「ああ。見える」

左手をずっと下がったところに、テン＝アイク邸の敷地が鉄道模型の一部のように配置されていた。幹線道路から道がくねくねと伸び、その向こうで川がくねくねと流れ、邸宅が――どの窓にも明かりを灯して――道路と川のあいだで待機している。トラックのヘッドライトが道路をゆっくりとなぞった。

隣で、タイロン・テン＝アイクは身じろぎもせず立っていた。目は黒い氷のようにギラギラ光り、あのピリピリした緊張感が相変わらずうなりをあげていたが、彼は最小電力で動く発電機を思わせた。活動をやめ、内にこもり、焦点を絞っている。彼にとって、この世に存在するのは眼下に設置された小さな舞台、テン＝アイク邸とトラックだけだ。

ヘッドライトが近づき、家から漏れる明かりと混じるほどの距離になると、トラック全体が見え、運転台と荷台の見分けがついた。荷台の後部から飛び降りた数人が、家の玄関ドアから現れたふたつの小さな人影と鉢合わせして、かすかな銃声がした。ふたつの小さな人影が倒れた。

男たちが我先にトラックを降り、左右に分かれ、家を取り囲んだ。二、三人――サンみずから先頭を切ったに違いない――が玄関から駆け込んだ。

このままではアンジェラは見つかってしまう。ここでは殺されないだろうし、親父さんもここでは殺されないだろうが、彼女は見つかって、捕まり、テン＝アイクの前に連れて行かれる。そうなれば、テン＝アイクは私を若木みたいに切り倒すはずだ。

（テン＝アイクはなんと崖っぷちギリギリに立っていることか！　おまけに全神経を集中していて、私がどこに立っているか、何をしているかもわかっていない。これなら、いとも簡単、いとも簡単そうだ。タイロン・テン＝アイクの人生ではまれなことに、彼は油断しきっている。背後に立って、どん、と押せば……）

下のほうでさらに銃声がした。ガラスがガチャーンと割れる音。誰かが二階の窓からガラスを割って飛び出したか、投げ出されたかしたのだ。彼はトラックの荷台の屋根に着地して、転がって、立ち上がった。閃光を見た限り、銃を構え、出てきた窓めがけて撃っている。応戦する銃声がしていたに違いない。彼は荷台の屋根からさっと消え、見えない手で押しのけられたようだった。

（ここでテン＝アイクを押すのは簡単というだけでなく、簡単なのはもちろんだが、必要なことでもある。タイロン・テン＝アイクの行くところ破壊がつきものであり、広がり続ける輪の中で破壊が進んでいく。世の中に伝染病のウイルス感染者がいるように、タイロン・テン＝アイクは破壊ウイルス感染者だ。あの男を止めなくては。［ボドキン家が爆発する瞬間がふと私の目に浮かんだ］今がチャンス。一押し、ちょい押し、ちびっと押し……）

いつの間にか銃声がやんでいたらしい。家の明かりが二、三消えているが、ほかに変わったところはなさそうだった。いわゆる張り詰めた静寂が訪れていた。

（一押しすれば。暗がりでも、林の中でもロボから逃げられる。奴は腕っ節が強い大男だが、そのぶん血の巡りが悪い。あとは行動を起こすだけ。手を差し出して、手のひらを伸ばし、テン＝アイクの背後に回り、ふっと押せば……）

そのとき玄関ドアから人影が出てきて、腕を上げると、光がさっと筋を引いた。懐中電灯だ。明かりが点いて消え、点いて消え、点いて消えた。

テン＝アイクは額にうっすら汗を光らせて、振り向いた。「さあ、下りるぞ」声はかすれていて、丘を駆け上ってきたかのようだった。

私はその場に立ったまま、瞬きした。ぱっと現実に戻り、恐ろしさに身がすくんだ。なんたることだ！　殺意まで感染するのか？　テン＝アイクからうつったのだろうか？　私は平和主義者、平和過ぎ者だっていうのに、ここに立って殺人の算段をしていたなんて。

あれを殺人と呼ばずしてなんと呼ぶ？　ほかに言いようはない。断じてない。

車に向かって歩き始めていたテン＝アイクは、こちらを振り向いた。「ラクスフォード？　一緒に来るか？」

「ああ」私は言った。「行くよ」

第二十六章

門から敷地に乗り入れると、テン＝アイクは声をあげて笑った。「ついに帰ってきたぞ！」だんだん元どおりになってきたのだ。

私はまだ元に戻れず、何も言わなかった。テン＝アイクは私のことなど眼中にないらしい。邸宅――襲撃された被害者の、凍りついて、ぽかんとした、間の抜けた様相を呈していた――に着いて、テン＝アイクはトラックの脇に車を停めた。三人とも車を降りて、家に入った。

中はどこもかしこも残骸だらけだった。背の高い窓からカーテンがむしり取られ、テーブルと椅子は引っ繰り返され、絨毯は壁際でひだになり、電気スタンドは床に叩きつけられ、グランドピアノの脚が二本曲がっていた。サンの〈ユーラシア人〉のひとりは、階段で頭を下にして鉤十字型に倒れている。

サン自身は右手の部屋から現れた。テン＝アイクに敬礼しようとしたらしいが、思いとどまった。「もう安心です、アイクさん。しかたなく、警備員全員と使用人ふたりを始末しましたけど、あとはみんな生きてます」彼の左の袖に何かのしみがついていた。

私はその光景を見たり聞いたりしながら、アンジェラはどうしているのかと考えていた。私はどうして、ある時点で、どこかで、どうにかして逃げ出せずに、ここまで来てしまったのだろう。蠅はもう間違いなく蜘蛛の居間に入ったぞ。

テン＝アイクが言った。「どこにうちの——どこにテン＝アイクはいる？」

（ほかのみんなはテン＝アイクを違う名前で知っていて、彼とこの家の主人との関係を誰も知らないことを私はなかなか覚えていられなかった。興奮すると、テン＝アイクまでそれを覚えていられなくなったと見える）

しかし、テン＝アイクが危うく口を滑らせるところだったとは、サンは気づかなかった。やはり戦いに気を取られていたのだろう。彼は歩き出した。「ここで捕まえました」

テン＝アイクは戸惑った。「薬を打って？」

「はい。赤ん坊みたいに眠ってますよ」

「何よりだ」

「ふたりとも」サンが付け加え、私の胃は砂地にあいた穴のようにふさがった。

テン＝アイクが確認してくれた。「ふたりとも？」

「連れの男がいたんすよ」サンは言った。（私の胃はまた口をあけた）「若い奴が」サンは笑い出した。

「例の厄介者の息子じゃないすか？」

「それもまた一興だ」テン＝アイクは言い、全員が笑みを浮かべた。理由はそれぞれ違っていたが。

「じゃ、こっちへ」サンはまた歩き出した。

テン＝アイクはサンについていき、私はテン＝アイクについていき、ロボは私についてきた。（私は逃げ出せるかもしれないと思い、手振りでロボを先に行かせようとしたが、ロボのしんがりを務めるというゴチゴチの決意に阻まれた）

歩きながら、テン＝アイクが訊いた。「こちらの犠牲者の数は？」

サンは気まずそうに肩をすくめた。「八人。三人殺《や》られて、五人怪我しました」

「怪我人は連れて行けない。わかっているな」

「わかってますって。もう始末しましたよ」

「けっこう」

マーセラス・テン＝アイクがいる小部屋には、先ほどの戦いの痕跡が生々しく残っていた。無傷でまっすぐ立っている家具は、金色の脚が付いたピンクの寝椅子だけだった。そこに、チャールズ・ロートンのパロディよろしく、テン＝アイクの親父さんが気を失って伸びていた。

もうひとりの、厄介者の息子らしき男もやはり気を失っていて、汚れ物を入れた洗濯袋のように部屋の片隅に捨てられていた。何者だろうか、知り合いかもしれないと――マーセラス・テン＝アイクと私に共通の友人はけっして多くないが――近づいて、すやすやと眠っている青年弁護士、マレー・ケッセルバーグの顔を見下ろした。

いったいぜんたい、マレーがここで何しているんだ？　私の知る限り、彼はマーセラス・テン＝アイクに会ったこともない。

そのときサンが言った。「女もひとりいましたぜ。二階の寝室に」ニヤニヤして、抜け目のない目をして、意味ありげな口ぶりだ。「そいつがめちゃ上玉でさ」

テン＝アイクの顔に喜びと驚きの表情が浮かんだ。彼は一瞬、よくもクソじじい、と言いかけたかに見えたが、それは思いとどまった。「いたか。女も連れて来い」

「了解」サンは言い、また今にも敬礼しそうになった。

「女は眠ってるのか?」

「いや。注射は二本しかなかったんで。女はこの部屋の外にいますよ。すぐ戻ります」

サンは出て行った。テン=アイクは肉食動物が肉を見るような親しみを込めて、意識のない父親を眺め、おもむろに言った。「被害は八人か。すると、残りは十四人だな。我々には造作もない仕事だぞ、ラクスフォード」

「そうか?」

「十四人始末すればいいんだ」テン=アイクは言った。「むろん、ここでは手を下さない。あとで、隠れ家に戻ってからだ」

「わかった」

テン=アイクはこちらを見て、ゆがんだ笑みを浮かべた。口元は大鎌みたいだ。「君とはすばらしい協力体制を築けそうだな、ラクスフォード」彼は言った。「二頭の獣さ」

「それが我々だ」私はすごんでみせた。

そこへサンが戻ってきた。あとから〈ユーラシア人〉ふたりに両脇を抱えられ、ここで見つかった女性が入ってきた。どうかアンジェラではありませんように。

アンジェラだった。

兄と妹は愕然として、見つめ合った。やがてテン=アイクがくるりと振り向き、私を睨みつけた。

「ラクスフォード?」

「えーっと」

「ラクスフォード」テン=アイクは訊いた。「お前は何者だ?」

私は口をあけた。
私は口を閉じた。
私は駆け出した。

第二十七章

私はあえてアンジェラに駆け寄ったと言えるようになりたい。あえて手をつかみ、部屋から引っ張り出し、廊下を走り、階段を上り、鉤十字の死骸を乗り越えて、部屋を六つほど通り抜け、クローゼットに飛び込んだと……。

……だが、それは無理だ。自分の正体は知っているし、読者も知っておいたほうがいいだろう。テン＝アイクに何者だと訊かれたときからクローゼットで立ち止まったときまで、私の意識はぷつんと途切れていた。直観とか潜在意識とか自衛本能、なんなりと呼べばいいが、私はひとりでに動いていたのだ。そのクローゼットで振り向いて、隣でアンジェラがあえいでいるのを見たら、階下で彼女を見て仰天したテン＝アイクに負けず劣らず面食らった。

アンジェラも私と同じくらい驚いたらしい。ぽかんと口をあけて私を見た。「ジーン！　あなた、死んだはずだったでしょ！」

「僕が死ぬはずないだろ」私はムッとして言い返した。「君はどっちの味方だよ？」

「あなた吹っ飛ばされたのよ」アンジェラは言い募った。「ついさっき、あのＦＢＩさんが電話で言ってたわ。例のボドキン夫人の家でみんな吹き飛ばされたって」

「まさか」

「そのまさかよ。ＦＢＩさんの話だと、あなたがついに方向誘導信号を、なんだか知らないけど、それを送ったのに、キャッチする前に切られたそうなの。でも、発信場所を突き止めたら、そこはボドキン家で、なんと爆発したんですって」

「なるほど」

アンジェラはさかんに頷いた。「だから言ったじゃないの。家が爆発して、あなたはその中にいたって」

「アンジェラ」私は言った。「僕はここにいるってば」

アンジェラは困ったような、けげんそうな、うろたえた顔をした。かわいい論理が事実という岩にぶつかって沈没したのだ。

「いいから僕の言うことを信じて、考えようとしないでよ」

アンジェラは首を振った。「そうねえ、ジーン」彼女は納得した。

「それよりマレーはどうした。あいつのことを知りたいんだ。ここで何をしてた？」

「私が来てもらったの」

「君が何したって？」

「そうよね」アンジェラは情けない声を出した。「あのＦＢＩさんもカンカンだった。マレーに宣誓だのなんだのさせちゃって」

「なんでまた？　なんでマレーを呼んだりした？」

「相談とかする相手がいなかったからよ」アンジェラは唇を尖らせた。「パパ以外に。パパと話してるとムシャクシャするし」

私は口をあけたが、何か言う暇もなく、新たな声にさえぎられた。私たちのいる小さな薄暗いクローゼットの外のどこかで聞こえる。「奴ら、ここに来たぞ。探せ！」

私はささやいた。「僕たちを探してる」

「聞こえてる」アンジェラもささやいた。

「隠れなくちゃ」私はささやいた。

「もう隠れてるじゃないの」アンジェラはささやき返した。

「ここじゃダメだ。すぐ見つかる。もっとましな場所、あいつらが探そうとしない場所がいい。頼むよ、アンジェラ、君はこの家で育ったんだろ。どこに隠れりゃいい？」

アンジェラは眉を寄せて考え込んでから、顔をぱっと輝かせて声をあげた。「あの砦！」

「シーッ！」私はアンジェラの小さな叫びを誰にも聞かれなかったと確かめて、声を殺して尋ねた。「あのなんだって？」

「屋根裏にあるの。小さい頃、タイロンにいじめられると、よくそこに隠れたものよ。一度も見つかったことないわ」

「じゃあ、うってつけの場所だ。案内してよ」

「わかった」

アンジェラはクローゼットのドアに向かったが、私が彼女の手をつかんだ。「待って！　誰もいないか、調べさせてくれ」

「案内しろって言ったくせに」

「慌てるなよ、アンジェラ」

クローゼットのドアを細くあけ、目測を誤ってドア枠に鼻をごつんとぶつけつつ、隙間から片目で覗くと、今のところ室内はがらんとしていた。アンジェラに爪先立ちでついてこいと合図して、一緒にバレエ走りで部屋を横切った。今度は廊下側のドアから覗いたところ、廊下も今はがらんとしていた。

私はささやいた。「どっちに行く?」

「そっち」アンジェラが身を乗り出して指差した。「廊下の端まで行ったら、左手のドアを入って、階段を上るの」

「わかった」私が廊下に出ようとしたとき、サブマシンガンを持った三人のユ救団員がある部屋から足早に出てきて、廊下を横切り、別の部屋に入った。私は立ち止まり、咳払いをして、ズボンをぐっと引っ張り、数回瞬きして、アンジェラの手を取り、また歩き出した。

万事うまくいっているが、毎日こんな真似をしたくない。私たちは三百ポンドの落ち葉のごとく軽やかに廊下を駆け抜け、三人組がクローゼットの中とベッドの下にサブマシンガンを突っ込んでいる開放的な部屋の前をさっとかすめて、屋根裏に続くドアに首尾よくたどり着き、その階段を上った。(どんなに顔をしかめても、膝を上げても、静かに歩いているつもりでも、にっくき階段が浮かれた焚き火のようにギシギシと音を立てた)

階段を上り切ると、アンジェラがこっちよと指差した。この未完成の屋根裏部屋の床は厚板が張られているだけだが、とりあえず音は立てなかった。あちらこちらにトランクや衣装トランク、雑誌の山、段ボール箱、古いカーテンの山があり、どれもこれも古いお屋敷の屋根裏ならではの代物だった。また、ここには物陰と隙間と入り組んだ部分とがあり、家の外観に十九世紀ニューイングランド式の陰気な屋根の印象を与えていた。

背後で、階段の下のドアがバタンとひらき、ある声が響いた。「ここに屋根裏があるぞ！」

「探せ」また別の声がわめいた。「奴らが上ったかもしれん」

「どこに行く？」私は必死になってアンジェラにささやいた。「どこ、どこ、どこ？」

「すぐそこ」

すぐどこ？　そこには何もない。金属細工が施された古い木製トランクの向こうの、屋根の片隅で、仕上げが済んでいない壁が弧を描き、その右手に屋根窓が突き出している。そこに隠れる場所などない。

それでも──怖くて気が変になった、とあのときは思った──アンジェラは殺風景な片隅を目指してつかつかと進むと、窓から身を投げるように屋根窓の突き出たスペースに駆け込み、窓のある右手ではなく左手に突進して、忽然と姿を消した。

私は立ち止まった。口をあけた。息を止めた。（屋根裏部屋の向こうで、ブーツがどかどかと階段を上ってくる足音がする）

腕がぬっと突き出て、手探りで私を探した。私がその手をつかむと、壁の裏の変てこな三角形の空間に引きずり込まれた。そこは、屋根窓スペースの左手の、二本の角材のあいだから出入りできる狭い穴蔵だった。あの片隅で弧を描く壁と屋根の傾斜面に挟まれた部分だ。これが外側から見てどんな建築上の美点になるのかわからないが、内側から見れば特別な意味があった。屋根裏部屋の狭い一カ所の、屋根に外部と内部の両方に骨組みがあり、その合間で私とアンジェラは──幸運にも──タイロン・テン＝アイクと配下の殺し屋から逃れることができた。

この隠れ家は窮屈でじめじめしている——奥に嫌な水たまりがあり、屋根が雨漏りしているとわかる——が、安全には違いない。私はアンジェラの隣にうずくまった。彼女は漫画に出てくる腰痛持ちのように腰をかがめている。ここの高さは五フィート足らずなのだ。私はささやいた。「申し分ない隠れ家だね。あとは奴らがいなくなるのを待てばいい」

「子供の頃は立っていられたのに」

私はアンジェラを見た。「へえ?」

そのあとふたりとも黙り込んだのは、私たちを探す音が近づいてきたからだった。屋根裏部屋は捜索者であふれたらしい。彼らはのろのろと徹底した仕事をしながら、トランクと衣装トランクを片っ端からあけ、積まれた段ボール箱の裏を覗き、小柄でやせっぽちの人間なら隠れそうな場所はどこでも探した。

ふたりとも狭い場所で体がこわばってきたが、最悪の場合でも、つらいのは生きている証拠なので——死人は痛みを感じない(これをどこかに書き留めるか、警告引用句辞典に知らせてはどうか)——私たちは嬉しい沈黙の中で痛みに耐えていた。

しかし、突然、何かが鳴り出した。チーン、チーン、チーンと、かすかなのになぜか周囲に広がる音色で、いつまでも鳴り続けた。チーン、チーン、チーン、チーン……。

音はすぐそこまで迫った。いや、ここで聞こえる。

私はアンジェラを見て、アンジェラは私を見て、どちらも目を見開いて、真っ青になった。やがてアンジェラが左手を上げて腕時計をしげしげと眺めた。

ピルを飲む時間だ!

「修理したの」と、私のおばかさん、私の抜け作、私の機械に強い人、私の機械の女神がささやいた。

「修理したのよ」

「修理したのか」私は言った。「ああもう、そりゃ修理したんだろ」

その腕時計は動いていなかった——とにかくチンチン鳴ってはいなかった。私が前回アンジェラに会ったときは。だが、みすみす彼女に修理《フィックス》させてしまった。おかげで、私たちの居場所を突き止め《フィックス》られた。

隠れ家の外で、つかの間のピリピリした静寂に続いて、くぐもった物音が響いた。怒鳴り声、もみ合う音、引っ掻く音。奴らがやってくる。今度こそ見つかった。間違いなく。

だめを押すように、腕時計のチンチン音はいっかな止まろうとしなかった。アンジェラが腕時計をつつき、覗き、外して床に叩きつけると、腕時計はディナー後の講演者のごとく、ひとつの話をくどくどと繰り返しながら静かになった。

「まあいい」もうこりごりだった。「まあいいよ」

私は例のハンカチを取り出して、水たまりにどっぷり浸すと——ハンカチはじきに、ダブがいいかげんなことを言わなかったとすれば、吐き気を催すガスを放出する——正規の屋根裏部屋に投げ込んだ。

次はネクタイを抜き、マッチを擦って火を点けて——煙幕を張り——ハンカチに続いて放り出した。

さらに屋根窓に手を伸ばし、拳でガラス窓を突き破り、そこにシャープペンシルを突き出して、側面のボタンを押すと、すかさず赤い火が窓の中に戻ってきて足元の床で渦巻いた。

今度はボールペンを取り出す。頭がこんがらがって使い道を思い出せず、とにかくボタンを押すと、自分の写真が撮れた。

やがて、写真に撮られ、赤い火に目がくらみ、吐き気を催し、煙で咳き込み、精根使い果たした私は、刀折れ矢尽き、よろける足で隠れ家を出て、待ち構えていたサン・クート・フーと〈ユーラシア人救済団〉に捕まった。

第二十八章

「サン！」私は大声で呼んだ。「よく聞け、サン！」いっぽう、ケホケホしたり、ゴホゴホしたり、ゲップしたり、涙目になったり、ヨロヨロしたりしながらも、サンのふたりの訓練兵は私を小突いて屋根裏部屋から階段へ向かわせた。「よく聞けったら！」叫んでも無駄だった。

アンジェラも一緒に引き立てられ、助けて、とか、放して、とか繰り返しては喉を詰まらせていた。私は喉が痛み、目がヒリヒリして、胃がきりきり舞いしつつ、なんとかアンジェラの声に負けずに叫んだ。「サン！　話を聞かないと、次はお前の番だぞ！」

そう言われて、サンは階段のてっぺんで立ち止まった。そして私に冷ややかな目を向けた。「次？どういう意味だよ、次って？」

「誰も彼も死んだ」私はあえいだ。「あの集会のせいで、みんな死んだか、死ぬように仕組まれた。ボドキン、ババ、マリガン、ウェルプ夫婦――。あとふたりは国連ビルと一緒に爆発する」

「なんの話だ？」

「あんたは起爆装置のタイマーを自分でセットして、ズロットには近づかせなかった。火曜日にアームストロングがあのスイッチを押すとき、五分の退避時間なんてありゃしないと知ってるんだ」

サンは私の話を受け流した。「アームストロングとラボツキは素人だ。ひとつ仕事をさせりゃ用済みさ」

「あんたもそうだよ。次に用済みになるのはあんただ」

「俺は素人じゃない」サンはこわばった声で言った。プライドが傷ついたのだろう。「そもそも、アイクには俺を殺す理由がない」

「理由ならふたつある。あんたには顔を見られてる。それに、あんたの死体は証拠になるんだ。共産中国に濡れ衣を着せるときにね」

サンの顔を妙な表情がよぎった。「なんだそりゃ?」

「やっぱり、あんたは共産中国の筋書きを聞いてなかったな。よりによってマーセラス・テン＝アイクを誘拐する理由も」

「身代金目当てでさらうのさ」サンは言ったが、口ぶりがどこかおかしかった。しかも、私にはよくわからない妙な目つきでこちらを睨んでいる。「もうたくさんだ」彼は言い、子分に命じた。「連れてけ」そして背を向けた。

「待てよ! サン! あいつはタイロン・テン＝アイクだぞ!」

そう言われて、サンはまた立ち止まった。振り返り、初めて私を見たかのように睨みつけた。「ばかばかしい」一笑に付したが、考え込んでいる口調だった。まるで〝面白い〟と言うつもりだったように。

サン本人はレオン・アイクが偽名だと気づいていたに違いないが、別になんとも思わなかった。サンがやりたいことを手際よく、大規模にやる組織を、アイクとユースタリーが設立していただけで満足していた。(スターリン主義者のマイアーバーグ率いる組織の存在を大目に見たのも、サンのいち

ずな性分を存分に証明していた）

とはいえ、あれこれあった今、死んだはずの女と大陰謀家（要するに、私のこと）転じて敵らしき男（サンは私を探している理由がよくわかっていなかったが）が現れ、サンのいちずな性分にほころびが出てきた。

サンはアンジェラの正体を知っているのか？　知らない可能性もあるので訊いてみた。「この女を知ってるか？」

私の問いかけがサンの物思いを破った。彼はいらいらした調子で言った。「なんだって？」それからアンジェラをちらっと見てすぐに目を逸《そ》らした。「知るかよ」

「もう一度見ろ」私は念を押した。「前に一度、僕と一緒にいたところを見たじゃないか」

「ほんとか？」今度はサンもアンジェラをじっくりと眺め、ふっと記憶がよみがえった。「あの集会！」

「彼女はアンジェラ・テン＝アイクだ」

サンは私たちふたりを見つめた。「あんた、この女を殺したんだろ」

「彼女に訊いてみろ。レオン・アイクは何者か訊いてみろよ」

アンジェラは訊かれなくても答えた。「私の兄よ。兄のタイロン」

サンは首をぶんぶん振り始めた。小蝿の大群にたかられた男のようだ。

私は言った。「テン＝アイクは集会で彼女が誰かわかったんだ」

「あの人はこの女に会ったことがあって」サンはテン＝アイクから吹き込まれた話を繰り返しているらしい。「ＣＩＡのスパイだと知ってたぜ」

「冗談だろ。彼女はマーセラス・テン＝アイクの娘だよ！」

「だったら事態はなお悪くなるだけだ」サンは言ったものの、絶対の確信を持っていなかった。

「どうしてアイクは家に押し入る前に、マーセラス・テン＝アイクを眠らせた？」私は尋ねておいて、自分で自分の問いに答えた。「なぜなら、親父さんは彼を一目見たらタイロンと叫ぶからだ！」

「彼は私の兄よ」アンジェラが言った。

「僕は死んで、アームストロングとラボツキは自滅することになってるから、集会の生き残りはあんただけだ。あんたと子分たちだけが、レオン・アイクの顔を見ているわけさ。だから、アイクにはあんたを殺す理由がふたつある。身を守ることと、濡れ衣を――」

「もうたくさんだ！」

「僕はただ――」

「黙れ！」

サンはあたりを見回した。いっぺんにあれこれ決断を下す男のようだ。そのとき私にはぴんと来た。私が共産中国の話をしようとするたび、サンは黙れと言ったが、それ以外はどんな話でも喜んで耳を傾けた。だが、〈ユーラシア人救済団〉のリーダーたる者、共産中国に濡れ衣を着せようとする人間に対する誹謗中傷に興味津々でなくてはおかしい。

混乱するのはもうこりごりだっていうのに、サンは二重スパイだったのか！

もっともだ。そうでなければ辻褄が合わない。身代金の話は下っ端連中を納得させただろうが、サンはほかに資金調達法とテロ決行の時期についてもあれこれ知りすぎている。彼は私たちがここにいる理由をつかんでいる。あるいは、あの理由だけは。

その仮説を確かめようと、私は穏やかに尋ねた。「身代金は何等分するんだい、サン?」

「なんだって?」

「計画をぶち壊さないよ」私は言った。「いいかい、タイロン・テン＝アイクは妹が死んだと思ってた。あとはあんたに父親殺しの濡れ衣を着せれば、タイロンは晴れて全財産を相続できる。ただし、彼がこの数日間アメリカにいた事実を、誰も証言しなかったらの話だ」

「そのことはあの人と話さないと」やがてサンは私にしかめ面をした。「俺、あんたのことがわかってなかったのかな」

「ちゃんとわかってたよ。それに、僕もあんたのことがわかる」

サンはうっすらほほえんだ。「さあ、どうかな」子分たちにはこう言った。「このふたりをどっかに放り込んだら、話してこようぜ。その……アイクさんと」

「みんなで一緒に」私は言ってみた。

「みんなで一緒に」サンは頷いた。

第二十九章

サン一味は私たちを二階の殺風景な窓のない小部屋に閉じ込めて、タイロン・テン＝アイクと現状を検討するべく立ち去った。

そこは妙な部屋だった。天井から二個の蛍光灯が柔らかい光を均一に当て、何ひとつまともに照らしていない。壁はすべすべした深緑の高価な布地が張られ、天井は落ち着いたクリーム色に塗られ、床は光沢のある褐色の寄せ木細工で作られている。しかし、家具はなく、クローゼットもなく、窓もなく、この部屋が存在するいわれはなかった。

そこで、アンジェラに訊いてみた。「ここはなんの部屋？」

「昔、パパは切手のコレクションをしてたの。とっても貴重なコレクションでね。ここにショーケースを置いて飾ってた」

「その後、切手は手放したの？」

「いいえ。タイロンが子供だった頃、切手帳と切手を全部持ち出して、暖炉で燃やしちゃったの」

「それでこそ我らがタイロンだ。で、そのショーケースはどうなった？」

「階下《した》にあるわよ。父はそこに平和賞のメダルとか飾ってる」

「へーえ」（この世界に内在する自然な皮肉から、軍需品製造業者は、プロボクサーを除く誰よりも平和賞を授与されていると言ってよさそうだ。ところが、平和主義者はちっとも平和賞をもらえないので、私はくさくさしているのかもしれない)

アンジェラが言った。「これからどうするの、ジーン?」

「わからないよ」私は正直に答えた。「どっち側が勝つにせよ、僕たちのピンチは続いてる。サンがここから無事に出してくれるわけがないし、君の兄貴だって出してくれない」

「サンは勝たないの? 子分が大勢いるじゃない」

「十人くらいだよ。それに向こうには、タイロンとロボがいる」私は肩をすくめた。「五分五分ってとこだね」

「さっき、サンとなんの話をしてたの? 分けるとか投げるとか」

「あいつは二重スパイなんだ」私はアンジェラに、なぜそう思ったかという理由を説明して、さらに続けた。「あいつとタイロンは手を組んで陰謀を企てたんだろう。ただし、サンは生き残るつもりだった」

「じゃあ、サンは本当は誰のために働いてるわけ?」

「さあね。自分自身、かなあ。蔣介石に信奉者がいるとは考えにくいけど、サンは国民党政府に入れ込んでるのかもしれない。彼が独断で動いてるにせよ、誰かの命令で動いてるにせよ、問題は〈ユーラシア人救済団〉を動かして、アメリカで共産中国を本来の姿より悪く見せていることだ。だから、共産中国は〈ユ救団〉との関係を否定したんだろう」

途中からアンジェラは話を聞かなくなっていたようだ。私が話し終えたとたん、彼女はこう言った。

「ジーン、パパはどうなっちゃうの? それにマレーは?」

「僕たちと同じ運命が待ってる」

「今ってことよ。ふたりは今どうなってるの？」

「なんともなってないよ。みんな、眠ってる人間に神経使うほど暇じゃない」

私がドアに近づいてノブを回してみると、マーセラス・テン＝アイクは大金をかけてこの部屋を作ったことがわかった。ドアは頑丈なオーク材。錠はシリンダー錠で、こじあけることもつかむこともできない。ドアは外開きなので、蝶番にも手が届かない。私はノブを握り、まともなことを思いつかないときの要領でガチャガチャさせたが、サンの手下はドアに鍵をかけて立ち去っていた。ペテン師どもめ。

このドアから出られたら、助かる見込みは十分にありそうだ。外に見張りはいない。サンがタイロン・テン＝アイクに対抗する以上、手下を全員引き連れていくからだ。

ちょうど対抗戦が始まっていたらしく、邸内のどこかでかすかに銃声が響いた。

ある意味で、そのとき私とアンジェラはどこよりも安全な場所にいると言ってよかった。（そこが彼女の父親やマレーとは違う。ふたりが戦場の中間地帯に相当する場所の真ん中で、意識をなくしてさらしものになっている事実をアンジェラには伏せておくほうがいいと私は思った）私たちは閉じ込められているが、ドアの外は戦場なのだ。いっぽうに、太陽《サン》と十人あまりの小太陽《サンレッツ》がいる。向かい側に、タイロン・テン＝アイクとロボがいる。小競り合い、攻撃、撤退の繰り返し。サンは人数の多さという強みを生かし、タイロン・テン＝アイクは狐も真っ青になる生来の狡猾さを生かす。その局地戦の真っ只中に、うぶな平和主義者ふたりの居場所はない。

とはいえ、ここで待つのは、単に自分たちが血まみれになる番を待つだけではなかろうか。

背後でアンジェラが言った。「ジーン？」

私は振り向いた。「何？」

「腕時計のこと、ごめんなさい」

「その話はよそうよ」

「てっきり、ちゃんと直ったと思って」

「ほんとに話したくない」

「どうしても、ピルを飲まなくちゃ」

「ピルなんかくそくらえだ」私は言い返した。

「そんなこと言わないでよ、ジーン」アンジェラは言った。「私が太ってニキビだらけになって妊娠したら嫌でしょ？」

私は冷ややかに言い放った。「別にいいよ。そうなれば、僕はマヨルカ島に行く口実ができる」

「ひどいわ、ジーン」

アンジェラはいよいよ泣くつもりだ。これが唯一の才能で、完璧なタイミングを逃さない。そこで私は男っぽい真似をしたいばかりに、ドアに向き直って再びノブをガチャガチャさせた。ドアはやはり鍵が掛かっていた。

背後でアンジェラが鼻をすすった。ドアの向こうのどこかで、サブマシンガンがカタカタ鳴り、拳銃が応戦して、男の叫び声がぷつりと途切れた。

数分後、アンジェラが鼻をすする音と戦いの音がほぼ同時にやんでいった。ドアの前に立って、私は二種類の静寂に耳を澄ませた。どちらもあまり気に入らず、これからどうなるのかと考えた。三十秒ほど何事もなかったので、振り向いてアンジェラの様子を見ると、もう——案の定——へそを曲げていた。

「話しかけないで」アンジェラは言った。

「わかったよ」金持ち女め、ととりとめもなく思い、ふとあのダイナーズクラブ・カードが頭に浮かんだ。「やった！」私は叫んで指をパチンと鳴らした。

アンジェラは話題が変わっていたとはつゆ知らず、私を見て目をぱちくりさせた。「何？」彼女は言った。「なんなの？」

私は財布を引っ張り出した。ダイナーズクラブ・カードを抜いて、財布はポケットに戻す。「これを見れば、それだけでいい。とにかくこれを見て」

もう魔法の靴を履いていないので、特製の靴紐導火線も身につけていなかったが、普通の靴紐だって役に立つだろう。靴紐を一本外してカードに巻き付け、ドアのそばの床に置くと、オタマジャクシに見えた。

この部屋には隠れる場所がないため、盛大に爆発しないことを祈るばかりだ。「隅に寄って」私はアンジェラに言った。「そこを動かないで」

「そのカードで何する気、ジーン？　気は確か？　気分はどう、ジーン？」

「いいから、黙って隅に行っててくれよ」私は言った。「奇っ怪な機械レンジャーさん」

アンジェラは部屋の隅に引っ込んで唇を尖らせた。

私は靴紐の端に火を点けたが、消えてしまった。また点けても、やはり消えた。私が靴紐に火を点けて、逃げ出そうと回れ右をしかけるたびに火が消えて、戻ってきては点け直した。

五、六回試してみて、ついにふざけた靴紐に見切りをつけた。歯と手の爪と不退転の決意とで、私はシャツの裾を破り、ねじって太いロープ状にして、それをダイナーズクラブ・カードに巻き付けて――もはやカードはほとんど見えない――端に火を点けた。

シャツはめらめらと燃え上がった。炎がぱっと上がり、シャツを這い回ってカードに向かった。今度こそ、私はシャツが燃え始めるまで逃げ出さなかった。確認すると、「しまった！」と言って、アンジェラのいる片隅へ死に物狂いで突っ走った。

そこに着くなりアンジェラを押し倒し、彼女の前で――保護者ぶる男ほど、自分の前に女を置きたがる――うずくまると、うしろで何かがボッカーンといった。

どうやら、私はアンジェラの中ほどまで押しやられ、彼女は壁の中ほどまで押しやられていたに違いない。爆発音の最後の反響が消えたとき、私は壁とアンジェラをぐいと押して起き上がった。「やれやれ」

アンジェラは私をまじまじと見た。ふたりとも頭がおかしくなったと思っている顔だ。「今のは何？」彼女はささやいた。

「僕のクレジットカードだよ」私は言った。「僕の信用度《クレジット》がいかに低いかってことだね」

（さらにジョークの程度も）

ドアを振り返ると、そこにもはやドアはなかった。ドア枠がねじれて裂け、ドアは跡形もなくなっていた。近づくと――私の体は急にこわばった――ドアは隣の部屋の床に倒れていた。そこはいわゆる書斎か小部屋か図書室で、本棚やマホガニーと革張りの家具が並んでいた。

「ほら」私は言った。「これでおしまいだ」アンジェラのほうを振り向いたところ、まだ部屋の片隅にいた。「さあ。急いだほうがいい」

アンジェラはやっと重い腰を上げた。目をぱちくりして、ぼうっとして、嘘みたいという顔をして。彼女は部屋を出て、死んだドアを見て、私を見て、上の空で手を伸ばして私の手を取った。こうして私たちは向かい側のドアへ歩き出した。

途中でドアがあき、タイロン・テン＝アイクが現れた。見覚えのあるルガーを手にしている。「おやおや、こんなところにいたのか。見失ったかと思ったよ」

アンジェラが言った。「タイロン、あなたって悪党ね！」

「相変わらずおめでたいな」タイロンは愛想よく言った。

私は言った。「サンはどこだ？」

「死んだ」タイロンは答えた。「奴の部下もな。お前たちもそうなる。誰も彼もが、いずれ死ぬ」

「あんたが破壊活動をするのは金のためじゃない。それはただの口実だ。あんたはやりたいから破壊活動をしてるんだ」

「私が虚無主義者だと？」タイロンのほほえみは銃剣のようにギラギラ光った。「まあ、なんの思想も持たないよりましだな。そうじゃないか？」

私はタイロンを混乱させたいばかりに言った。「ロボはずっとこっちに協力してきたんだ。もうすぐここに来て、あんたを逮捕する」

「それはどうだか」タイロンは言った。「ロボは死んだ。サンが始末したよ」

アンジェラが悲鳴をあげた。「パパ！」

「あいつが死ぬのは」タイロン・テン＝アイクは荒々しくアンジェラに言った。またしても自制心を失ってきたのだ。「人生で二番目に喜ばしい出来事だ。お前が死ぬのは、かわいい妹よ、一番喜ばしいね」彼は右手を肩の高さに伸ばし、ルガーでアンジェラの顔にぴたりと狙いを定めた。

そのとき、私はまたもや駆け出した。

第三十章

ある意味で、この本は告白書のたぐいである。こうして書き綴っている出来事がつながっていく一瞬、私はありとあらゆる主義に反し、ありとあらゆる信条を否定し、これまでうちのパンフレットに定義した原理原則に逆らい、総じて人生すべてをまがい物にしたのだ。

二度目に走った（一度目は集会で、テン＝アイクたちからついアンジェラを引っ張って逃げた）のは、思わず、やみくもにしたことで、一度目と同じだと言えたらよかったが、そうではなかった。今回は自分が何をしているのか、ちゃんとわかっていた。

私はタイロン・テン＝アイクめがけて走った。走っているとわかっていて、その目的を心の奥底でよしとしていた。タイロンに駆け寄ると、彼のたまげた手からルガーをもぎ取って投げ捨てた。それから、重々承知の上で、彼に暴行を加えたのだ。

（私がしたことを具体的に書かなくても許してほしい。何もかも――このうえなく鮮明に――覚えてはいるが、どれもこれも書くのははばかられる）

かなり時間が経って、私がタイロン・テン＝アイクに馬乗りになっていると、アンジェラは私の肩を引っ張って泣き出した。「やめてよ、ジーン！　やめてったら！」

心ならずも（お恥ずかしい話だが）、私は手を止めた。自分のしでかしたことを見ても、そのときはなんとも思わず、むなしいばかりだった。ずっと、ずっと辛抱強く運んできた荷物をようやく届けられたという心境だったのだ。

　私は立ち上がり、部屋から廊下に出た。あたりに火薬の匂いがした。そこに立って、生涯をかけて答えていくであろう問いの作成にいそしんだ。

　生まれてこのかた自分のことをよくわかっていたのなら、なぜこんな目に遭うのだろう?

　少ししてアンジェラがやってきて、声をひそめて言った。「兄は息をしてる」

「そりゃあよかった」私は言ったが、そう答えるべきだから言ったまでだ。

「さっきのは平和主義者にあるまじき行為よ、ジーン」アンジェラは真剣に言った。

「うんうん」私はすりむいた拳を舐めた。

「警察に電話しなくちゃ」

「電話線が切られてる」

「じゃあ、警官を連れて来なくちゃ」

「わかった」

　私たちはタイロンを縛り上げ、それから一階に下りたが、私は玄関付近で立ち止まった。「ちょっと待って。思い出したことがある」

「えっ?」

「僕は殺人容疑で指名手配中だよ」

「私を殺した容疑でしょ、ジーン。それなら大丈夫よ。この私が一緒に行くんだもの」

　アンジェラの弁明が聞こえるようだ。任せておいたら、警察がすっかり誤解を解く前に私は電気椅子送りになるのが落ちだ。「警察には行きたくないな」私は言った。「うちの弁護士が同伴しなけりゃね」私はくるりと向きを変え、最後にマレーの姿を見た場所に向かった。

第三十一章

ふたりともまだ眠っていた。マレーは笑みを浮かべ、パパ・テン＝アイクはいびきをかいている。アンジェラは父親に駆け寄り、めでたく再会を果たした。娘のほうが父親よりやや生き生きしていたかもしれない。そのうち、アンジェラがセイウチじいさんの頬をピシャピシャ叩き、起きてと声をかけたので、私は彼女に言った。「親父さんじゃないよ。僕としちゃ、そっちはクリスマスまで眠っててかまわない。起きてほしいのはマレーだ。我がスポークスマン、我が法務官、我が悪徳弁護士《シャイスター》」

「シャイロックね」

「イヤイヤイヤ、あれは金貸し。弁護士は死んでも金を貸さない。それも彼らのヒポクラテスの誓いに入ってるんだ」

「それほんと、ジーン？」

「マレーの足首を持って」

私たちはマレーを途中で何度もドア枠にぶつけつつ、台所に運び、どうにかテーブルの前に座らせて、彼を目覚めさせようとしばらく頑張った。顔に水をかけ、髪を引っ張り、コーヒーをちょろちょろと口に注いで（顎にも垂らし）、頬をペチペチ叩いた。マレーはたまに鼻を鳴らしたが、それだけだった。

次はマレーをバスルームに運んで服を脱がせ、下着姿にした。（ぱりっとしたスーツは弁護士の商売道具で、教師にとってのチョークやパイロットにとっての飛行機みたいなものだ。弁護士はきちんとした服装をしないと手も足も出ない。私はマレーに今夜のうちにあれこれしてほしいことがあったので、本人よりもスーツの扱いに気をつけた）それから彼をシャワーブースに放り込んで、水を出すと、五分後にはだいたい目を覚ました。コーヒーカップを持って、目をしばたたき、「なんら？　なんらよ？」と言うこともできたのだ。

アンジェラはすでに父親のところに戻り、どんな手当ができるか確かめようとしていた。私はマレーをそろそろと歩かせて台所に戻らせ、またテーブルにつかせると、向かいに腰掛けて、コーヒーを飲めと何度も繰り返した。私がそう言うたび、彼はカップを持ち上げてコーヒーをすすった。その姿がロボに似ていると何度思ったことか。

突然、マレーの目のかすみが取れて明るい膜になり、彼は私に言った。「ジーンか」

「当たり」

マレーはカップを下ろした。そして両の手のひらをぎゅっと押しつけ、胸の中にあるものをパチンと元に戻すようなしぐさをすると、急にてきぱきして様子がおかしくなった。「それなら」彼は言った。「嬉しいね。よく来てくれたな」

「マレー――」

「アンジェラを殺していないと言わなくてもいいよ、ジーン。殺していないのはわかっている。ただし、問題は――」

「マレー」

「口を挟まないでくれ。問題は、君が第一級謀殺罪の容疑をかけられていることだ。つまり、たとえ自首しても、保釈は一切認められないわけで、先行きは――」

「マレー」

「最後まで言わせろよ。これは君がニューヨーク州でアンジェラを殺して死体をニュージャージー州へ運んだ事件だから、公判がひらかれる場所は――」

「マレー」私は言った。「いいかげんに黙らないと、また眠らせて君の親父さんを雇うからな」

「社交界の花を殺した罪に問われた男にしては――」

「まわりを見ろよ、マレー」

「えっ?」

「まわりを見ろって」私はマレーに言ってやった。「ここはどこだ?」

マレーは振り返った。目の膜にひびが入り始めた。「参ったな」彼は声を漏らした。「どうやら――。いやそれは――。もちろん、万一――。ただそうなると――」

そこへアンジェラが入ってきた。「パパはどうしても目を覚まさないわ、ジーン」

「かえってよかったよ。こっちは目を覚ましたけど、このていたらくさ」

マレーはあんぐりと口をあけてアンジェラを見つめた。「生きてたのか」かすれた声で言った。「まさか、生きてたとは!」

「マレー、目を覚ますか、また寝るか、どっちかにしてくれよ。君のせいで頭がおかしくなりそうだ。そりゃあ、アンジェラは生きてる。君はこの家にいたんだから、生きてるのがとっくにわかってたはずだ」

マレーの目に張った膜にひびがどんどん広がって、膜が完全にはがれ落ちた。充血した目に困惑の色が浮かんでいる。彼は私を見て訊いた。「ジーン？　どうなってるんだ？　中国人がどやどやと入ってきて――」

「ま、そういうことだね」

それから三十分、私たちはコーヒーを飲みながら近況を語り合い、マレーが動けるようになるまで待っていた。本人がもう大丈夫だと言うと、アンジェラは車で町に出て警官を連れてきた。

そんなわけで、警官たちは邸宅に到着するなり、真っ先にアンジェラ・テン＝アイク殺害容疑で私を逮捕した。

それからアンジェラが、自分がアンジェラ・テン＝アイクだと名乗り出て私を助けようとしたら、彼女まで逮捕されてしまった。事後従犯のかどで。

考えてみれば、弁護士に必要なものはスーツだけではない。たぶん、アタッシェケースも欠かせないだろう。あのときマレーはアタッシェケースを持っていなかった。おまけにマレーは逮捕者三号になった。もうひとりの事後従犯者は名乗ったとおりの人物だと訴えて、やはり事後従犯者にされたのだ。

さらに警察はほかの死体の身元を知りたがったが、全部を一気に説明するのはちと難しかった。こうして大階段のそばの玄関ホールで右往左往していると、やにわに頭上で絶叫が響き、私たちはうろたえて棒立ちになった。見上げると、階段のてっぺんでタイロン・テン＝アイクがそびえて傾いてふらふらしていた。自力で縄をほどいて、どこかで新しい武器を調達したと見え、錆びついた古い剣を持っている。それを振りかざし、階段を猛然と駆け下りてきた。

訓練施設で、フェンシング指導員のロウになんと言われたっけ？　〝連中が剣でかかってきたら君は死ぬ、としか言えないな〟

ううむ。

暗殺者は羊の群れに襲いかかる狼のごとく下りてきて……そのまま走り続けた。怒りに燃える目で、わめきながら、剣を頭上で振り回し、私たちめがけ突撃してスピードを落とさず走り抜け——私たちがあの場にいたことさえ知らなかったと思う——玄関ドアから飛び出していった。あとに残された五、六人の警官と三人の逮捕者は、目をしばたたき、口をぽかんとあけて突っ立っていた。

突然、外で銃声が響いた。バン、バン。バキューン。しばらくすると、しんとした。

アンジェラが口をひらいた。誰かに一杯食わされるところだったと言わんばかり。「剣を撃てっこないわ」

アンジェラに視線が集まったが、それも玄関ドアがあいて外にいた警官が入ってくるまでのことだった。警官は右手に拳銃を持ち、私たちと同じく狼狽して弱り切っている様子だった。「要するに」もう多少のことは伝えたという口ぶりだ。「あの大男がいきなり剣を持って襲いかかってきたんです。要するに、止まれとか言う暇はありませんでした。要するに、撃つしかなかったんです。要するに、向こうが走り続けたのでこちらも撃ち続けることになって。要するに、男は外で倒れてて、死んでるんじゃないかと」

責任者の警官が言った。「お前はやるべきことをやったんだ、ルーニー」

「要するに」ルーニーは頭のおかしい奴なりに筋道を立てて言った。「あの男がぐんぐん迫ってきて、私は武装してると警告できなくって」

「いいんだ、ルーニー」責任者がルーニーを安心させるように言った。「気にすんなって」

「要するに」ルーニーは続けた。「いつんまにか襲われちって、撃つっきゃなくて」

責任者はほかの警官に声をかけた。「ルーニーを車に連れてけ」それから周囲を見回した。「とりあえず、みんな車に乗ってもらう。このゴミ溜めは明朝片付ける」

そのときアンジェラが父親をなんとかしてと訴えた。彼は意識不明のままで、自分の運のよさを知らなかった。責任者は、救急車を呼んで親父さんをすぐ病院に運ぶとアンジェラに約束した。私たち三人については、行き先は町であり、厳密には郡刑務所であった。

郡刑務所に着くと、私の権利は今日の勤務を終えていたとわかった。「あのベネディクト・アーノルド（米独立戦争時の司令官、裏切り者の代名詞）だって」私は無気力な内勤の巡査に言った。「電話を一本かけるんだよ。電話を一本」

「朝になったらな」巡査はぼそっと言った。

「この一件を最高裁に言いつけてやるからね」私はつぶやいた。

「こんな時間に誰を起こしたいんだ？」

「ＦＢＩだよ」

巡査は平然としている。「あんたはもう警官に囲まれてるじゃないか」

「ＦＢＩが必要なんだ」私は巡査に念を押した。「僕のコレクションを揃えるために」

それから私たちは三人別々の監房に入れられ、マレー ――あのバカタレめ―― はまた眠りについた。

第三十二章

その後の記憶はだんだんぼやけていく。ＦＢＩ捜査官（Ｕ、Ｖ、Ｗ、Ｘ、Ｙ、Ｚの総勢六人）は日曜日の朝に現れ、地元の警察に事情を説明して、私を脇へ呼んで尋問を始めた。それが日曜の夕方まで続いた。ようやく解放されると、マレーとアンジェラがすてきな赤い新車のフォードで私をニューヨーク市に連れ帰ろうと待っていた。マレーがわざわざ借りてきた車だ。（マレーのような生粋のニューヨークっ子は、たとえ大金持ちの軟弱者になりさがろうとも、車を所有しない）

あとから、私は主に新聞記事で雑多な情報をいくらか仕入れた。たとえば、タイロン・テン＝アイクのキャディラックが捜索され、トランクに現金十七万五千ドルが入っていたこと。銀行で強奪した金の残りだった。また、あのジャック・アームストロングとルイス・ラボツキは日曜日の午後に逮捕され、あのトラック爆弾が発見されて、人畜無害な車に戻されたこと。

（ちなみに、その新聞記事に現れたＪ・ユージーン・ラクスフォードなる男は、謎に包まれた、不可解な、二面性のある、得体の知れない人物だった。私が何者か、どんな仕事をしているかを誰も正確には知らなかったようだ。ただし、私が有能な秘密諜報員であり、二重ないしは三重生活を送っていて、外国の陰謀やトレンチコート、サイレンサー、ブダペストの裏通りという言葉で連想する影の人物らしいということは知られていた。ある新聞など、逆スパイの冒険記を書いてほしいと望み、ペーパーバック専門の出版社は天才スパイにして二重スパイを描くシリーズものの小説を——当然ながら、実体験に基づいて——書く契約を結んだら、驚くほどの大金を支払うと申し出た。私は先方の話に応じず、うちのパンフレット——〝市独連とは何か？〟と〝平和主義の集団〟と〝ガンジー流の世界革命〟——を差し出したが、興味を持ってもらえなかった）

Ｐが月曜日の午後に私のアパートメントに現れた。（Ｐを覚えているだろう。そもそも私をスカウトしてスパイに仕立てた人物だ）新顔をふたり連れていて、Ａ′とＢ′と呼ぶしかなさそうだった。ＰはふたりをＦＢＩの代表と見なした。三人とも、しばらく私の働きをみごとだったと褒めちぎり、タイロンの雇い主と彼の標的だった人たちの身元がどちらも判明しそうにないことを残念がっていた。Ａ′は、今後ＦＢＩはけっして私の身辺を詮索しないと明言した。うちの電話を盗聴したり、郵便物を盗み見たり、アパートメントに盗聴器を取り付けたり、ゴミ箱を空けたり、そういう行為は一切しないと。何しろ、えっへん、私は愛国的な市民であると証明したからだ。

「どうやら」Ａ′が言った。「最近あなたが取り組んでいた活動からすると、この古臭い主義主張はもう忘れたんでしょう」

「たぶんね」私は言った。それは嘘っぱちだったが、言い合いを始めてもしかたがない。ＦＢＩが週末までに私の監視を再開するのはわかっていた。（しかも彼らはここで、首を振ったり、こいつは手に負えないばかだと頷き合ったりしていた）

実のところ、この騒ぎに巻き込まれる前の私の平和主義活動は、その後の活動に比べるといいかげんなものだった。タリータウンの郊外でタイロン・テン＝アイクと過ごした夜以来、私には償って、罪滅ぼしをして、釣り合いを取るべきことがあった。

一度道を踏み外したからといって、最初から正しい道を歩もうとしなければよかったと思うのはばか者だけだ。私はタイロン・テン＝アイクに惑わされて転んだが、また立ち上がった。いずれはヘマの埋め合わせをしたいと思っている。

アンジェラも力になってくれる。彼女に謄写版印刷機を修理してもらったり、平和行進に出かけるときはコンバーティブルに乗せてもらったりして、ときどきふたりで話し合う。アンジェラも私に打ち明けた。タイロンが私に襲われて、いい気味だと思い、その場で小躍りして、私が聞いたこともない歓声をあげて、もっとやれとけしかけたのだと。だから私たちは、ふたりともやっとの思いで元の生活に戻ってきたのだ。

元来人間は乱暴なものである。なぜならば、人間は動物でもあるからだ。ただし私たちは、暴力を抑え込まねばならない時代に歩み入った。つまり、暴力を抑え込まねばならない以上、抑え込めるというわけだ。

あ、そうそう。あの火曜日の午前十一時、国連ビルは爆発しなかった。例の爆弾トラックは現地に来ていなかったのだ。ところが、私はその場にいたし、アンジェラもいた。私たちふたりがプラカードを担いで、ビルの正面玄関の前を行ったり来たりしていると、現れた警官たちにプラカードを取り上げられ、パトカーの後部座席に押し込まれ、無許可でデモをしたかどで逮捕されて分署へ連行された。

プラカードが気になる？　なんと書いてあったかわかるよね。

こんなことだ。

核兵器を廃止せよ《バクダンハダメヨ》

訳者あとがき

二〇〇九年に刊行された『忙しい死体』に続き（と言うには、かな〜り間があきましたが）、ドナルド・E・ウェストレイクの『平和を愛したスパイ（原題 The Spy in the Ointment）』をお届けします。ぜひ読みたい、とお声を寄せてくださったみなさま、たいへん長らくお待たせいたしました。我らが主人公ジーン・ラクスフォードくんをご紹介します。

The Spy in the Ointment
(1987,Mysterious Press)

本作は一九六〇年代冷戦下のニューヨークを舞台に、筋金入りの平和主義者ジーンがひょんなことからテロリストに間違えられ、ついでにFBIの要請でテロ組織を潜入捜査する顛末を描いています。本来なら、手に汗握るスリルとサスペンス、血湧き肉躍るアクションの連続……となってもおかしくありませんが、ストーリーはジーンの性格そのままに、のんびり、ゆるゆるしたテンポで（ときに脱線しながら）進み、即席スパイ訓練や潜入捜査の場面でもとぼけた展開を見せるのが魅力です。ジーンはお人好しで、どこか優柔不断で、自分をダメな奴だと思っていましたが、テロリストを演じているうちに、意外にも賢さとたくましさを発揮します。謎のテロ組織は、ある有名人を誘拐して、国連ビルを爆破する計画を立てている模様。さてさて、ジーンは無事に任務を遂行できるでしょうか?

ちなみに、原題の The Spy in the Ointment ですが、これは英語の表現 fly in the ointment（軟膏の中の蠅）の語呂合わせだと思われます。旧約聖書の一節に「死んだ蠅は軟膏を臭くして腐らせる」とあり、それが「完全なものをぶち壊しにする人やもの、玉に瑕」を意味する表現になりました。すると、The Spy in the Ointment は、完璧な組織さえぶっ壊すスパイ、といったところでしょうか。また、結末の一文 Ban the bomb は、一般的には「核兵器廃絶」のスローガンですが、本作ではストーリーから「（国連ビルでは）爆弾禁止」の意味もあると考え、ルビを振りました。そのほか、説明が必要と考えた箇所にもルビを使用しています。お気づきのとおり、カッコ類は主人公によるツッコミに使われているため、訳注は最低限に絞りました。また、登場人物たちの言動の一部には、差別的と取れる表現がありますが、本作の時代背景を考慮して、原文に忠実な翻訳を心がけました。何卒ご理解ください。

作者ウェストレイクはミステリファンにはおなじみの巨匠です。二〇〇八年に惜しまれながらこの世を去りましたが、本国アメリカでは今年二月に『Call Me a Cab』（一九七〇年代後半に書かれた長編）が刊行され、ファンを大いに喜ばせました。我が国では七月末に『ギャンブラーが多すぎる』（木村二郎訳、新潮文庫）が翻訳刊行されたばかりです。そこへ本作も続き、再びウェストレイクに注目が集まることを願ってやみません。

ウェストレイクの略歴について、ドートマンダー・シリーズをはじめとして、同作家の作品を数多く翻訳された木村二郎氏からご教示をいただきました。この場を借りてお礼申し上げます。

本書の翻訳にあたっては、ミステリ評論家の横井司氏、解説者の小野家由佳氏、論創社編集部の黒田明氏にたいへんお世話になりました。心から感謝いたします。

二〇二二年八月

木村浩美

天才クライムコメディ作家ウェストレイクの完成

小野家由佳（ミステリー読み）

好きな作家の作品リストで、未訳ゆえに原題で書かれているタイトルを指でなぞって「読んでみたいな」と呟く。

翻訳小説のファンなら誰しも身に覚えがあるのではないでしょうか。特に本国で発表されてから何十年も経つのに訳出されないままの作品に対して、深いため息を吐いたことがある人は多いはずです。どんな作品なんだろう。断片的な情報から想像を膨らませる。好きな作家の好きな部分が詰まった、夢のような作品に頭の中で仕立てちゃったりする。一方で「でも、訳されていないってことはつまらないのかもな」と冷静に考えたりもする。少し経って、また熱がぶり返す。

本書『平和を愛したスパイ』The Spy in the Ointment（一九六六）はドナルド・E・ウェストレイクのファンにとって、まさにそうした作品でした。

まず、タイトルがひときわ目立つ。後年の未訳作に知らず知らずのうちにスリーパーになってしまっていた男を主人公としたMoney For Nothing（二〇〇三）という作例があったりはしますが、一般的にウェストレイクにはスパイ小説の書き手というイメージはありません。

発表時期も気になります。ＭＷＡ（アメリカ探偵作家クラブ）最優秀長篇賞を獲った『我輩はカモである』(一九六七)の直前なのです。ウェストレイクは『弱虫チャーリー、逃亡中』(一九六五)で作風をシリアスなハードボイルドからユーモアへ変えたとされていますから、過渡期の作品ということになります。同じように長らく未訳だった同年発表の『忙しい死体』(一九六六)の解説(論創海外ミステリ87)で中辻理夫氏が同作を「尊重されて然るべき架け橋」と評していますが、こちらも同様で『我輩はカモである』の成功へ向けた助走のような作品なのでしょうか。

こんな感じでずっと気にかかっていた作品がこの度、めでたく訳出されることになったわけです。

一読して驚嘆しました。

この作品、架け橋どころではない。橋は既に渡り切っている。

作家ドナルド・E・ウェストレイクの完成はここだったのか!

＊

先走ってあれこれ書いてしまいました。

本書で初めてウェストレイク作品に触れる方もいるかと思いますので、ここで作者のプロフィールと作風について簡単な紹介をしておきましょう。

ドナルド・エドウィン・ウェストレイクはアメリカの推理小説家です。一九三三年生まれ、二〇〇八年没。誕生はニューヨーク市ブルックリン区で、その後もニューヨーク州内で育ちます。大学中退後、アメリカ空軍に入隊。除隊後に文芸代理店や雑誌社に勤務しながら執筆活動を開始しました。それ以前にペンネームでソフトポルノ小説の著書があったり、ウェストレイク名義でも雑誌に作品を発表したりもしていたようですが、一九六〇年に長編『やとわれた男』で本格的なデビューをします。

一九六七年発表の『我輩はカモである』でMWA最優秀長篇賞を受賞したことは前述の通りですが、その後も一九八九年発表の「悪党どもが多すぎる」でMWA最優秀短篇賞、一九九〇年に『グリフターズ／詐欺師たち』でMWA最優秀映画脚本賞、一九九三年にはMWAグランド・マスター賞をそれぞれ受賞しています。文句なしにミステリー史に残る巨匠といえるでしょう。

これも先に書きましたがウェストレイクは作風をある時期から変えた作家です。通常、ウェストレイクについては変更後、スラップスティックなクライムコメディの書き手として語られることが多いです。

たとえば先ほどから何度もタイトルを出している『我輩はカモである』は次のような粗筋です。

あらゆる詐欺にカモられる男フィッチがある日、会ったこともない叔父からとんでもない大金を相続してしまう。様々な悪党がその大金を狙ってくるが、フィッチは果たしてお金と命を守り切れるのか⁉

……面白そうでしょう？　実際、面白いのです。

他にも、不運な天才犯罪プランナー〈泥棒ジョン・ドートマンダー〉シリーズをはじめとして、今なお色褪せない、ユーモアに満ちた名品ばかり。奇妙な状況から始まる物語をユーモラスに転がすことにおいて、ウェストレイクの右に出る者はいません。

ここで話は本書『平和を愛したスパイ』についてに戻ります。

つまるところこの作品も、いかにもウェストレイクらしい楽しいクライムコメディなのです。

＊

物語は、過激派の平和主義者団体〈市民独立連合〉の全国委員長である主人公J・ユージーン・ラクスフォードのもとにモーティマー・ユースタリーと名乗る男が訪ねてくるところから始まります。ユースタリーは幾つもの組織の名前を挙げて演説を打ちます。〈市民独立連合〉を含むこれらの団体はイデオロギーから掲げている目的まで全てがバラバラだが、一つだけ共通点がある。それは目的のためならテロをも辞さないこと。

故に我々は手を組むことが可能なはずだとユースタリーは続けます。最終的な目標は相容れないが、現状を打破するために一瞬だけ仲間となろう。今夜そのための集会を行うから来てくれ……。会合の合言葉を告げてユースタリーはドアの向こうへ消えていく。

ラクスフォードは途方に暮れます。テロをも辞さない団体だ？　何かを勘違いしているらしい。〈市民独立連合〉は確かに過激派の平和主義者の団体だが、その過激というのは「何があろうとも絶対に暴力は振るわない」という意味だ。その上、幽霊会員ばかりなのが実態だ。

このことを恋人のアンジェラと友人のマレーに相談したラクスフォードは自分が思っていたよりも更に困ったことになっていることに気づかされる。他の団体は全て本物の過激派団体らしい。協力をしないならラクスフォードは邪魔者だ。多分、連中は口封じに来るだろう。そもそも大規模なテロ計画なんて放っておけない。

かくしてラクスフォードはユースタリーの集会へ忍び込むことに。自分の命と、世界の平和のため。いかがでしょう。「なんでそんなことに」と思わず笑ってしまうような導入部ではないでしょうか。既にお気づきかとは思いますが、本作は国際諜報ものとしてのスパイ小説ではありません。敵組織に潜入するという意味でのスパイなので潜入捜査ものといった方が正しそうです。本書の訳者あとがきで木村浩美氏も触れていますが、原題の The Spy in the Ointment は慣用句 fly in the ointment のもじりと思われます。もしかすると、もじりありきのスパイというワードだったのではないかとさえ邪推してしまいます。

ともかく、スパイとして忍び込んだラクスフォードが過激派たちの計画をめちゃくちゃにしていく物語、というのが本書の粗筋となります。

真剣に組み立てられていた計画を異分子が狂わせていくのはそれだけでも痛快ですが、ウェストレイクは一流の語り口でやり取りから行動まで、全てを笑わせるものにしていく。それに加え、手に汗握るスリリングな場面まで用意してくれる。ラクスフォード側の計画だって……というよりも、こちらの計画こそ台無しにされ続けで、すぐピンチに陥ってしまうのです。

くすくす笑いながら読み進めていたら、いつの間にかのめり込んでしまってページを捲る手が止まらなくなっている。つまりは一流のエンターテイメントです。

*

さて、作家ウェストレイクの完成はここと書いたのは、この作品がドナルド・E・ウェストレイクというブランドの典型としてピタリと当てはまる最初の作品だからです。

ウェストレイクは幾つものペンネームを持っていた作家なのですが、使い分ける際「この名義はこういう作風」というはっきりとしたブランディングをしていると感じます。

ウェストレイクは『ミステリー雑学読本』（一九七七）に「頭の中で声がする」という題名でリチャード・スタークとタッカー・コウとティモシー・J・カルヴァーの三人との〈座談会〉を寄せていますが、これはそうしたキャラクター分けの賜物でしょう（スタークもコウもカルヴァーもウェストレイクの別名義です）。

この〈座談会〉の中でウ、ェ、ス、ト、レ、イ、ク、は、昔ながらの探偵小説に真面目に取り組むことができなくなったから書くものが全てコメディになってしまったと語ります。ある程度おふざけは入っているでしょうが、戯画化したものだからこそ「ウェストレイク名義はこういう作風だ」と本人が捉えていた傍証にはなるのではないでしょうか。

木村二郎氏の『尋問・自供』（一九八一）に収められたインタビューの中でも、ウェストレイクは物語を作るとき、次に何が起こるかということを考えながらストーリーを作ると述べたあと「プロットを全部考え出すことはない。だから、わたしはフーダニットをほとんど書かないんだ」と話しています。

昔ながらの探偵小説的《フーダニット》でない、でたらめでコミカルな犯罪小説、というのが本人の作り出したウェストレイク像なわけです。

そして、このイメージに沿う初めてのウェストレイク作品が、実はこの『平和を愛したスパイ』なのです。

本作以前の長編作品が多かれ少なかれ持っている殺人事件の犯人や黒幕を捜す謎解きの構造が一切ない。だから最後まで予測不能な物語を楽しめる。作者の本領が発揮され始めた最初の作品が『平和を愛したスパイ』なわけです。

本作以後の『我輩はカモである』や『ギャンブラーが多すぎる』(一九六九)では謎解きが復活していたりするのですが、これは作風が出来上がった故の応用でしょう。作品を引っ張る要素の一つが犯人捜しというだけで全体としては先の読めない複雑なプロットに仕上がっていて『忙しい死体』以前の作品とは明確に違うものがあります。

そうした意味で、この作品にウェストレイクの完成を感じます。

ファンならば「これぞウェストレイク!」、初めて作品に触れる読者なら「これがウェストレイク!」と、それぞれ叫ぶ。そんな一冊ではないでしょうか。

読み逃す手はありませんよ。

〔著者〕
ドナルド・E・ウェストレイク
ドナルド・エドウィン・ウェストレイク。別名にリチャード・スターク、タッカー・コウ、サミュエル・ホルト。1933年、アメリカ、ニューヨーク州ブルックリン生まれ。空軍で兵役生活を経験した後、文芸代理店や雑誌社に勤務。1958年頃から創作活動を行い、60年に発表した長編「やとわれた男」がアメリカ探偵作家クラブの新人賞へノミネートされた事で専業作家となってからは複数のペンネームで小説を執筆した。68年に「我輩はカモである」でアメリカ探偵作家クラブエドガー賞長編賞、93年に同巨匠賞、2004年にアメリカ私立探偵作家クラブのアイ生涯功労賞を受賞するなど、受賞歴も数多い。映画脚本家としても活躍しており、91年に「グリフターズ／詐欺師たち」でアメリカ探偵作家クラブエドガー賞映画脚本部門を受賞した。2008年死去。

〔訳者〕
木村浩美（きむら・ひろみ）
神奈川県生まれ。英米文学翻訳家。主な訳書に『忙しい死体』、『霧の島のかがり火』、『クレタ島の夜は更けて』（ともに論創社）、『シャイニング・ガール』（早川書房）、『悪魔と悪魔学の事典』（原書房、共訳）など。

平和《へいわ》を愛《あい》したスパイ
――論創海外ミステリ　289

2022年9月20日　初版第1刷印刷
2022年9月30日　初版第1刷発行

著　者　ドナルド・E・ウェストレイク
訳　者　木村浩美
装　丁　奥定泰之
発行人　森下紀夫
発行所　論 創 社
〒101-0051　東京都千代田区神田神保町2-23　北井ビル
TEL:03-3264-5254　FAX:03-3264-5232　振替口座　00160-1-155266
WEB:https://www.ronso.co.jp

組版　加藤靖司
印刷・製本　中央精版印刷

ISBN978-4-8460-2164-1
落丁・乱丁本はお取り替えいたします。